Über die Autorin:
Elisabetta Lugli, geboren 1978 in Turin, hat Philosophie studiert. Sie arbeitete über viele Jahre in der Önogastronomie, bevor sie vor Kurzem mit ihrer Schwester das Cantiere Edibile, ein Bistro im Herzen von Turin, eröffnet hat. Dort liebt sie es, ihre Geschichten zu schreiben. Ihr Debütroman »Der Buchladen der verlorenen Herzen« wurde in Italien zum Gewinner des Wettbewerbs »ilmioesordio« gekürt, den die Schreibschule Scuola Holden gemeinsam mit dem Verlag Newton Compton ausrichtet.

Elisabetta Lugli

Der Buchladen der verlorenen Herzen

Roman

Aus dem Italienischen von
Sigrun Zühlke

Die italienische Originalausgabe von Elisabetta Lugli erschien
2017 unter dem Titel »La libreria degli amori impossibili«
bei Newton Compton Editori S.r.l.

Besuchen Sie uns im Internet:
www.knaur.de

Deutsche Erstausgabe Oktober 2018
Knaur Taschenbuch
© 2017 Newton Compton Editori S.r.l. – Author Elisabetti Lugli
German edition published in arrangement
with Literary Agency Michael Gaeb, Berlin
© 2018 der deutschsprachigen Ausgabe Knaur Verlag
Ein Imprint der Verlagsgruppe
Droemer Knaur GmbH & Co. KG, München
Alle Rechte vorbehalten. Das Werk darf – auch teilweise –
nur mit Genehmigung des Verlags wiedergegeben werden.
Redaktion: Ulrike Nikel
Covergestaltung: Christina Krutz
Coverabbildung: Mauritius Images / age fotostock /
Danuta Hyniewska
Illustrationen im Innenteil: Shutterstock.com
Satz: Daniela Schulz, Rheda-Wiedenbrück
Druck und Bindung: CPI books GmbH, Leck
ISBN 978-3-426-52318-6

2 4 5 3 1

1

Die Bläschen stiegen tanzend vom Boden des schlanken Glases durch die goldene Flüssigkeit nach oben, um sich an der Oberfläche in ihrem eigenen, geheimen Takt zu wiegen, bevor sie sich auflösten.

Anna verlor sich in der Betrachtung des Champagnerglases, nahm die laute Musik – einen neuen Song von Madonna, dessen Text sie nicht kannte – kaum wahr. Sie wurde ebenso zum Hintergrundrauschen wie die Stimmen der Freunde, denn in Annas Kopf erklang leise eine schmelzende Melodie, die nur sie hörte und die sie an etwas erinnerte, das sie nicht genau benennen konnte.

»Anna, hallo Anna! Alles in Ordnung?«, fragte Giulia und rüttelte die Freundin energisch aus ihrer Trance.

Immerhin war sie die Organisatorin dieser Überraschungsparty zu Annas fünfunddreißigstem Geburtstag und verlangte vom Geburtstagskind Präsenz. Duldete nicht, dass die Hauptperson sich in sich zurückzog.

»Lasst uns anstoßen!«, rief sie und hob als Erste ihr Glas.

»Auf Anna!«, antworteten die Gäste, die noch an der großen Tafel saßen.

Ein großer Teil allerdings war längst aufgestanden und

zum Tanzen in den Saal gegangen, in dem bereits die Großeltern rauschende Feste gefeiert hatten. Seit niemand aus der Familie mehr in der alten Villa am Ufer des Po wohnte, wurde sie für Events aller Art vermietet.

Das Essen war großartig gewesen, und auch der Abend versprach ein Erfolg zu werden. Anna schenkte ihren Gästen ein Lächeln, nahm ihr Glas und warf einen letzten sehnsüchtigen Blick auf die tanzenden Bläschen, die ferne Erinnerungen in ihr ausgelöst hatten, um sodann den Champagner mit einem Schluck hinunterzustürzen. Ließ die Bläschen verschwinden und mit ihnen all ihre Gedanken. Zugleich verklang die Melodie in ihrem Kopf, wurde mehr und mehr übertönt von der lauten Musik, die von nebenan herüberschwappte.

Anna stand auf, schob mit einer entschlossenen Bewegung den Stuhl zurück und fühlte sich mit einem Mal angenehm leicht.

Das leere Glas in der Hand, ging sie hinüber in den Saal und deutete mit ihren eleganten, hochhackigen Schuhen ein paar Tanzschritte an. Spürte, wie sich zum ersten Mal an diesem Tag Freude in ihr ausbreitete. Liebe Freunde und Verwandte feierten mit ihr in diesem prachtvollen Haus ihren Geburtstag. Alles stimmte, es ging ihr gut, richtig gut. Plötzlich überwältigte sie die Vollkommenheit des Augenblicks dermaßen, dass ihr beinahe die Tränen kamen.

Eine leichte Berührung am Rücken ließ sie zusammenzucken. Als sie sich umdrehte, standen die »Spießies« vor ihr, ein Pärchen, das diesen Spitznamen seinem ausgeprägt altbackenen und betulichen Lebensstil verdankte.

»Anna, wir gehen dann mal. Wir sind ja keine zwanzig mehr, und es ist schon spät. Danke für den wunderschönen Abend, es war ein wirklich rundum gelungenes Fest!«

Wie üblich war sie es, die redete – er beschränkte sich auf ein breites, starres Lächeln und nickte zustimmend. Unzählige Male hatte Anna früher versucht, die beiden zu einem letzten Drink zu überreden, einem letzten Tanz, einem letzten Schwätzchen. Immer vergeblich. Inzwischen versuchte sie es nicht mehr. Dies war *ihr* Abend, und das Einzige, was sie sich im Moment ganz dringend wünschte, war die Freude wiederzufinden, die sie eben noch verspürt hatte, und diesen Satz: »*Wir sind ja keine zwanzig mehr*«, so schnell wie möglich aus ihrem Kopf zu löschen.

Anna begann sich zur Musik zu wiegen und zu drehen, hoffte, dadurch die verlorene Freude zurückzwingen zu können. Dabei entglitt das Glas, das sie noch in der Hand hielt, ihren Fingern und zersprang auf dem Boden in tausend Scherben. Und mit ihm alle Zuversicht.

»Die perfekten Augenblicke kriegt man nie wieder zurück, stimmt's?«, rief sie Giulia, die nicht weit entfernt ausgelassen über die Tanzfläche wirbelte, deprimiert zu.

Die Freundin, die Anna allzu gut kannte, zuckte gelassen die Schultern. »Jetzt mach mal halblang. Es war bloß ein Glas, das zu Bruch gegangen ist! Mehr nicht. Tanz weiter.«

Der Morgen nach der Geburtstagsfeier war ein Tag wie jeder andere mit der immer gleichen Routine: Sobald der Wecker klingelte, stellte Anna den Alarm aus, und Gleiches tat sie fünf und zehn Minuten später beim erneuten Klingeln. Erst dann stand sie auf, um im Stehen in der Küche schnell einen Espresso zu trinken und anschließend eine heiße Dusche zu nehmen. Währenddessen dröhnte aus dem Radio wie immer die Musik ihres bevorzugten Senders.

Manchmal störte es Anna, dass ihr Morgen stets nach demselben Muster ablief. Oder wollte sie sich vielleicht nur nicht eingestehen, dass sie es eigentlich mochte? Jedenfalls hielt sie sklavisch an ihren Gewohnheiten fest und redete sich ein, dass es nötig sei, damit alles perfekt vonstattenging. Die kleinste Störung erlebte sie als Bedrohung, als unheilvollen Vorboten schlimmer Ereignisse. An diesem Morgen jedoch gab es zum Glück keinerlei düstere Vorzeichen.

Anna war seit jeher ein Gewohnheitsmensch gewesen, und das in einer fast zwanghaften Weise. Bereits als Kind bewegte sie sich in eingefahrenen Gleisen, vermochte dem Gedanken, irgendetwas auch mal anders machen zu können, nicht das Geringste abzugewinnen. Wobei es sie zugleich ärgerte, so zu sein. Ja, sie fürchtete sogar, dass diese Eigenheit sie zu einem eher mittelmäßigen Menschen machte. Trotzdem war sie nicht in der Lage, dagegen anzugehen, schon gar nicht morgens kurz nach dem Aufwachen.

Selbst die Melodie, die in ihrem Kopf spielte, während sie sich fertig machte, war stets dieselbe: eine Art Filmmusik wie aus einem alten Hollywoodmovie.

Überhaupt hatte Anna den ganzen Tag Musik im Kopf, von der Minute an, da sie morgens die Augen aufschlug, bis zum Einschlafen. Zwar war sie sich nicht sicher, was während des Schlafs passierte, aber es schien ihr vollkommen logisch, dass ihre Träume ebenfalls von einem Soundtrack begleitet wurden, wenngleich sie sich beim Aufwachen nicht mehr daran erinnern konnte.

Jahrelang war sie zudem überzeugt gewesen, dass alle Menschen ihren eigenen Sound im Kopf hatten, und war deswegen nie auf die Idee gekommen, mit jemandem darüber zu sprechen. Sie hielt es für so selbstverständlich wie das Atmen oder den Herzschlag. Aus reiner Neugier hatte sie dann eines Tages ihre Mutter gefragt, welche Art von Musik sie beim Lesen höre, und die hatte daraufhin geantwortet, keine, da Musik sie beim Lesen zu sehr ablenke.

»Nicht die Musik *von außen*«, hatte Anna erklärt, »sondern die, die man im Kopf hat – die Musik, die man *fühlt*.«

Auf diese Weise war ihr klar geworden, dass es keinesfalls selbstverständlich war, Musik im Kopf zu haben. Was eine spontane Umfrage, die sie noch am selben Tag startete, bestätigte. Unter ihren Bekannten gab es lediglich drei Personen mit innerem Soundtrack, und alle tickten sie ähnlich wie Anna, waren sensibel und stark gefühlsbetont.

Nach der heißen Dusche kam der kritischste Moment des Morgens: die Auswahl der Kleidung. Regelmäßig scheiterte Anna daran und war am Ende eigentlich immer falsch angezogen. Was nicht zuletzt daran lag, dass sie nie vorher nach dem Wetter schaute. Dabei verfügte ihre Wohnung über einen hübschen Balkon, der einen spektakulären Ausblick über Turin bot, doch Anna wagte sich nie vor neun Uhr morgens darauf hinaus. Unter keinen Umständen.

Ihr Hang zur Unordnung, den sie von ihrer Mutter geerbt hatte, verstärkte das Problem zusätzlich. Tausende von Kleidungsstücken in allen Farben und für alle Jahreszeiten füllten ihren Kleiderschrank bis in den letzten Winkel und quollen hervor, sobald man die Türen öffnete. Anna wählte ihre Outfits stets mit derselben hoffnungsvollen Haltung, mit der man beim Angelspiel auf dem Rummelpatz mitmachte, nur dass sie noch seltener einen Treffer landete.

Sobald sie die Qual der Kleiderwahl hinter sich hatte, verließ sie ihre Wohnung, um den letzten Teil ihrer Morgenroutine zu absolvieren und einen zweiten Espresso in der Bar unten im Haus zu trinken.

An diesem Tag lief zum Glück alles wie am Schnürchen. Nichts, aber auch gar nichts ließ darauf schließen, dass etwas passieren könnte, das ihr Leben in irgendeiner Weise verändern würde.

Als Anna vor die Haustür trat, nieselte es. Seit dem Vorabend lag Turin unter einer dünnen grauen Wolkendecke. Es war ein Tag, der nach Regenmantel, Schirm und festen Schuhen verlangte. Anna dagegen trug ein leichtes Frühjahrsmäntelchen in frischem Grün und rote Ballerinas.

In der Bar nahm sie die Zeitung zur Hand und blätterte darin, während sie auf ihren Kaffee wartete. Sie begann, ebenfalls eine feste Gewohnheit, immer innen mit dem Lokalteil, bevor sie sich Politik und Wirtschaft widmete.

Sie erkannte das Bild sofort.

Unter den Nachrichten aus Turin und Umgebung befand sich ein Bericht über einen schweren Autounfall. Das Opfer war Claudia. Sie war von einem Auto erfasst worden, als sie die Straße überqueren wollte. Anna las mit angehaltenem Atem weiter. Eine Notoperation schien sie knapp vor dem Tod bewahrt zu haben, dennoch wurde ihr Zustand als »kritisch« beschrieben. Genauere Prognosen hatten die Ärzte nicht abgegeben. Der Fahrer habe nicht einmal angehalten, hieß es, die Polizei fahnde noch nach ihm.

Anna löste den Blick von der Zeitung, atmete einmal tief durch und versuchte zu ergründen, was diese Nachricht in ihr auslöste.

Zunächst fühlte sie überhaupt nichts außer einer Leere und einer angespannten Stille, bis mit einem Mal Erinnerungen in ihrem Kopf explodierten wie eine Bombe.

Bilder von ihr und Claudia, wie sie lachten. Augen, Hände, Gerüche und Bewegungen.

Claudia, wie sie sich ein schreckliches Tattoo auf den Bauch stechen ließ und vor Schreck und Schmerz aufschrie.

Claudia, wie sie untröstlich und hemmungslos über den Tod ihres alten Schäferhunds weinte.

Claudia auf ihrem ramponierten grünen Roller.

Claudia im Badeanzug mit einem fürchterlichen Sonnenbrand auf Formentera während ihrer ersten gemeinsamen Reise.

Claudia, immer wieder Claudia. Sie beide als Schulmädchen, sie beide und ihre ganz besondere Freundschaft, ihr ganz besonderes Leben, ihre ganz besonderen Liebesgeschichten. Kurzum: ihre ganze besondere Kindheit und Jugend.

Anna legte die Zeitung weg. Sie musste los. Wie immer würde sie fünf Minuten zu spät kommen, auch das war Teil ihrer Morgenroutine.

Noch in Gedanken an Claudia versunken, schwang Anna sich auf ihr Rad und fuhr zur Buchhandlung, wo Signora Adele, die Inhaberin, sie bereits mit Gesichtsausdruck Nummer drei erwartete: Verdruss und Verachtung. In diesem Monat mit Abstand die häufigste Variante unter fünf möglichen. Bislang war es ihr weder gelungen zu entschlüsseln, warum die Signora welcher wann den Vorzug gab, noch wusste sie alle exakt zu benennen. Neben Nummer drei jedenfalls war Nummer eins: Zorn und Missbilligung, der beliebteste Gesichtsausdruck, den sie allerdings seit Längerem nicht mehr zu sehen bekommen hatte.

11

Die Buchhandlung trug den Namen »Stella Polaris« und befand sich in einer hübschen Seitenstraße auf dem rechten Ufer des Po im Erdgeschoss eines Palazzo aus dem 19. Jahrhundert, dessen abblätternde Fassade jene Farbe aufwies, die die Einheimischen das Turiner Gelb nannten, was indes nichts anderes war als ein gewöhnliches Eidottergelb.

Die Räumlichkeiten boten viel Platz, das Programm war bewusst elitär, vielleicht sogar etwas prätentiös – Stella Polaris war eine wahre Fundgrube für Schätze aller Art, sofern man Schätze mochte, die manch einer als Ladenhüter bezeichnete. Entsprechend war das Ambiente: altmodisch, erlesen und stilvoll.

Die hohen Räume wurden von gewölbten Decken überspannt und waren mit antiken Möbeln ausgestattet, die Signora Adele einmal pro Woche mit teuren nährenden Ölen pflegte. Es gab eine gemütliche Leseecke mit drei brokatbezogenen Barocksesseln und einem mit Intarsien verzierten Tischchen, wohin man sich bei Bedarf mit einem Tee oder Kaffee zurückziehen konnte.

Das Ganze sollte wie ein literarischer Salon wirken oder so, wie sich die Signora einen solchen vorstellte. Ein Anspruch, dem die Buchhandlung allein deshalb nicht gerecht wurde, weil hier nie Lesungen oder andere Veranstaltungen stattfanden.

Wenn keine Kunden im Laden waren, kam es nicht selten vor, dass Anna die Sessel zu ihrem Reich machte und sich zum Lesen dort hinsetzte. Die Signora hingegen nutzte sie vor allem für endlose Telefonate mit ihren Freundinnen, einer Gruppe adeliger Damen, die Anna insgeheim als »Ritterinnen der Tafelrunde« bezeichnete. Achtzig Prozent der Kundschaft rekrutierten sich aus diesen Kreisen, und die Damen erschienen so regelmäßig, dass die Signora eigentlich den ganzen Tag Wangenküsschen verteilte.

Abgesehen davon war von Dienstag bis Freitagvormittag in der Buchhandlung ungefähr so viel los wie während eines Fußball-WM-Endspiels auf den Bürgersteigen einer Kleinstadt. Annas Aufgabe bestand darin, die Kunden an der Tür in Empfang zu nehmen und ihnen nicht mehr von der Seite zu weichen. Um sie bei der Buchauswahl gebührend beraten zu können, so die Chefin, die das als einen genialen Marketingschachzug und darüber hinaus als ein exzellentes Serviceangebot betrachtete, das ankommen müsste. In Wirklichkeit schlug sie damit die wenigen Kunden, die sich über die Schwelle wagten, eher in die Flucht, denn die meisten wollten sich zumindest anfangs lieber ungestört umsehen.

Erst neulich hatte Anna auf ihre freundliche Frage: »Wie kann ich Ihnen helfen?«, von einem älteren Herrn die Antwort erhalten: »Indem Sie sich in Luft auflösen.«

Signora Adele kümmerte der Fehlschlag ihrer sorgsam ausgeklügelten Strategie nicht im Geringsten. Und dass Anna dadurch letztlich überflüssig war, noch weniger. Sie hatte sie sowieso mehr als Statussymbol eingestellt. Die junge Frau war gepflegt, hübsch und kultiviert, legte eine unersättliche Leselust an den Tag, mit der sie sich auf alles stürzte, was ihr in die Hände fiel, und war somit in den Augen der Signora geradezu prädestiniert, die Rolle einer gebildeten, belesenen Mitarbeiterin auszufüllen, die gleichermaßen mit anspruchsvollen wie mit unentschlossenen Kunden souverän umzugehen verstand.

Nichtsdestotrotz bereitete Anna ihr häufig Verdruss, was vor allem ästhetische Gründe hatte: Der negativ anmutende Schwung ihrer Lippen irritierte sie genauso wie

13

ihr Lächeln, das immer ein wenig schief war. Überdies ertrug sie es nur schwer, dass Anna von Natur aus schlank war und essen konnte, worauf sie gerade Lust hatte, und sich nicht einmal sportlich betätigen musste, um ihr Gewicht zu halten. Sie fuhr mit dem Rad zur Arbeit und wieder zurück, das war alles.

Die Signora ihrerseits war eine fünfzigjährige Inkarnation der Venus von Milo, die allerdings den Eindruck machte, als müsse sie seit der Vorpubertät unentwegt strenge Diät halten, was ihren Neid auf die naturschlanke Mitarbeiterin schürte und gelegentlich zu ungerechten Beurteilungen führte. Es war ein ständiger Kampf zwischen Wertschätzung und Ablehnung, den die Signora mit sich ausfocht. Wenngleich zumeist Ersteres obsiegte, gab sie das niemals offen zu. Vermutlich weil sie Strenge einer Untergebenen gegenüber für ein angestammtes Vorrecht ihrer Gesellschaftsschicht hielt, was ihr eine kaum verhüllte Befriedigung verschaffte.

Anna war sich der widersprüchlichen Gefühle, die ihre Arbeitgeberin ihr entgegenbrachte, voll bewusst, aber es störte sie nicht, denn abgesehen von den verschiedenen Gesichtsvarianten, mit denen sie morgens in Empfang genommen wurde, herrschte zwischen ihnen überwiegend einvernehmliches Schweigen. Anna wusste das zu schätzen. Außerdem konnte sie, wenn keine Kunden da waren, ungestört in einem Sessel lesen, am Computer sitzen oder sonstigen Interessen frönen. Der perfekte Job. Ein Traum sogar und nicht einmal schlecht bezahlt.

Die Buchhandlung war für die Signora eine Passion, ein Luxus, den sie sich gönnte – für ihren Lebensunterhalt hätten die bescheidenen Einkünfte, die sie damit erzielte, ohnehin nicht gereicht. Adele genoss diese Rolle, zumal sie die uneingeschränkte Herrscherin in ihrem Polarsternuniversum war und schalten und walten konnte, ohne dass ihr jemand widersprach. Ihr Privatleben hingegen hielt sie unter einem dichten Schleier verborgen: Man wusste lediglich, dass sie aus einer sehr wohlhabenden Familie mit adeligem Hintergrund stammte, dass sie geschieden war und keine Kinder hatte.

Es gefiel ihr, ihre Tage umgeben von Büchern zu verbringen, und sie erlaubte es sich, dem Publikum ausschließlich diejenigen anzubieten, die sie selbst für interessant oder für literarisch wertvoll hielt. Durchschnittsware suchte man bei ihr vergebens. Glücklicherweise waren ihre literarischen und kulturellen Interessen breit gestreut, sodass sie dennoch mit einem Angebot aufwarten konnte, das in Turin seinesgleichen suchte. Das machte die Signora zu einer Ausnahmeerscheinung, die indes dem Durchschnittspublikum unbekannt war.

Die Bücher, die in den Regalen standen, gehörten zum Besten aus allen Jahrhunderten und Ländern. Es gab neben dem Hauptgebiet der Literatur eine Abteilung mit antiquarischen Ausgaben, eine mit Illustrationen und eine andere, die beinahe das gesamte Spektrum der westlichen Philosophie von den Anfängen bis zur Gegenwart abdeckte.

Dafür landete auf ihrem persönlichen Index der verbotenen Bücher alles, was die Signora für kommerziell hielt. Dazu zählte sie vor allem Titel, die die Bestsellerlisten erklommen hatten und über die sie stets mit tiefster Verachtung sprach.

Ebenso verpönt waren Ausgaben mit lieblos gestalteten Umschlägen und Bücher, die Kindern gefallen könnten.

15

Sogar der *Fänger im Roggen* war unter dieses Verdikt gefallen und verbannt worden. Obwohl Anna ihrer Chefin zu erklären versucht hatte, dass Kinder bestimmt nicht zu diesem Buch greifen würden, bloß weil es sich bei dem Ich-Erzähler um einen sechzehnjährigen Jungen handele, ließ sie sich nicht umstimmen.

Derartige Differenzen machten Anna bisweilen glauben, ihre einzige Daseinsberechtigung in der Buchhandlung bestehe darin, der Signora einen Vorwand für schlechte Laune zu liefern. Sie war nämlich überzeugt, dass Adele es genoss, in negativen Gefühlen zu schwelgen, und ihre Lebensenergie daraus zog, sich zu beklagen.

An diesem Morgen war mal wieder weit und breit kein Kunde zu sehen, und ein Telefongespräch ergab außerdem, dass auch keine Ritterin der Tafelrunde vorbeikommen würde. Folglich hatte Anna ausreichend Gelegenheit, über Claudias schrecklichen Unfall nachzugrübeln. Und während immer mehr Erinnerungen zum Leben erwachten, fragte sie sich, wie lange es her war, seit sie Claudia zum letzten Mal gesehen hatte. Jedenfalls sehr, sehr lange.

Die Freundschaft mit Claudia war der Fixpunkt ihrer Jugend gewesen. Sie hatte gelegentlichen Zerwürfnissen und Krisen getrotzt und war dadurch sogar noch gefestigt worden. Das ging so, bis zu dem Jahr, als sie beide fünfundzwanzig wurden. Damals wurde aus Vertrauen Misstrauen, aus Nähe Distanz, scheinbar unüberbrückbar.

Dabei hatte die Geschichte, die das Unheil auslöste, eigentlich gar nicht direkt mit Claudia zu tun. Sie war nur die Unglücksbotin gewesen, so jedenfalls hatte sie es dargestellt. Doch es reichte, einen Keil zwischen die Freundinnen zu treiben.

Damals war Anna mit Luca zusammen gewesen, ihrer großen Liebe. Sie hatten sich zu Beginn des Studiums kennengelernt, blieben jahrelang ein Paar, und eine glückliche Zukunft schien vorgezeichnet. Gemeinsam erlebten sie wunderschöne Jahre, die unvergessliche Erinnerungen an Liebe und Freundschaft, an ein sorgloses Studentenleben mit langen Sommerferien und begeistertem Pläneschmieden begründeten. Selbst nach so langer Zeit vermochte sie nicht ohne eine schmerzliche Wehmut an Luca zurückzudenken.

Dass diese Idylle trügerisch gewesen sein sollte, traf sie wie der Blitz aus heiterem Himmel.

Eines Abends in jenem Sommer hatte Claudia ihr eröffnet, dass sie mit ihr reden müsse, hatte dann neben ihr gesessen mit Tränen in den Augen und ihre Hand gehalten, hatte sich gewunden und immer wieder gezögert, das Undenkbare auszusprechen. Dann war es heraus: Luca habe eine andere, behauptete Claudia. Und da sie und Luca Arbeitskollegen waren, glaubte Anna ihrer Freundin aufs Wort.

Es war ein Schock gewesen, ein einziger Albtraum, und wenn Anna daran zurückdachte, erschien es ihr noch genauso schrecklich wie damals. Jedes Detail, Claudias geflüsterte Worte, ihre Tränen, ihre kippende Stimme, ihr Gestammel, das mit den Worten schloss: »Du bist meine beste Freundin und mir viel zu wichtig, um dir das hier zu verschweigen … Ich konnte nicht anders, ich musste es dir sagen, wenngleich ich es lieber nicht getan hätte …«

Ein plötzlich eintretender Kunde riss Anna aus ihren Gedanken. Es war ein übergewichtiger Mann mittleren Alters mit Halbglatze und Toupet, der sie fragend anschaute.

17

»Entschuldigen Sie. Ich suche dieses neue Buch über Einrichten mit Tai-Chi. Haben Sie das vielleicht?«, erkundigte er sich.

Anna seufzte. »Da muss ich Sie leider enttäuschen. Ratgeber führen wir generell nicht. Unser Schwerpunkt liegt auf literarischen Raritäten sowie kultur- und geisteswissenschaftlichen Werken.«

Der Mann winkte ab. »Also so etwas kann ich nun wirklich nicht gebrauchen«, sagte er verächtlich und verließ den Laden wie so manch einer vor ihm, der mit völlig anderen Erwartungen gekommen war.

Kaum war er weg, kehrte Anna zu ihren Erinnerungen zurück. Dachte an den Brief, den Claudia ihr am Ende jenes schrecklichen Tages gegeben hatte und den sie nach wie vor in ihrer Handtasche mit sich herumtrug. Zeit, ihn mal wieder hervorzuholen. Er war abgegriffener, als sie ihn in Erinnerung hatte, das Papier war inzwischen ganz brüchig.

Liebe Anna,
wenn du das hier liest, weißt du bereits von mir, dass Luca offenbar eine andere hat oder zumindest mit ihr herumflirtet. Trotzdem schreibe ich dir, weil ich vielleicht bei unserem Gespräch nicht die richtigen Worte gefunden habe.
Es war sehr schmerzhaft für mich, dir das beibringen zu müssen, und ich habe mir die Entscheidung nicht leicht gemacht. Seit Tagen denke ich darüber nach, ob es nicht besser gewesen wäre, einfach zu schweigen. Aber dann ist mir klar geworden, dass ich es, wäre ich an deiner Stelle, würde wissen wollen und dir nicht mehr in die Augen sehen könnte, wenn ich

*es für mich behielte. Ich hoffe, ich habe das Richtige
getan.*

*Bitte sag Luca nicht, dass ich es dir erzählt habe. Ich
flehe dich an. Wir arbeiten schließlich zusammen.
Dennoch ist es mir wichtig, dass du es weißt. Du hast
es nicht verdient, hintergangen zu werden, du bist ein
ganz besonderer Mensch und hast Besseres verdient,
nämlich das Allerbeste. Und ich bin sicher, dass es dir
irgendwann begegnet – hoffentlich trägt meine Entscheidung zu reden in irgendeiner Weise dazu bei,
wenngleich ich dir jetzt erst einmal einen ungeheuren
Schmerz zufüge. Bitte vergiss nie, dass ich es allein in
deinem Interesse getan habe.*

Alles Liebe, lass dich umarmen
Deine Claudia

Vorsichtig und mit spitzen Fingern, als wäre er verseucht,
steckte Anna den Brief zurück in ihre Handtasche. Sie
konnte es kaum ertragen, daran zurückzudenken, die Erinnerung tat noch immer unglaublich weh, obwohl Jahre
vergangen waren.

Sie hatte Claudias Worte nicht einen Augenblick lang
angezweifelt. Immerhin waren sie wie Schwestern gewesen, ja, ihre Freundschaft erschien ihnen einst sogar stärker, als Blutsbande es je hätten sein können.

Außerdem war Anna sich Lucas Liebe nie ganz sicher
gewesen. In ihren Augen war er einfach viel zu schön, viel
zu intelligent, viel zu kultiviert. Von Anfang an fand sie es
nicht wirklich nachvollziehbar, dass er sich ausgerechnet
für sie entschieden hatte, fühlte sich wie von einer riesigen,
wunderschönen Seifenblase umgeben, die jederzeit zer-
platzen konnte.

Erst später lernte sie mühevoll und in kleinen Schritten, ein größeres Maß an Selbstsicherheit zu entwickeln – da war die Beziehung zu Luca jedoch längst schon Geschichte.

Nachdem sie durch Claudia von seiner Untreue erfahren hatte, verließ sie ihn. Ohne ihm zu verraten, wer es ihr gesteckt hatte. Jemand habe ihn gesehen, mehr sagte sie nicht – außer dass sie mit eisiger Stimme hinzufügte, er sei wohl sogar zu dumm, sich nicht erwischen zu lassen.

Verzweifelt hatte er alles abgestritten, hatte geweint, sie unablässig angerufen, immer wieder seine Unschuld beteuert wie ein Mantra. Anna aber, zutiefst verletzt, war hart geblieben und hatte ihm nicht einmal erlaubt, Stellung zu Claudias Anschuldigungen zu nehmen. Am Ende legte sie sich eine neue Telefonnummer zu und schlug ein neues Kapitel ihres Lebens auf.

Zunächst hielt sie weiter engen Kontakt zu Claudia, erst nach einer gewissen Zeit merkte sie, dass ihre Freundschaft einen Knacks bekommen hatte. Widerwillig musste Anna sich eingestehen, dass es ihr nicht gelang, Claudia zu sehen, ohne dass der Schmerz über ihre gescheiterte Beziehung zu Luca zurückkehrte. Sie würde nur darüber hinwegkommen und Luca aus ihren Gedanken verbannen können, wenn sie Claudia ebenfalls aus ihrem Leben strich.

Doch nicht allein das. Mehr und mehr haderte Anna damit, dass die Freundin ihr die Wahrheit gesagt hatte. Besser, sie hätte es nie erfahren, dann wäre alles beim Alten geblieben, redete sie sich ein und begann Claudia dafür zu hassen, dass sie es ihr hinterbracht hatte. Anfangs unterschwellig, später unkontrollierbar. Eine Zeit lang glaubte sie sogar fest daran, dass Claudia ihn nie mit einer anderen gesehen, sie also getäuscht und damit ihr Unglück direkt herbeigeführt habe.

Also hatte Anna mit ihr Schluss gemacht.

Zu jener Zeit arbeiteten Claudia und Luca bei der größten Tageszeitung Turins, träumten von einer Laufbahn als Journalisten und sahen sich täglich in der Redaktion. Später hatte sie über verschiedene Kanäle erfahren, dass Claudias Karriere bei der Zeitung nie so wirklich Fahrt aufnahm, während es bei Luca glänzend lief. Inzwischen galt er als angesehener Journalist, der mit klugen Artikeln für die Kulturseiten des Blattes auf sich aufmerksam machte. Anna las sie niemals.

Sie musste die quälenden Erinnerungen abschütteln, ermahnte sie sich. Claudia lag im Krankenhaus, ihr Zustand war kritisch, allein das zählte für den Moment. In Annas Kopf erklang eine traurige, herzzerreißende Melodie. Claudia hatte immerhin den Verlust ihrer Freundschaft riskiert, um ihr die Augen zu öffnen und sie vielleicht vor einer noch größeren Enttäuschung zu bewahren. Was immer geschehen war, sie musste sie besuchen.

2

Da montags die Buchhandlung erst um vier Uhr am Nachmittag öffnete, nutzte Anna die Zeit für persönliche Dinge.

So liebte sie es, morgens über den Markt zu schlendern. Mehr noch, es gehörte zu ihren festen Gewohnheiten, zu ihren Ritualen: Egal wie das Wetter war, nichts vermochte sie von ihrem Besuch des Marktes an der Porta Palazzo abzuhalten. Völlig undenkbar auch, sich mal einen anderen der Turiner Märkte anzusehen.

Bereits der Weg dorthin gefiel ihr, allein dieser Wirbel aus Geräuschen, Farben und Gerüchen, der ihr auf der Piazza della Reppublica entgegenschlug und ihre Sinne berauschte. Ein erhebendes Gefühl. Gerade an Tagen wie diesem Montag, an dem alle ihre Gedanken noch um Claudias Unfall und die alten Geschichten kreisten, war es ihr mehr als willkommen. Überhaupt übte der lebhafte Markt eine irgendwie befreiende Wirkung auf sie aus, stimmte sie heiterer, als sie normalerweise war.

Mehr noch als die Stände liebte sie das bunte Treiben, die betäubenden Düfte der Gewürze und Kräuter, das geschäftige Hin und Her der Menschen, ihr Handeln und Feilschen, das ebenso an ihre Ohren drang wie die aufdringlichen Rufe der Verkäufer, die die Passanten anlocken sollten. Vor allem aber liebte sie es, die vielen alten Frauen zu beobachten und ihren Gesprächen zu lauschen. Den komplizierten Familiengeschichten, den gruseligen Details ihrer Gebrechen und den mit wohligem Schaudern vorgetragenen Berichten über Todesfälle im Bekanntenkreis, als könnten sie durch eine Art statistischer Magie den eigenen Tod bannen.

Anna begann ihren Rundgang stets bei den Obst- und Gemüseständen, ging dann weiter zum Fischmarkt und anschließend zur Tettoia, wo traditionelle Kleinbetriebe regionale und saisonale Produkte anboten.

Plötzlich stutzte sie, blieb wie erstarrt stehen. Zwischen den Menschen, die an einem Stand Schlange standen, meinte sie für den Bruchteil einer Sekunde Claudia gesehen zu haben. Ihr Herz begann zu rasen, doch sogleich rief sie sich zur Ordnung. Unmöglich, sie konnte es nicht gewesen sein: Ihre Fantasie hatte ihr einen Streich gespielt. Oder ihr schlechtes Gewissen. Denn obwohl sie sich jeden Tag vornahm, sie zu besuchen, hatte sie sich bislang nicht dazu durchringen können und verschob es immer wieder.

Das ging inzwischen viel zu lange so. Zum einen, weil es ihr widerstrebte, erneut in die Vergangenheit einzutauchen, und zum anderen, weil sie Angst davor hatte, Claudia schlimm zugerichtet zu sehen. Zu ihrer Rechtfertigung schob sie vor, dass sie ja nicht einmal wisse, ob die Ärzte einen Besuch überhaupt erlaubten.

Jetzt allerdings hatten die Gedanken an Claudia sie eingeholt und ließen sich nicht mehr abschütteln. Alles stürmte wieder auf sie ein: die Sache mit Luca, ihre damit verbundenen Verlustgefühle, die Erinnerung an Verzweiflung und nicht versiegende Tränen, das Echo von Claudias

Weinen. Zugleich fand Anna es bestürzend, dass sie nach all den Jahren ständig an Luca dachte, schließlich hatte sie einen Freund. Während sie langsam und ohne bestimmtes Ziel über den Markt schlenderte, ließ sie sich erneut in einen Mahlstrom aus Gedanken und Gefühlen ziehen.

Edoardo. Irgendwie gelang es ihr nicht, ihn nicht mit Luca zu vergleichen.

Die Beziehung war stabil, wenngleich in gewisser Weise statisch, und das seit zwei Jahren. Anna wusste, dass es an ihr lag. Sie hatte immer gebremst, wenn Edoardo voller Elan darauf gedrängt hatte, so schnell wie möglich zusammenzuziehen und sich ein gemeinsames Leben aufzubauen.

Er mochte keine halben Sachen, ihr waren sie gerade recht.

Seine Eile, so schnell wie möglich zusammenzuziehen und eine Familie zu gründen, schreckte sie ab, sie war noch nicht bereit dazu, und deshalb hatte sie die Pausetaste gedrückt. Sie wolle es langsam angehen, sagte sie sich, aber im Grunde wollte sie gar keine Weiterentwicklung. Nicht bevor sie nicht sicher war, dass sie ihn genug liebte, und das war sie bisher nicht.

Vielmehr nahmen ihre Zweifel zu. Anna begann sich zu fragen, ob Edoardo einfach nicht der Richtige für sie war oder ob man bloß einmal im Leben wirklich bedingungslos lieben konnte. Und zunehmend gelangte sie zu der Überzeugung, dass Letzteres zutraf. Hinzu kam, dass Lucas Untreue sie dermaßen verletzt hatte, dass sie nicht mehr an die Liebe glaubte.

Nach Luca und vor Edoardo hatte sie ein paar andere Beziehungen gehabt. Eine pittoreske Kuriositätensammlung, ein Querschnitt der Männerwelt in allen denkbaren

Ausprägungen, dessen überwiegender Teil bereits am ersten Abend ausgemustert worden war und niemals mehr als eine vage körperliche Faszination in ihr geweckt hatte. Erst mit Edoardo schien sich das geändert zu haben. Am Anfang wenigstens, bevor Anna neue Bedenken kamen. Dabei war Edoardo ein toller Typ. Gut aussehend, vielseitig interessiert, humorvoll und mit einem guten Job in der Marketingabteilung einer Kosmetikfirma. Dass er in seiner Freizeit viel Sport trieb: Tennis, Fußball, Golf, Schwimmen und Laufen, betrachtete sie hingegen eher als Nachteil. Ihr stand mehr der Sinn danach, ein Museum zu besuchen, ein Konzert zu hören, ins Theater zu gehen oder zu Hause auf dem Sofa ein gutes Buch zu lesen und dabei ein Glas Wein zu trinken.

Sie waren nie zusammengezogen, und ihre Beziehung blieb letztlich unverbindlich. So wie sie es wünschte. Jeder behielt sein eigenes Leben, ohne dass sie je daran dachten, sich zu trennen. Aber keine Heirat, keine Kinder. Grundsätzlich fehlte Anna jegliche klare Vorstellung von der Zukunft, dazu trauerte sie zu sehr der Vergangenheit nach.

Was sie indes nicht daran hinderte, Edoardo in körperlicher Hinsicht große Leidenschaft entgegenzubringen, was ihn zusammen mit ihren raffinierten Kochkünsten und einer Dosis Lächeln ein Stück weit mit ihrer ansonsten eher restriktiven Haltung versöhnte. Da sie nicht weit voneinander entfernt wohnten, übernachtete Edoardo häufig bei Anna, jedoch als Besuch. Weitergehende Ansprüche wies sie von sich.

»Au!« Angerempelt von einer alten Frau, die sich brutal durch die Menschenmenge kämpfte, kehrte Anna in die Realität des Marktes zurück – um festzustellen, dass der

Bummel ihr heute weniger Vergnügen bereitete als sonst, ja, dass er sie fast unberührt ließ, weil sie mit ihren Gedanken ganz woanders war.

Claudias Unfall hatte alte Erinnerungen wieder an die Oberfläche gespült, und erneut nahm sie sich halbherzig vor, endlich ihren Besuch im Krankenhaus zu machen, um ihr Gewissen zu beruhigen. Nicht heute, vielleicht morgen. Auf diese Weise schob sie es seit Wochen vor sich her. Anna beschloss, Giulias Rat einzuholen.

Sie trafen sich nach dem Abendessen in einer kleinen Kneipe in San Salvario. Draußen war es neblig, und die Straße glänzte wie nach einem Regenguss. Drinnen war es fast zu warm, die gedämpfte Beleuchtung und die Kerzen tauchten die zerkratzten Tische und den fadenscheinigen Teppichboden in ein barmherziges Licht. Ein leicht melancholisches Ambiente, ein bisschen aus der Zeit gefallen und vielleicht deshalb seit Jahren ihre Lieblingsbar.

Giulia war nicht gut auf Claudia zu sprechen, obgleich sie sie lediglich vom Hörensagen kannte.

»Für die würde ich nicht ins Krankenhaus gehen«, erklärte sie energisch. »Die würde ich schön dort schmoren und an die Decke starren lassen. Nachdem sie dir damals das mit Luca eingebrockt hat … Sie hat sich da was angemaßt, was ihr nicht zustand, und damit unnötig Öl ins Feuer gegossen. Ohne sie wäre alles danach nicht passiert. Wer weiß, welche Motive noch dahintersteckten. Irgendwie nehme ich ihr die selbstlose Freundin nicht ab.«

»Vielleicht hast du recht, ich weiß es nicht – trotzdem habe ich das Gefühl, hingehen zu müssen«, antwortete Anna und griff dabei in das Schälchen mit den Nüssen.

»Okay, sag mir nur eins: Wenn du an diesen Besuch im

Krankenhaus denkst, welche Musik hörst du dann in deinem Kopf?«

Anna seufzte. »Ein unheimliches und bedrängendes Stück, so etwas wie die Filmmusik zu *Der weiße Hai.*«

»Siehst du. Abgesehen davon, dass ich nie verstehen werde, wie du einen einzigen klaren Gedanken fassen kannst bei der ganzen Musik in deinem Kopf – der weiße Hai spricht doch für sich. Mehr braucht man nicht zu sagen.«

Zweifelnd blickte Anna ihre Freundin an, deren scharfen Verstand und unkonventionelles Denken sie normalerweise bewunderte. Giulia war ein Kämpfertyp und konnte sehr radikal und kompromisslos sein. Ihre Körpersprache legte davon beredtes Zeugnis ab, gerade malträtierte sie den Strohhalm in ihrem Drink.

»Du magst ja recht haben … Dagegen aber steht meine feste Überzeugung, dass es richtig wäre, sie zu besuchen. Ich käme mir echt mies vor, wenn ich es nicht täte.«

»Mach es, wie du meinst.«

Giulias Stimme klang verstimmt, sie fand Annas Reaktion eindeutig falsch oder war gekränkt, weil die Freundin diesmal ihren Rat nicht annahm. Sie war es nämlich gewöhnt, dass ihre Meinung gebührend gewürdigt wurde.

Da Anna keine Lust verspürte, sich weiter zu rechtfertigen, wechselte sie das Thema.

»Na, sehen wir mal … Übrigens, wie läuft es im Restaurant?«, fragte sie Giulia, die wie ihr Bruder im elterlichen Betrieb arbeitete.

»Gut. Heute war ich mittags dran. Der Laden brummt, doch ich langweile mich irgendwie.«

»Das ist ja nichts Neues … Wann ringst du dich endlich dazu durch, etwas zu ändern?«

»Du weißt ja, ich verschiebe das immer, ohne den Plan ganz aufzugeben … Früher oder später mache ich ganz bestimmt was Eigenes auf. Und bis dahin langweile ich mich halt noch ein bisschen.«

Sie warf Anna einen ihrer bedeutungsschweren Blicke zu, mit denen sie ein Thema, das ihr nicht behagte, abzuwürgen pflegte. Und für den Rest des Abends hielten sie sich an Dinge, die keinem von ihnen unangenehm waren oder schmerzliche Erinnerungen weckten.

Als Anna am nächsten Tag aufwachte, brannten ihre Augen, und sie hätte am liebsten noch mindestens drei Stunden weitergeschlafen. Unten in der Bar musste sie zwei Espresso kippen, um sich überhaupt auf den Beinen halten zu können. Zwei Uhr war eindeutig ein bisschen zu spät und mindestens ein Drink ein bisschen zu viel gewesen. Der Tag in der Buchhandlung lag beängstigend lange vor ihr, und abends musste sie noch ein Essen vorbereiten.

Die Cougars kamen zu Besuch. Dabei handelte es sich um drei Schönheiten um die vierzig, ursprünglich Freundinnen ihrer älteren Schwester, die Anna geerbt hatte, als diese heiratete und ihre Toy Boys zugunsten eines seriösen, gesellschaftlich präsentablen Ehemannes aufgab. Seitdem gehörten die schrägen Cougars mit ihren verrückten Lebensgeschichten zu Annas Freundeskreis.

Francesca war geschieden, hatte zwei Kinder und konnte sich voller Stolz rühmen, die einzige echte Blondine der Stadt zu sein. Im Grunde sah sie aus wie das Klischee einer Kalifornierin: blond, braun gebrannt, schlank und mit einem Körper, der von vielen Stunden im Fitnessstudio und vielen Besuchen beim Schönheitschirurgen zeugte.

Giorgia, die zweite Cougar, hatte einige desaströse Beziehungen im Gepäck und einen Sohn, dessen Vater sie nie preisgegeben hatte. Ganz anders als die ältere Schwester war sie eine zierliche Frau mit braunen Haaren und einem Stil, der an die rehäugige Audrey Hepburn denken ließ.

Und dann war da noch Cristina, deren Geschichte total irre war. Vermutlich war sie die einzige Frau in Turin, die eine wirklich vollkommen sinnlose Heirat in Las Vegas hinter sich hatte, und zwar mit einem Mann, der ihr am nächsten Tag, nachdem sich der Alkoholnebel aus seinem Hirn verzogen hatte, gestehen musste, dass er schwul sei. Früher war sie Balletttänzerin gewesen, bewegte sich geschmeidig und elegant und trug die Haare meist zu einem kunstvollen Zopf geflochten.

Anna mochte alle drei Schwestern und würde nie eine alleine einladen. In ihren Augen bildeten sie eine Einheit, es gab sie lediglich im Dreierpack. Sie fand es im Grunde völlig unbegreiflich, dass die Cougars tagsüber getrennte Leben führten, dass sie in verschiedenen Firmen arbeiteten, in verschiedenen Gegenden der Stadt einkauften. Logisch für sie wäre, dass sie alles gemeinsam machten. Und die Vorstellung, dass das unerforschliche Schicksal das Trio sprengen könnte, dass es einer einen Mann bescherte, beunruhigte sie sogar.

Am Abend dieses Tages, vor einer nicht ganz gelungenen Paella, waren die Cougars an der Reihe, sich die Geschichte von Claudia anzuhören. Dieses Mal musste Anna sehr viel weiter ausholen, denn im Unterschied zu Giulia kannten die Schwestern die Story nicht. Wie auch immer, die Reaktionen fielen jedenfalls anders aus als am Vorabend.

»Du musst sie unbedingt besuchen«, erklärte Cristina

spontan, sobald Anna ihren Bericht beendet hatte. »Manchmal lässt sich durch ein Gespräch selbst ein vor langer Zeit angerichteter Schaden wiedergutmachen. Wenngleich sie sich natürlich besser rausgehalten hätte.«

»Ja«, warf Francesca ein, »es ist immer kritisch, wenn sich Freundinnen in die Angelegenheiten von Paaren einmischen, wobei ich persönlich es gut fände, wenn mir zugetragen würde, dass mein Kerl mich betrügt. Ihr seid hiermit offiziell beauftragt, mir jedwede unbequeme Wahrheit umgehend mitzuteilen.«

»Du hast gut reden – schließlich hast du gar keinen Freund«, erwiderte Giorgia anzüglich.

»Jetzt nicht, könnte sich aber ändern, oder? Und dann würde ich so etwas wissen wollen, statt den Kopf in den Sand zu stecken.«

Damit war das Thema erledigt, und sie wandten sich wieder ihrem Lieblingsgesprächsstoff zu, Annas großer Schwester. Sie bot sich wie kaum jemand anders als perfektes Ziel für Spötteleien aller Art an, und kein Treffen zwischen ihnen verging, ohne dass sie nach Herzenslust über Federica abläisterten, die sich als Staatsanwältin den Ruf erworben hatte, aggressiv wie ein ausgehungerter Haifisch zu sein, und auch im Privatleben eine besorgniserregende Erbarmungslosigkeit an den Tag legen konnte.

Ausgenommen davon waren allein ihre Eltern, ihre Schwester und die Cougars sowie in gewisser Weise ihr Ehemann, den sie gerne wie den Welpen einer vom Aussterben bedrohten Hunderasse verhätschelte und ihn bisweilen als Zuckerschnäuzchen oder Mausebär titulierte. Was ein Witz war, denn bei dem mit derartig albernen Kosenamen belegten Ehemann handelte es sich um einen stocksteifen Notar, der von Aussehen und Gehabe her gut in die Zeit vor dem Ersten Weltkrieg gepasst hätte und sich auch so kleidete. Ausgesprochen abstoßend fand Anna seine morbide Leidenschaft für ausgestopfte Tiere, die er in einem Zimmer seines Hauses ausstellte und unter denen sich sogar ein Löwe befand. Jedenfalls war Leone genau wie seine Frau ein schier unerschöpfliches Thema.

Als die Cougars sich schließlich verabschiedeten, war Anna so müde, dass sie sich ins Bett fallen ließ, ohne noch den Tisch abzuräumen. Bevor sie einschlief, dachte sie flüchtig an das Gespräch mit den Schwestern über Claudia und gab sich mal wieder das Versprechen, die alte Freundin am nächsten Montag, wenn sie den Vormittag frei hatte, zu besuchen und dafür auf den Marktbummel zu verzichten. Ganz bestimmt!

3

Das Klingeln des Weckers ließ sie hochschrecken. Kaum hatte Anna die Augen aufgeschlagen, war ihr erster Gedanke, dass heute Montag war. Ihr Schicksalstag, an dem sie Claudia besuchen würde. Dass sie dafür sogar bereit war, ihren Marktspaziergang sausen zu lassen, unterstrich die Bedeutsamkeit ihres Entschlusses.

Nach dem zweiten Espresso in der Bar machte sie sich mit dem Fahrrad auf den Weg zum Krankenhaus. Erst als sie dort ankam, wurde ihr klar, dass sie nicht einmal wusste, ob jetzt überhaupt Besuchszeit war. Sie hatte Glück, wie sie an der Rezeption erfuhr, wo man ihr auch Claudias Zimmernummer nannte, und mit klopfendem Herzen stieg sie die Treppe hinauf in den zweiten Stock.

Es war eine jener Situationen, in denen man sich wünscht, sie möge schnell vorübergehen.

Vor der Tür des Krankenzimmers zögerte Anna. Wie ein Kind zählte sie im Stillen bis drei, dann drückte sie langsam die Klinke herunter, spähte durch den Türspalt.

Außer Claudia lag eine ältere Dame in dem Raum, die dermaßen in Verbände gewickelt war, dass Anna an eine Mumie aus dem Ägyptischen Museum denken musste. Claudia hingegen hatte nirgendwo Verbände, zumindest keine sichtbaren. Ihre Verletzungen schienen, von blauen Flecken und den eingegipsten Beinen abgesehen, nicht äußerlich zu sein, doch sie sah um Jahre gealtert aus.

Anna fragte sich, ob das an dem Unfall lag, denn wenn sie gelegentlich ihre ehemals beste Freundin via Facebook gestalkt hatte, war sie ihr immer jung und wunderschön wie eh und je erschienen. Claudia liebte Selfies und postete andauernd neue. Natürlich war es möglich, dass sie die Aufnahmen bearbeitet und weichgezeichnet hatte, um die Spuren des Alters zu retuschieren. Anna selbst mochte weder Selfies noch Photoshop und Filter.

Verwirrt betrachtete sie die ihr fremd gewordene Frau, die mit geschlossenen Augen im Bett lag. Claudias Haar war nach wie vor blond, wirkte jetzt nach dem Unfall aber strähnig und ungepflegt. Ihr Gesicht war blass, unter den Augen lagen dunkle Ringe, die Haut sah irgendwie trocken und verknittert aus, vorzeitig gealtert. Dabei war Claudia genau wie sie erst Mitte dreißig.

»O mein Gott«, murmelte sie, als sie mühsam die Lider öffnete.

In Annas Kopf ertönte eine Musik, die nach einer Flötengruppe von Schulkindern klang.

»Hallo, Claudia«, flüsterte sie.

Die Verletzte fing leise an zu weinen.

»O Anna«, schluchzte sie mit belegter Stimme, »was machst du hier?«

»Ich hab's in der Zeitung gelesen und …«

Anna hielt inne, bekam keinen sinnvollen Satz zusammen, wusste überdies nicht, was sie sagen sollte, vor allem weil Claudia nicht aufhörte zu weinen. Mal völlig verzweifelt, mal eher verhalten, dann wieder zu einem Crescendo gesteigert.

»Ach komm, wein doch nicht«, sagte Anna verlegen. »Das Schlimmste hast du ja hinter dir, und jetzt geht's immer bergauf.«

Claudia nickte. »Ja, die Ärzte sagen, ich werde wieder ganz gesund. Allerdings braucht es seine Zeit. Ich bin operiert worden, die Brüche heilen nicht so schnell … ich muss einfach Geduld haben.«

»Siehst du, das wird schneller gehen, als du denkst«, gab sich Anna zuversichtlich, setzte sich auf die Kante des Krankenhausbetts und griff nach der Hand ihrer Jugendfreundin. Sie wusste nicht, was sie sagen sollte, wusste lediglich, dass sie keine gefährlichen Erinnerungen heraufbeschwören mochte. »Magst du mir erzählen, wie der Unfall überhaupt passiert ist?«

Claudia schwieg einen Moment, als suchte sie ebenfalls nach Worten, dann sagte sie monoton: »Es ist an deinem Geburtstag passiert.«

»Das weiß ich, das Datum stand in dem Zeitungsbericht«, antwortete Anna und forderte sie mit einem Nicken auf weiterzusprechen.

»Ich habe deinen Geburtstag nie vergessen, obwohl wir uns seit Langem aus den Augen verloren haben«, fuhr Claudia fort. »All die Jahre habe ich jedes Mal daran gedacht.«

»Mir ist es nicht anders ergangen, ich wusste es immer, wann der Tag näher kam«, gestand Anna mit zitternder Stimme.

Irgendwie fühlte sie sich mit einem Mal ganz komisch, ohne sagen zu können, warum.

»Na ja, es war einfach scheiße«, kam sie auf den Unfall zurück. »Ich bin überfahren worden, weil ich abgelenkt war und nicht auf den Verkehr geachtet habe. Ein Typ, mit dem ich seit einer Weile zusammen war, hatte gerade Schluss mit mir gemacht.«

Anna war eigentlich nicht darauf vorbereitet, hier und heute mit Claudia über Beziehungsprobleme zu sprechen, aber mitgefangen, mitgehangen. Nachdem sie sich überwunden hatte herzukommen, ließ es sich kaum vermeiden, sich Claudias Geschichte anzuhören. Und die Freundin schien gottsfroh, sich den ganzen Mist dieser trostlos klingenden Affäre von der Seele zu reden.

Giovanni, so hieß der Lover, hatte sie seit Monaten im Ungewissen gelassen, was er eigentlich von ihr wollte. Hatte immer wieder neue Ausflüchte gesucht, warum er sich nicht festlegen könne, und sie hingehalten. Ihr Wunsch nach einer verbindlichen Erklärung war ihm lästig gewesen, ihr sehnsüchtiges Streben nach einer festen Beziehung, einer Ehe gar, hatte ihn eingeengt.

An jenem verhängnisvollen Abend nun sollte eine Aussprache stattfinden. Hoffnung war in ihr aufgekeimt, und sie hatte sich für ihn aufgestylt. Selbst wenn es wieder nichts würde mit einer verbindlichen Erklärung – eine Nacht mit gutem Sex würde allemal drin sei, dachte sie.

Ihre Träume wurden brutal zerstört, denn er hatte sie lediglich sehen wollen, um endgültig Schluss mit ihr zu machen. Und zu allem Überfluss erfuhr sie noch, dass er seit Jahren offiziell mit einer anderen verlobt war. Ein Desaster, wie es nicht schlimmer hätte kommen können. Claudia war am Boden zerstört.

»Ich war so aufgewühlt, so unglaublich wütend«, schloss sie, »dass ich blind vor Tränen und unsäglicher Wut auf die Straße gestürzt bin, ohne nach rechts und links zu schauen. Das Auto habe ich nicht mal kommen sehen.«

»Das tut mir leid«, sagte Anna nicht gerade wahrheitsgemäß.

In Wirklichkeit nämlich fühlte sie gar nichts, war wie betäubt. In ihrem Inneren war nur eine unheimliche Leere. Manchmal passierte ihr das, wenn sie sich mit Gewalt in das Gefühlschaos einer anderen Person, mit der sie eigentlich nicht viel verband, hineinzuversetzen suchte oder hineingezogen wurde. Anna hielt es für einen ihrer Verteidigungsmechanismen, mit denen sie sich zu ihrem eigenen Schutz nach außen abschirmte.

»Was soll's, so war es nun mal.« Claudia weinte schon wieder. »Es ist so lieb von dir, dass du mich besuchst, und das nach all den Jahren und nach allem, was geschehen ist.«

»Lass es gut sein«, fiel ihr Anna, deren emotionale Betäubung zu weichen begann, ins Wort, und prompt begann sie, was sie eigentlich hatte vermeiden wollen, an den alten Geschichten zu rühren. »Das ist schließlich das Mindeste, was ich dir schulde. Immerhin war ich diejenige, die auf Abstand gegangen ist …« Sie zögerte, sammelte sich, bevor sie weitersprach. »Weißt du, nach der Sache mit Luca war es einfach zu schmerzhaft für mich, dich zu sehen. Und dabei hattest du es bloß gut gemeint. Damals vermochte ich das nicht zu erkennen. Du ahnst nicht, wie leid mir das inzwischen alles tut.«

»Anna. Du musst dich nicht entschuldigen. Im Ernst«, stammelte Claudia unter Tränen – sie schien gar nicht mit dem Weinen aufhören zu können. »Ich habe dem Tod ins Auge geblickt, und damit verglichen verliert alles andere an Bedeutung, ist nicht mehr so wichtig, zählt überhaupt nicht mehr. Die Begegnung mit dem Tod relativiert eben vieles. Dir wird bewusst, dass man nichts unerledigt lassen soll. Besser, man macht reinen Tisch und klärt Dinge, die man falsch gemacht hat …«

Anna hatte den Eindruck, als stünde Claudia noch unter Schock oder hätte ein Trauma davongetragen. Bei einem so schweren Unfall keine Seltenheit. Jedenfalls markierte er eine Zäsur, denn wie es aussah, betrachtete sie es als Wink des Schicksals, die alten Differenzen ein für alle Mal auszuräumen und wenigstens einen Teil der einst engen Freundschaft wiederzubeleben.

Sollte sie sich darauf einlassen? Anna war hin- und hergerissen. Wenn sie die Chance nicht wahrnahm, würde sie es unter Umständen ewig bereuen. Vielleicht war es ja Schicksal, dass sie sich in einem so schwierigen Moment wiedersahen. Vor ihrem geistigen Auge stiegen Bilder auf, wie sie Claudia beim Gesundwerden begleitete und unterstützte, sie für jeden Fortschritt lobte und bei jedem Rückschlag tröstete. Warum sollte sie es nicht tun? Die Zeit heile alle Wunden, sagte man schließlich, und außerdem war es weiß Gott längst überfällig, die Sache mit Luca als Schnee von gestern abzuhaken.

»Beruhige dich«, redete sie auf die nach wie vor hemmungslos Schluchzende ein. »Du hast den Unfall überlebt und kannst genau da weitermachen, wo du aufgehört hast. Sieh's mal positiv: Nach dem, was dir passiert ist, wirst du alles viel bewusster wahrnehmen und alles viel mehr schätzen, selbst Kleinigkeiten, die einem bislang ganz selbstverständlich waren. Deshalb verzweifle nicht. Es gibt nicht nur Scheißtypen wie diesen Giovanni, und wenn du willst, können wir beide alles aus dem Gedächtnis streichen, was gewesen ist, und neu anfangen. Eine Weile habe ich zwar geglaubt, dich zu hassen, aber das stimmte nicht. Tief in meinem Herzen habe ich nie aufgehört, dich zu mögen.«

Claudia rutschte unruhig hin und her, soweit es ihre ein-gegipsten Beine erlaubten. Ihre Miene ähnelte sehr der Nummer vier von Signora Adele: Enttäuschung und Ab-scheu, und das machte Anna stutzig. Hinter diesem Ge-sichtsausdruck verbarg sich ein Geheimnis.

Mit kaum hörbarer Stimme begann Claudia erneut zu sprechen: »Anna. Ich weiß nicht. Du bist so lieb, kommst hier vorbei und besuchst mich … Das hättest du wirklich nicht tun müssen. Nein, wirklich nicht, denn das habe ich nicht verdient …« Abrupt brach sie ab, als würde ihr die Kraft zum Weitersprechen fehlen. Erst nach einer langen Pause setzte sie neu an: »Das ist jetzt nicht gerade die bes-te Phase meines Lebens. Ach, um ehrlich zu sein, es ist in letzter Zeit so ziemlich alles schiefgegangen, leider nicht ohne mein Verschulden. Mein Gott, wenn ich bei dem Un-fall gestorben wäre, hätte ich nichts wiedergutmachen können.«

Anna verstand absolut nicht, worauf all diese sonder-baren Andeutungen hinausliefen. Also warf sie Claudia lediglich einen fragenden Blick zu und wartete darauf, dass sie ihr irgendwelche Erklärungen lieferte.

»Und nun bist du hier, und dadurch wird für mich alles noch schlimmer. Deinetwegen fühle ich mich nämlich so scheiße, wegen all der alten Sachen. Am liebsten würde ich das Ganze vergessen, doch deine Anwesenheit zwingt mich, daran zu denken …«

»Wovon redest du da, Claudia? Hast du etwa nach wie vor ein schlechtes Gewissen wegen der Sache mit Luca? Das musst du nicht! Du wolltest mir die Augen öffnen, damit ich mich nicht länger in eine hoffnungslose Ge-schichte verrannte.« Anna machte eine kurze Pause und geriet ins Stammeln, denn jetzt kam der Knackpunkt.

»Okay, du hättest es natürlich sein lassen können, dann hätte ich nie von Lucas Untreue erfahren, und vielleicht wäre alles wunderbar weitergegangen. Aber wahrscheinlich hast du richtig gehandelt. Und dass ich unsere Freundschaft beendet habe, geschah vor allem aus dem Grund, weil ich Abstand von allem brauchte, um drüber hinwegzukommen, verstehst du? Du musst also kein schlechtes Gewissen haben, du warst ja nicht schuld daran.«

»O doch, Anna, o doch. Ach, warum bist du hergekommen? Ich habe es so lange ganz tief in mir vergraben, und es war kein Problem mehr für mich. Jetzt hingegen, wo du hier bist, muss ich das Ganze loswerden …«

»Darf man mal erfahren, wovon du überhaupt redest?«, erkundigte sich Anna, der das zusammenhanglose Gestotter allmählich reichte, entnervt.

Die Musik in ihrem Kopf klang mittlerweile schrill und misstönend. Was ging hier vor? Das Krankenzimmer sah plötzlich unwirklich aus, die weißen Wände schienen mit fluoreszierenden Flecken übersät.

»Ich spreche von dir und Luca«, stieß Claudia hervor. »Davon, was ich dir erzählt habe … davon, dass er dich betrogen hat.«

Claudia verstummte, das Schweigen zog sich in die Länge. Als sie den Eindruck gewann, dass die Freundin nicht weitersprechen würde, stand Anna verärgert auf. Die Missklänge in ihrem Kopf wurden immer stärker, die Lichtflecken an den Wänden tanzten wie wild vor ihren Augen. Irritiert verschränkte sie die Arme vor der Brust.

»Okay«, begann Claudia erneut, »ich will sagen, dass … alles eine einzige Lüge war. Kein Wort stimmte. Trotzdem hast du mir geglaubt. Sofort, ohne ein einziges Mal daran zu zweifeln, ohne meine Behauptungen zu überprüfen. Die

Wahrheit ist, dass ich euch auseinanderbringen wollte, weil ich selbst seit Längerem scharf auf Luca war. Und nur so sah ich eine Chance, ihn mir zu schnappen.« Sie blickte Anna, die wie zur Salzsäule erstarrt dastand und sich nicht mehr rührte, unglücklich und schuldbewusst an. »Wir haben ja damals zusammen in der Redaktion gearbeitet, und dort habe ich mich dermaßen in ihn verliebt, dass mir jedes Mittel recht war. Ich konnte an nichts anderes mehr denken, und deshalb habe ich dir diese gemeine Lügengeschichte aufgetischt. Tatsächlich kam alles so, wie ich es vorausgesehen hatte. Du hast mir geglaubt, hast Luca nicht einmal zur Rede gestellt, sondern ohne jede Diskussion Schluss gemacht. Andernfalls wäre mein Plan nicht aufgegangen. Du warst sogar so fair, nicht zu verraten, wer dir das eingeflüstert hatte. Mein Gott, war das schäbig von mir! Und du warst so verdammt anständig!« Sie begann den Kopf zu schütteln, als könnte sie damit den Verrat an ihrer Freundin abschütteln. »Damals war ich sogar stolz auf meine clevere Strategie. Ich hatte freie Bahn, habe Luca getröstet und ihn ins Bett gekriegt. Allerdings konnte ich ihn nie dazu bringen, sich in mich zu verlieben. Das funktionierte nicht, er liebte immer noch dich, Anna. Ich musste mich damit begnügen, dass ich ihn wenigstens auf unverbindliche Weise für eine Weile hatte … Jetzt weißt du, was für eine Freundin ich war und warum es mit Luca auseinandergegangen ist. Er hat dich nie betrogen. Hätte es niemals getan. Ich habe Monate gebraucht, um ihn ins Bett zu kriegen.«

In Annas Kopf tobte inzwischen ein ohrenbetäubendes Pfeifen, ihr wurde schwindelig und leicht übel. Einige Sekunden brachte sie kein Wort heraus, bis die Sätze mit einem Mal einfach so aus ihr herauspurzelten.

»Das hast du gemacht? Das hast du mir wirklich ange-
tan? Ich fasse es nicht! Und jetzt besitzt du die Stirn, mir
das so unterzujubeln, als wärst du dir meiner Verzeihung
sicher? Nein, so läuft das nicht, du verlogenes Miststück!
Denkst, es ist wie in der Beichte, wo dem reumütigen Sün-
der alle Missetaten vergeben werden! Vergiss es, mit mir
nicht. Ich werde einen Scheißdreck tun, dir das zu verzeihen. Im Leben nicht.«

Ihre Wut war grenzenlos und ließ sie Schwindel und
Übelkeit vergessen.

»Du hast recht, wenn du mir nicht verzeihst, Anna. Ich
verzeihe mir selbst nicht, vor allem nicht im Nachhinein,
wenn ich darüber nachdenke, was ich angerichtet habe.
Und auf deine Vergebung darf ich erst recht nicht hoffen,
nachdem ich gewissermaßen dein Leben und das von Luca
zerstört habe. Mir bleibt bloß, neu anzufangen. Ohne Leichen im Keller. Dein Besuch erst hat mich gezwungen,
mich meinem Fehlverhalten schonungslos zu stellen – insofern bin ich froh, dass du gekommen bist. Vielleicht war
es ja eine schicksalhafte Fügung. Jedenfalls ist mir eine
Last von der Seele genommen. Ob es dir allerdings noch
etwas nützt zu wissen, dass er dich nie betrogen hat, ist
eine andere Frage.«

Claudia sah erleichtert aus wie jemand, der am Sams-
tagnachmittag von der Beichte kommt, befreit von der
Bürde all der kleinen Schäbigkeiten, die sich unter der Woche angesammelt hatten, und bereit, neue zu begehen.
Man konnte schließlich beichten!

»Mein Gott, wieso habe ich dir geglaubt, statt Luca wenigstens anzuhören.« Anna war nach wie vor außer sich.
»Ich gehe jetzt und will dich nie mehr wiedersehen, nie
mehr!«

Damit drehte sie sich um und stürzte aus dem Zimmer, die Augen voller Tränen, das Gesicht zu einer zornigen Maske erstarrt.

Verstört und deprimiert verließ sie das Krankenhaus. Dass endlich die Sonne über Turin strahlte, nahm sie kaum wahr, und es hätte sie auch nicht aufgeheitert. Automatisch stieg sie auf ihr Rad, trat blicklos und ohne Ziel in die Pedale, bis sie sich schließlich am Parco del Valentino wiederfand. Dort schloss sie das Fahrrad an einem Pfeiler an und stapfte los, hoffte, die Bewegung werde sie beruhigen, ihre Gedanken auf anderes lenken.

Um diese Zeit war der Park noch ziemlich leer. Vereinzelte Jogger waren unterwegs, Mütter mit Kinderwagen, Rentner und ein paar etwas abgerissen oder dubios aussehende Gestalten. Anna beachtete sie nicht, versuchte Ordnung in ihre Gedanken zu bringen, wobei eigentlich nunmehr alles klar war. Claudia hatte mit einer bösartigen Lüge ihr ganzes Leben verändert und ihr indirekt Luca weggenommen, indem sie ihre arglose Freundin manipulierte, mit Luca wegen angeblicher Untreue zu brechen. Das war selbst nach so vielen Jahren unentschuldbar.

Stundenlang wanderte sie umher und kam gerade rechtzeitig zu Beginn der Geschäftszeit bei der Buchhandlung an. Sie schob das Gitter hoch, war froh, ihre Chefin nirgendwo zu sehen, und hoffte, sich die nächsten Stunden mit Arbeit ablenken zu können. Leider kamen zu ihrem Verdruss keine Kunden. Dafür tauchte irgendwann die Signora auf, einen riesigen Karton auf den Armen, den sie am Eingang abstellte, bevor sie sich Anna mit Gesichtsausdruck Nummer fünf: Abscheu und Irritation, zuwandte.

Was sie ihr damit zu verstehen geben wollte, blieb ihr indes wie meist ein Rätsel.

In dem Karton befand sich eine Stereoanlage, die Adele sofort zu installieren begann, nachdem sie die Bedienungsanleitung gründlich studiert hatte.

Als Anna fragte, ob sie irgendwie behilflich sein könne, bekam sie zur Antwort: »Nein. Mir scheint, du hast selbst genug um die Ohren.«

Wieso sagte sie das, wunderte sich Anna. Erstens pflegte ihre Chefin nicht darauf zu achten, was sie tat, und zweitens war die Feststellung falsch. Eigentlich war sie eher unterbeschäftigt.

Sie machte sich einen Espresso und stürzte ihn im Stehen hinunter, was eine plötzliche Welle der Übelkeit auslöste. Vermutlich weil sie mittags nichts gegessen hatte. Sie rannte ins Bad, schloss sich ein und setzte sich auf einen Hocker, bis der Anfall verging. Zitternd stand sie wieder auf und ließ am Waschbecken eiskaltes Wasser über ihre Handgelenke laufen, um den Pulsschlag zu beruhigen. Als sie sich aufrichtete, erblickte sie im Spiegel ein höchst verstörendes Bild von sich selbst, bleich und mitgenommen und mit müden Augen.

»Verdammte Claudia«, murmelte sie, aber gleichzeitig gestand sie sich zum ersten Mal wirklich ein, dass sie es irgendwie auch selbst vermasselt hatte. Wäre sie bloß nicht so dämlich gewesen, Claudia blind zu glauben.

Von draußen hörte sie Stimmen. Jemand war wohl hereingekommen. Eigentlich müsste sie rausgehen und sich um den Kunden kümmern, doch die Signora schien sich seiner bereits angenommen zu haben. O Gott, hoffentlich fertigte sie ihn nicht gleich von oben herab ab, weil er sie bei der Montage ihrer Stereoanlage störte. Da kannte sie nichts. Und das, dachte Anna mit einem Anflug von Zynismus, obwohl die Leute ihnen ja nicht gerade die Bude einrannten.

»Nein, dieses Buch haben wir nicht«, hörte sie Adele kurz angebunden sagen, und Anna war überzeugt, dass sie es mal wieder geschafft hatte, einen Kunden in die Flucht zu schlagen. Das konnte sie wirklich gut.

In diesem Fall allerdings schien sie sich getäuscht zu haben, denn plötzlich veränderte sich die Stimme der Signora. »Aber sicher«, hörte sie sie zuckersüß flöten. »Ich kann Ihnen eine ganze Reihe hervorragender Alternativen empfehlen.«

»Dann zeigen Sie mir bitte etwas«, antwortete der Kunde.

Anna in ihrem Versteck beschlich ein seltsames Gefühl. Sie spitzte die Ohren, um nicht zu verpassen, wenn der Mann etwas sagte. Zwar vermochte sie nicht alles zu verstehen, aber die Stimme rührte vage Erinnerungen bei ihr auf.

Sie lauschte gebannt, während Adele sich draußen im Laden in einem ausufernden Monolog erging, um das Buch zu verkaufen, das sie immer empfahl, wenn sie den ursprünglichen Wunsch eines Kunden nicht befriedigen konnte. Es handelte sich um den völlig unbekannten Roman eines russischen Autors, den sie bewunderte. Als sie endlich durch war mit ihrer Lobeshymne, ergriff der Mann wieder das Wort.

»Ja, ich glaube, das könnte ihr gefallen. Sie haben mich überzeugt, ich nehme es, wenngleich es nicht gerade eine leichte Kost zu sein scheint.«

In diesem Moment fiel es ihr wie Schuppen von den Augen. Wieso hatte sie ihn nicht gleich erkannt? Es war Luca.

45

Beim ersten Satz hätte sie wissen müssen – diese Stimme, in der eine unvergleichliche Ruhe und Wärme lag, gab es kein zweites Mal. Oder doch?

Panik ergriff Anna. Mit weit aufgerissenen Augen starrte sie sich im Spiegel an und sah eine zutiefst verstörte Frau. Das alles ergab keinen Sinn, sagte sie sich. Am Morgen hatte sie Claudia besucht und die ganze traurige Wahrheit erfahren, und dann sollte ein paar Stunden später ausgerechnet Luca in der Buchhandlung auftauchen? Wie unwahrscheinlich war das denn. Nein, sie musste sich täuschen. Vermutlich stand sie noch unter Schock und halluzinierte. Mit beiden Händen stützte sie sich auf das Waschbecken und versuchte sich mit Atemübungen zu beruhigen. Ferne Erinnerungen an die einzige Yogastunde ihres Lebens vor zehn Jahren. Es funktionierte, zumindest kam es ihr so vor.

»Es ist nicht Luca«, beschwor Anna sich, »es ist nicht Luca, es ist nicht Luca, es ist nicht Luca.«

Aber als sie ein weiteres Mal die Stimme des Mannes hörte und dazu sein Lachen, war sie sicher. Es war Luca! Niemand sonst hatte dieses Lachen.

Anna gab sich einen Ruck. Wenn sie jetzt nicht rausging, um nachzuschauen, würde sie im Leben keine ruhige Minute mehr haben.

Um Gottes willen jedoch nicht so, nicht in diesem Zustand, entschied sie nach einem neuerlichen Blick in den Spiegel. Hektisch zog sie die Schublade des Badezimmerschränkchens auf, in dem die Signora diverse Kosmetikutensilien aufbewahrte, die für den Notfall reichen sollten. Gegen die gespenstische Blässe trug sie ein Make-up auf, das ihre Haut aussehen ließ wie nach drei Monaten in den Tropen, schminkte die Augen mit Lidschatten, Wimpern-

tusche, Eyeliner und die Lippen mit einem grellen fuchsia-
roten Stift, eine dezentere Farbe fand sie nicht. O Gott, sie
sah ja völlig bizarr aus.

Es wurde Zeit. Anna hörte, wie die Signora draußen die
Tasten der Registrierkasse misshandelte. Noch zögerte sie,
überlegte, ob sie nicht lieber mit dem Zweifel weiterleben
und die Ereignisse dieses Tages vergessen oder zumindest
verdrängen sollte.

Adele nahm ihr die Entscheidung ab.

»Ah, die Rolle für die Bons ist zu Ende«, sagte sie zu
ihrem Kunden. »Ich weiß nicht, wo das Mädchen die neu-
en aufhebt … Warten Sie bitte einen Moment. Annaaa!
Annaaa!«

»Ich komme«, rief Anna zurück und trat zittrig und mit
klopfendem Herzen aus dem Bad.

Der Mann stand vor der Kasse, wandte ihr den Rücken
zu. Er war groß und trug einen trendigen schwarzen Mantel. Als die Signora ihre sonderbare Aufmachung bemerkte, verzog sie geringschätzig das Gesicht. Wie stillos, schien
sie damit auszudrücken.

Aber Anna war im Moment nicht danach, die Miene zu
katalogisieren, und sagte mit gespielter Lockerheit: »Da
bin ich.«

Blitzartig schnellte der Mann herum, und ihre Blicke
trafen sich.

»Luca«, sagte sie bemüht gelassen.

»Anna …«

In all den Jahren hatte sie ihn nicht ein einziges Mal
getroffen, nicht mal zufällig, nicht mal im Vorbeigehen.
Und in den sozialen Medien tauchte er ebenfalls nicht auf,
zumindest nicht offen zugänglich. Lediglich über Bekannte hatte Anna hin und wieder etwas von ihm gehört.

»Arbeitest du hier?«, erkundigte er sich überrascht.

»Ja.«

»Das wusste ich nicht …« Er wirkte mit einem Mal verwirrt und unsicher. »Ich bin zufällig hier hereingeschneit, weil ich meiner Mutter einen Krimi besorgen soll, die führt ihr offenbar nicht … Na ja, dann habe ich mir eben was anderes ausgesucht.« Verlegen brach er ab, als er merkte, dass er sich in ein sinnloses Gespräch zu verrennen drohte, und fügte stattdessen schlicht hinzu: »Hast du Zeit und Lust für einen Kaffee?«

Anna spürte, wie ihr die Röte in die Wangen stieg. Um zu vermeiden, dass Luca es merkte, drehte sie sich abrupt zu Adele um und fragte sie, ob sie eine Pause machen dürfe.

»Geh nur«, erwiderte die Signora, die das ganze Gespräch mit angehört hatte, großmütig, wedelte mit der Hand und produzierte einen vollkommen neuen Gesichtsausdruck, der noch genauer zu identifizieren war. Dann entfernte sie sich, murmelte erneut »Geh nur« und wandte sich wieder der neu erworbenen Stereoanlage zu.

Als die beiden die Buchhandlung verließen, drückte sie auf Play. Bis auf die Straße hinaus erscholl Wagners *Walkürenritt* in einer Lautstärke knapp unterhalb der Schallgrenze.

Anna und Luca gingen schweigend nebeneinanderher. Es fühlte sich seltsam an nach all der Zeit. Anna ertappte sich bei dem Wunsch, dass dieser Spaziergang nie zu Ende gehen möge, leider jedoch lag die Bar, die sie anstrebten, direkt hinter der nächsten Ecke.

Dort kannte man Anna. Sie kam oft in der Mittagspause vorbei, um sich ein Panino oder ein Croissant zu holen.

Oder sie traf sich hier mit Freundinnen auf einen Aperitif. Der Besitzer, quasi Danny de Vitos Doppelgänger, wenngleich eher noch kleiner und dicker, hatte eine Schwäche für sie oder besser gesagt für ihre kleinen Brüste. Als er sie mit einem unbekannten Mann hereinkommen sah, konnte er seine Enttäuschung kaum verbergen und schüttelte unwirsch den Kopf.

Anna und Luca setzten sich an einen der Tische am Rand und bestellten zwei Espresso, waren beide bemüht, gelassen und souverän zu wirken. Anna wusste nicht, was sie sagen sollte. Obwohl ihr das Erlebnis mit Claudia unentwegt im Kopf herumging, war sie sich nicht sicher, ob sie darüber mit Luca sprechen wollte.

Schließlich brach er das Schweigen. »Schön, dass du mitgekommen bist. Ich fürchtete bereits, du wolltest immer noch nicht mit mir reden.«

Anna lehnte sich auf ihrem Stuhl zurück, griff sich ins Haar und spielte mit einer Strähne wie so oft, wenn sie sich unsicher fühlte.

»Es ist so viel Zeit vergangen«, sagte sie lahm.

»Trotzdem scheinst du dich nicht verändert zu haben«, antwortete er mit einem wehmütigen Lächeln.

Eine Woge widersprüchlicher Gefühle schwappte über Anna hinweg. Wenn ihr gestern jemand prophezeit hätte, dass sie heute mit Luca in einer Bar sitzen würde, hätte sie schallend gelacht und behauptet, diese Vorstellung sei geradezu absurd. Völlig aus der Welt. Aberwitzig. Doch gestern war nicht heute. Heute hatte sich durch Claudias Geständnis alles verändert und zuvor Undenkbares wieder in den Bereich des Möglichen gerückt.

»Nein, Luca, ich bin nicht mehr dieselbe, zumindest kommt es mir so vor. Das Leben ist weitergegangen.« Sie hielt inne, schaute ihn prüfend an und fügte dann möglichst gelassen hinzu: »Hast du übrigens von Claudias Unfall gehört?«

»Nein. Was ist passiert?«

Sein Tonfall verriet Überraschung, aber keinerlei emotionale Anteilnahme. Also wusste er von nichts und wollte eigentlich über etwas anderes sprechen. Sollte sie es ihm dennoch erzählen? Anna spielte auf Zeit, war unschlüssig und beschloss, sich langsam an das heikle Thema heranzutasten.

»Ich dachte, als Journalist kriegt man so was mit …«

»Im Prinzip schon, allerdings hasse ich Polizeimeldungen und Unfallberichte. Wenn ich nicht muss, lese ich diese Seiten erst gar nicht, vor allem nicht die im Lokalteil. Mir reicht meine Arbeit für die Kulturredaktion, damit bin ich voll und ganz ausgelastet. Sag bloß, du hast nie einen Artikel von mir gelesen? Egal, erzähl erst mal, was mit Claudia passiert ist.«

Zunächst gab Anna wieder, was in der Zeitung gestanden hatte, bevor sie zögernd den nächsten Schritt tat. Es war an der Zeit.

»Ich habe sie besucht«, berichtete sie, »habe sie seit damals zum ersten Mal wiedergesehen … Seit wir uns getrennt haben.«

»Seit du mich verlassen hast«, korrigierte er sie und beugte sich vor.

»Ja«, gestand sie beschämt.

»Natürlich wusste ich, dass eure Freundschaft zu Bruch gegangen ist, immerhin arbeiteten Claudia und ich bei derselben Zeitung.«

»Und du bist mit ihr ins Bett gegangen.«

Luca zuckte mit keiner Wimper. »Stimmt. Du wolltest

nichts mehr von mir wissen, und ich brauchte Trost und Ablenkung«, erwiderte er, und seine Stimme klang erneut völlig emotionslos. »Hat sie dir das erzählt?«

»Ja, hat sie«, bestätigte Anna und begann wieder mit ihren Haaren zu spielen.

»Und?«, hakte Luca nach. »Das klingt, als wäre da noch mehr.«

»In der Tat, sehr viel mehr sogar. Nur weißt du ja bislang nicht mal, dass sie es war, die mir von deiner angeblichen Affäre erzählt hat.«

Luca war schockiert und für eine Weile sprachlos. »Na toll«, schnaubte er schließlich wütend. »Und du hast ihr einfach so geglaubt, hast mich nicht mal anhören wollen ... Völlig blind hast du ihr vertraut!«

»Du hast recht. Inzwischen verstehe ich es selbst nicht mehr. Weißt du, damals habe ich mir letztlich insgeheim eingebildet, nicht gut genug für dich zu sein, deinen Maßstäben nicht zu entsprechen. Insofern hielt ich es nicht für gänzlich unwahrscheinlich, dass du jemanden gesucht hast, der besser zu dir passte. Und vor allem habe ich nie damit gerechnet, dass meine beste Freundin zu so einer Gemeinheit fähig wäre. Und ich habe nicht mal ansatzweise mitbekommen, dass sie sich für dich interessierte. Sonst wäre ich kaum so gutgläubig gewesen.«

Luca brachte kein Wort heraus, aber seine Miene wurde weicher, jetzt, wo er das Ausmaß der Katastrophe für Anna begriff. Sie war böswillig getäuscht und ihrer Zukunft beraubt worden – abgeschnitten von einem Weg, den sie so gerne gegangen wäre. Und er war froh, sehr froh, dass sie nicht länger glaubte, er habe sie betrogen.

»Na, da bin ich ja genau im richtigen Moment in deinem Buchladen gelandet«, meinte er und rang sich ein

Grinsen ab. »Die ganze Geschichte hat auch mein Leben verändert, um es klar auszudrücken. Hast du überhaupt eine ungefähre Vorstellung davon, wie machtlos ich mich gefühlt habe, als du mich nicht einmal anhören wolltest? Ich habe dich nie betrogen, niemals, nicht mal in Gedanken, und du hast mich sitzen lassen, ohne dass ich irgendwas hätte richtigstellen können. Das war bitter, sehr bitter sogar.«

»Nun, du hast dich schnell getröstet«, konnte Anna sich nicht verkneifen zu sagen und trommelte mit den Fingern auf den Tisch.

»Noch einmal: Du hattest mich verlassen, ich war dir nichts mehr schuldig und suchte Ablenkung. Und zudem hat Claudia nicht lockergelassen«, konterte Luca ärgerlich. »Ich denke nicht, dass dir das Recht zusteht, mir etwas vorzuwerfen. Du hättest mich nicht einfach so abservieren dürfen ohne ein klärendes Gespräch. Das hat sehr wehgetan. Gut, du warst unsicher. Doch wir haben uns schließlich geliebt, Anna! Ich habe dich wirklich von ganzem Herzen geliebt, wieso hast du das nicht gemerkt?«

Was sollte sie sagen? Sie wusste selbst, dass sie einen folgenschweren Fehler begangen hatte, für den es keine Entschuldigung gab. Das Beste war, nicht länger Ausflüchte zu suchen, sondern es zuzugeben.

»Ja, du hast recht. Ich habe ihr bedenkenlos geglaubt, als sie mir aufgewühlt deine angebliche Untreue hinterbrachte. Und ja, es ist wohl so, dass ich ihr mehr vertraut habe als dir. Zumindest hat sie es geschafft, Zweifel an deiner Liebe in mein Herz zu säen. In all diesen Jahren bin ich fest davon überzeugt gewesen, dass sie recht hatte, und ich will ebenfalls nicht abstreiten, dass ich dich zeitweilig gehasst habe. All die Jahre habe ich darunter gelitten, und jetzt stellt sich heraus, dass alles auf einer Lüge beruhte und auf einer Verkettung unglücklicher Umstände. Oder es war schlicht und ergreifend Schicksal.«

»Nein, Anna, das war kein Schicksal. Das warst du. Ich glaube nämlich nicht, dass es zwangsläufig so kommen musste. Erst dann wäre es Schicksal. Du hingegen hättest die Möglichkeit gehabt gegenzusteuern, aber du hast es geschehen lassen. Je mehr Zeit dann verging, desto seltener habe ich daran gedacht. Dich eingeschlossen, muss ich gestehen.« Er machte eine Pause, stand auf und ging zur Theke, um einen zweiten Kaffee zu bestellen. »Heute allerdings«, fuhr er schließlich fort, »wo ich dich wiedersehe, kommt es mir vor, als wäre die Zeit zurückgedreht worden.«

Erneut schwieg er, Anna fühlte sich inzwischen schrecklich unbehaglich und wusste nicht, was sie sagen oder ob sie lieber schweigen sollte.

»Wenn ich genau in diesem Augenblick einen Wunsch frei hätte«, fuhr er fort, »dann würde ich mir wünschen, tatsächlich die Zeit zurückdrehen und mit dir hier sitzen zu können als das glückliche Paar, das wir einmal gewesen sind. Ich würde dich umarmen und küssen, und es wäre das Normalste der Welt, etwas, das man einfach so tut. Bloß sind die Verhältnisse leider nicht so.«

Anna fühlte, wie erneut ein Anflug von Panik in ihr aufstieg. Sie wünschte sich genau dasselbe, doch durfte sie das zulassen? O Gott, wie gerne würde sie Luca küssen, ununterbrochen, einen ganzen Tag und eine ganze Nacht lang, ohne ein einziges Mal die Augen aufzumachen, ohne Hintergrundmusik im Kopf und vor allem ohne jegliche Einmischung der Außenwelt.

Sie schaute sich um, als suchte sie nach einem diskreten

Fluchtweg aus dieser unwirklichen Situation. Es gab keinen. Die Bar war leer. Außer ihnen und dem dicken Wirt war niemand im Raum, da konnte sie nicht ungesehen verschwinden.

»Luca, ich weiß, dass du verheiratet bist«, flüsterte Anna. »Irgendjemand, ich weiß nicht mehr, wer, hat mir vor einiger Zeit erzählt, du seist sogar Vater geworden.«

Seufzend rieb er sich die Stirn. »Das war einmal. Mittlerweile lebe ich getrennt – und Vater bin ich nicht, wenngleich ich das eine Zeit lang geglaubt habe.«

»Wie das?«

Er antwortete nicht sofort, sondern senkte den Blick und seufzte noch einmal, bevor er aufschaute und Anna eindringlich in die Augen sah.

»Ich habe eigentlich keine große Lust, darüber zu reden«, erklärte er müde. »Es ist ein Jahr her. Meine Frau wurde schwanger von ihrem Fitnesstrainer und hat mir vorzumachen versucht, ich sei der Vater. So war das. Zum Glück habe ich die beiden zufällig mal erwischt und sogleich die Trennung durchgesetzt. Nicht mehr lange und wir werden geschieden sein. Wegen meiner Ex brauche ich keine Skrupel zu haben von wegen Versorgung und so, der Trainer hat sich zu ihr und dem Kind bekannt und kümmert sich um sie. Gott sei Dank.«

In einem tiefen Winkel ihres Bewusstseins war Anna unendlich erleichtert, dass Luca keine Kinder hatte, und mahnte sich zugleich, dass ihr das eigentlich völlig gleichgültig sein konnte. Oder etwa nicht? Sie vermochte es nicht zu sagen, wusste nicht, wie – wenn überhaupt – es weitergehen sollte mit ihnen. Luca nahm ihr die Entscheidung ab.

»Sehen wir uns mal wieder?«, bat er sie. »Ein bisschen

gemeinsame Zeit ist das Mindeste, was du mir schuldest, finde ich.«

»Na gut, ein Abendessen«, willigte sie zögernd ein. »Bei dir, wenn's recht ist. Ich möchte meinem Freund nicht unbedingt erklären, dass ich mich mit einer alten Liebe von früher treffe. Selbst wenn es lediglich um ein Abendessen geht … Es würde nicht gut ankommen.«

Noch während Anna sprach, merkte sie, wie albern und gekünstelt sich ihre Worte anhörten.

»Wie du willst.« Luca nickte. »Dann hole ich dich morgen um halb sieben ab.«

Zurück im Laden wurde Anna von widerstrebenden Empfindungen geplagt. Zum einen meinte sie Zentnerlasten auf ihren Schultern zu spüren, zum anderen fühlte sie sich mehr als zehn Jahre jünger, lockerer, als wäre sie in die Vergangenheit zurückversetzt worden, in die Jahre mit Luca.

Die Signora empfing sie mit Gesichtsausdruck Nummer zwei: Wachsfigurenkabinett, der ihr seit der Botoxbehandlung im letzten Monat besonders gut gelang. Die Klänge des *Gefangenenchors* aus Nabucco erfüllten den Raum, zum Glück in erträglicher Lautstärke.

Der Rest des Nachmittags verging wie im Flug, und schon konnte Anna auf dem Fahrrad heimwärts radeln. Edoardo würde zum Essen kommen. Mit jedem Pedaltritt wiederholte sie in Gedanken, dass sie heute weder an Luca noch an Claudia denken durfte, sonst spannte Edoardo womöglich etwas. Sie würde sich ganz aufs Essen konzentrieren: Es sollte Tagliatelle mit Kalbsschnitzel und Steinpilzen geben, das hatte Edoardo sich gewünscht.

Zu Hause angekommen, zog sie nicht einmal die Schuhe

aus, sondern stellte sich sofort an den Herd. Kochen war von therapeutischem Wert für sie, beim Kochen konnten die Gedanken ungehindert fließen. Normalerweise, heute allerdings nicht. Die Begegnung mit Luca hatte sie vollends aus dem Gleichgewicht gebracht. Sie vermochte einzig und allein daran zu denken, dass sie ihn bereits morgen wiedersehen würde. Anna wusste, dass sie sich auf ein Spiel mit dem Feuer einließ.

Edoardo kam um neun, legte sogleich Anzugjacke und Krawatte ab, sein Ritual, und umarmte Anna von hinten, als sie gerade die Pasta ins Wasser gab. Aus irgendeinem unerklärlichen Grund war diese Umarmung die liebevollste, seit sie zusammen waren, und trotz der unheilvollen Vorzeichen verlief der Abend ausgesprochen harmonisch.

Es gelang ihr, sich ihre Verwirrung nicht anmerken zu lassen, und natürlich erzählte sie Edoardo nichts von ihrem Besuch bei Claudia und erst recht nichts von ihrem Wiedersehen mit Luca. Warum auch? Das alles hatte schließlich nichts mit ihm zu tun, redete sie sich ein.

Also genossen sie das perfekt gelungene Essen und tranken dazu einen Barbaresco, den Anna seit Ewigkeiten in der Speisekammer liegen hatte. »Einfach so«, wie sie erklärte. Anschließend liebten sie sich auf dem Sofa, während im Fernsehen eine Folge von CSI lief, und gingen erst sehr viel später zu Bett. Die ganze Nacht über hielten sie sich in den Armen, aber lediglich Edoardo schlief. Anna lag wach im Bett, geplagt von tausend Zweifeln, Ängsten und Erinnerungen.

Hin- und hergerissen von ihren zwiespältigen Gefühlen, bedrückte sie es sogar, dass sie heute Abend eine größere Zärtlichkeit für Edoardo empfunden hatte als sonst. Und das gab ihr zusätzlich Anlass zum Grübeln. Zwei Gründe fielen ihr ein: Der erste betraf ihre Schuldgefühle, die sie zweifellos wegen Luca hatte, und die Angst, eine Entscheidung treffen zu müssen. Der zweite Grund hingegen kam aus ihrem Unterbewusstsein: Sie fühlte sich durch ihren Instinkt dazu gedrängt, sich an Sicherheiten festzuhalten, vorsichtig umzugehen mit dem, was sie hatte.

Und für diese Sicherheit stand Edoardo, der ohnehin darauf wartete, hinsichtlich ihrer Beziehung Nägel mit Köpfen zu machen. Es war der Moment gekommen, in dem sie sich klar werden musste, ob diese verlässliche Liebe eine Chance erhielt oder ob sie einer alten, unvergessenen Liebe weichen musste, die neu entflammt war.

4

Müde kam Anna am nächsten Morgen im Laden an. Und zwar auf die Minute pünktlich, denn die Schlaflosigkeit hatte ihre Morgenroutine durcheinandergebracht.

Es war warm für November, und sie schwitzte in ihrem Rollkragenpullover, als sie das Absperrgitter hochschob. Drinnen machte sie das Licht an, sah nach der Heizung und schaltete die Kaffeemaschine ein. Plötzlich hatte sie Lust, etwas zu tun, das in Gegenwart der Chefin verboten war, und holte das Kassenbuch aus der Schublade unter der Theke hervor, um einen schnellen Blick hineinzuwerfen.

Die Lage war schlimmer als gedacht.

Die Umsatzzahlen waren gelinde gesagt lächerlich. Nicht, dass Anna es nicht geahnt hätte, doch ganz so desolat hatte sie es sich nicht vorgestellt. Sicher: Wohlhabend, wie sie war, scherte sich Adele wenig um das Geschäftsergebnis – trotzdem bekam Anna es mit der Angst zu tun. Was, wenn es die Signora eines Tages satthatte, Geld zu verbrennen, und den Laden dichtmachte?

Für sie würde dann eine fatale Situation entstehen. Sie wäre arbeitslos, müsste sich nach einem neuen Job umsehen – aber gute Angebote lagen nicht gerade auf der

Straße. Ihrer Mutter wollte sie nicht zur Last fallen, nachdem sie seit Jahren gut alleine zurechtgekommen war. Außerdem stellte die Buchhandlung auch ideell gesehen einen wichtigen Pfeiler ihres Lebens dar. Und Anna war immer wie selbstverständlich davon ausgegangen, dass das so bleiben würde.

Wenn man alles richtig bedachte, überlegte sie, sollte sie in vollen Zügen ihr derzeitiges Leben genießen. In jeder Hinsicht. Schließlich hatte sie gerade eben erlebt, wie schnell alle Gewissheiten dahin sein konnten.

Sie war so in Gedanken verloren, dass sie nicht merkte, wie ihre Chefin hereinkam und sie mit dem aufgeschlagenen Kassenbuch in den Händen erwischte. Signora Adele reagierte mit einem vollkommen neuen Gesichtsausdruck: Nummer sieben, nackte Wut.

»Na, Neugier gestillt?«, hörte sie ihre süffisante Stimme.

Das Kassenbuch noch in der Hand, zuckte Anna schuldbewusst zusammen. »Entschuldigen Sie, ich habe mir Sorgen gemacht …«

»Und was geht dich das an?«, erkundigte sich die Signora ungnädig, und ihre Augen funkelten zornig. »Ich bezahle dich ganz gut, wie mir scheint, und habe überdies keineswegs vor, den Laden zuzumachen, falls du das denkst. Dieser alte Kahn hier hat noch genug Wasser unterm Kiel, trotz Krise und schwerer See.«

Was für ein schönes Bild, dachte Anna und stellte sich die Signora in einer abgetragenen Kapitänsuniform am Steuer eines altmodischen Segelschiffs vor.

»Es ist einfach so«, verteidigte sie sich, »mir gefällt es hier, und ich liebe diese wunderschöne, außergewöhnliche Buchhandlung. Deshalb finde ich es so schade, dass wir so wenig bekannt sind und so wenig Kunden haben …«

»Willst du mir damit indirekt zu verstehen geben, dass wir Kriminalromane und Bestseller brauchen? Vielleicht Schundhefte, die man am Strand unterm Sonnenschirm und auf der Toilette liest? Oder abgeschmackte Fantasy?«

»Nein. Ich denke eher daran, dass wir uns um Kunden bemühen müssten, die ein besonderes Angebot schätzen. Bestimmt gibt es eine Menge Leute, die gerne einen Laden aufsuchen, der das genaue Gegenteil der kommerziellen Buchkaufhäuser mit ihrem immer gleichen Angebot verkörpert, der ein Ort zum Träumen ist. Allerdings müssten die potenziellen Kunden erst mal wissen, dass es so was gibt.«

»Die Leute interessieren sich nicht für Träume. Und insofern sehe ich keine Notwendigkeit, etwas zu ändern. Außerdem kannst du ganz beruhigt sein, das Geld macht mir keine Sorgen. Und wo wir gerade miteinander reden: Ich werde demnächst Urlaub machen, drei Wochen irgendwo in der Karibik. Du hast dann ebenfalls frei.«

Ohne nachzudenken, fragte Anna die Signora, ob sie sich nicht während ihrer Abwesenheit alleine um die Buchhandlung kümmern könne. Adele bedachte sie einige Sekunden mit einem neuen Gesichtsausdruck, der bislang nicht zu ihrem Repertoire gehörte, um schließlich zustimmend zu nicken.

»Einverstanden. Aber hüte dich, irgendwelche Kriminalromane oder anderen Schund einzuschmuggeln. Ich mag nicht mal daran denken. Mach einfach alles so wie gehabt. Und immer Musik, nicht vergessen. Die Atmosphäre in diesen Räumen gewinnt durch Musik im Hintergrund zusätzlich. Das verrät Klasse und Stil, natürlich nur, wenn es sich um ausgewählte Kompositionen handelt.«

»Darf ich vielleicht ein paar Lesungen organisieren?«

»Von mir aus. Jedoch nichts Kommerzielles, keinesfalls, das musst du versprechen.«

»Um Himmels willen, Signora, trauen Sie mir etwa so was zu?«, fragte sie mit einer Spur Sarkasmus, der ihrer Chefin nicht verborgen blieb, obwohl sie rasch nachgeschoben hatte, dass sie nie, wirklich nie auf eine solche Idee käme.

Adele ließ sich nicht bluffen, musterte sie argwöhnisch.

»Um die Wahrheit zu sagen, bin ich mir nicht ganz sicher, wozu du fähig bist«, erwiderte sie gelassen. »Wir meinen immer sehr schnell zu wissen, mit wem wir es zu tun haben, und erkennen oft erst zu spät unseren Irrtum. Nein, ich glaube nicht ernstlich, dass du mit Büchern von der Bestsellerliste Lesungen veranstaltest oder Liebesromane ins Sortiment aufnimmst – sicher sein kann man indes nie. Trotzdem stecken wir Menschen, mit denen wir zu tun haben, nicht selten vorschnell in irgendwelche Schubladen, weil es uns Sicherheit gibt. Und wenn sich auf diese Weise Arroganz mit Ignoranz paart, kommen oberflächliche Urteile heraus. Vergiss das nicht, diesen Rat gebe ich dir, meine Liebe: Lern die Leute aufmerksam zu beobachten und geh nicht davon aus, dass du jemanden auf Anhieb entschlüsseln kannst. Das nämlich ist einer deiner Fehler. Verfeinere deine Wahrnehmung, du wirst davon profitieren. Je besser du den Kunden durchschaust, desto leichter kannst du ihn zufriedenstellen.«

Anna nahm den Ratschlag samt versteckter Kritik schweigend zur Kenntnis. Noch nie hatte sie die Signora so lange an einem Stück reden gehört. Es war die klarste und ernsthafteste Ansprache, die sie ihr in all den Jahren, die sie zusammenarbeiteten, gehalten hatte. Sie würde später noch oft an dieses Gespräch zurückdenken.

Im Augenblick aber gab es Wichtigeres für sie: Luca würde abends kommen und sie zum Essen abholen. Edoardo hatte sie vorgeschwindelt, sie werde zu Giulia gehen. Da wenig zu tun war, hatte Anna Muße, sich auszumalen, wie der Abend verlaufen könnte. Komischerweise war sie nicht aufgeregt, spürte keine Schmetterlinge im Bauch – nein, eine seltsame Ruhe hatte sich ihrer bemächtigt.

Der Tag verging ohne große Ereignisse. Um zwanzig nach sieben machte sie mit Erlaubnis ihrer Chefin Schluss und ging ins Bad, um sich für den Abend ein wenig aufzuhübschen, denn Luca würde sie hier und nicht zu Hause abholen. Als sie fertig war, begutachtete sie sich im Spiegel. Ihre strahlend blauen Augen, den Schwung der Lippen, die kleine, gerade Nase, die langen kupferfarbenen Locken. Sie gefiel sich.

Als sie aus dem Bad kam, war Luca bereits da, stand, die Hände in den Taschen des schwarzen Mantels versenkt, im Verkaufsraum.

Einen Augenblick kam es ihr vor, als hätten sie sich nie getrennt. Als würde Luca sie wie früher irgendwo abholen, um mit ihr zum Essen zu gehen. Abgesehen davon, dass es damals nicht die Buchhandlung war, fühlte Anna sich wie durch Magie in die Vergangenheit zurückkatapultiert. Alles wirkte so natürlich, so selbstverständlich, als könnte es gar nicht anders sein und wäre nie anders gewesen. Während der Autofahrt redeten sie nicht viel, bedachten einander meist bloß mit Blicken, als müssten sie sich vergewissern, dass sie nicht in einem Traum gefangen waren.

Sie würden in Lucas Wohnung zu Abend essen, die sie noch nicht kannte. Die Gegend hingegen war ihr vertraut, dort hatte er auch früher gelebt. Das Haus, in dem sich die neue Wohnung befand, lag unmittelbar am Flussufer, und bevor sie hineingingen, blieben sie einen Augenblick stehen und blickten auf das Wasser des Po, das hier durch ein Wehr heftig aufgewühlt wurde.

»Genau hier haben wir früher irgendwann mal gestanden, weißt du noch?«, fragte er. »An einem Sommerabend, nach einem schrecklichen Streit. Du hattest geweint – deine Augen waren ganz rot – und mir gedroht, mich zu verlassen, ohne es wirklich ernst zu meinen. Wir wünschten uns beide nichts sehnlicher, als uns wieder zu vertragen. Und dann haben wir uns hier stundenlang geküsst, ich mit dem Rücken zum Geländer, du in meinen Armen.«

»Wie könnte ich diesen Abend je vergessen? Es war der längste Kuss meines Lebens, und ich erinnere mich daran, als wäre es gestern gewesen.«

Er drehte sich zu ihr um und schaute sie an, dann nahm er sie in die Arme und küsste sie.

Anna wehrte sich nicht. Konnte es weder, noch wollte sie es. Es war, als wäre ihre Willenskraft vorübergehend abgeschaltet worden. Der Kuss war eine vielleicht nicht ganz perfekte Kopie des Originals, doch er schmeckte nach ihrer gemeinsamen Vergangenheit, und Annas Herz zog sich in einem Anfall unerträglicher Sehnsucht zusammen.

»Gehen wir hoch«, sagte sie mit belegter Stimme, als sie sich voneinander gelöst hatten – plötzlich überkam sie Angst, jemand könnte sie sehen und die entsprechenden Schlüsse ziehen.

In der Wohnung stapelten sich noch Kartons, obwohl der Umzug nach der Trennung von seiner Frau inzwischen ein Jahr her war, und er hatte bislang kein einziges Bild aufgehängt, sodass das Ambiente ein wenig karg wirkte. Das Essen bestand aus einer Vielzahl von Gerichten, die

Luca in einem Delikatessengeschäft gekauft hatte und die, sofern es sich nicht um Antipasti, Salate und Desserts handelte, kurz in die Mikrowelle mussten. Dazu gab es einen Nebbiolo, den er soeben entkorkte.

Sogleich griff sie nach dem Glas, das er ihr reichte, trank einen großen Schluck Wein in der Hoffnung, dass er den Kuss wegspülen möge, der erregende Erinnerungen in ihr geweckt und ihr Kontrollvermögen gewaltig untergraben hatte.

Zunächst versuchten sie beim Essen, das sie an einem hübsch gedeckten Tisch bei Kerzenschein einnahmen, die durch den Kuss entstandene Verlegenheit durch unverfänglichen Small Talk zu überspielen. Es funktionierte nicht. Ziemlich bald merkten sie, dass sie sich der Problematik ihrer Situation offen stellen mussten. Beflügelt vom Wein, der ihre Hemmungen abbaute, traute sich Anna schließlich die Frage zu stellen, die unausgesprochen die ganze Zeit im Raum gehangen hatte.

»Luca, was machen wir hier eigentlich?«, sagte sie. »Wo soll dieser Abend hinführen?«

»Vielleicht wollen wir uns ja die verlorene Zeit zurückholen«, antwortete Luca unsicher.

In diesem Moment wurde Anna endgültig klar, dass die Situation längst außer Kontrolle geraten war, wahrscheinlich schon vor dem Kuss, vielleicht sogar schon in dem Augenblick, als sie Lucas Einladung angenommen hatte.

Dieses Abendessen, bei dem sie einfach ein bisschen Zeit miteinander verbringen wollten, hatte sich zu einem Bumerang entwickelt, der sie mit voller Wucht traf. Sie saß hier ihrer großen Liebe aus der Vergangenheit gegenüber und stellte ihre Gegenwart infrage. Wahrscheinlich erging es Luca nicht anders – und wahrscheinlich dachten sie beide, dass sich die alten Gefühle wiederbeleben ließen und die Leidenschaft von einst neu entfacht werden konnte.

Anna nahm all ihren Mut zusammen und bohrte mit klopfendem Herzen weiter nach.

»Wenn wir versuchen, die verlorene Zeit wettzumachen, dann halten wir es im Grunde für möglich, dass wir uns erneut lieben könnten, oder?«

Ein seltsames Schweigen breitete sich zwischen ihnen aus. Über die Kerzen hinweg blickten die beiden sich lange an und ließen den Satz wirken. Luca fand als Erster die Sprache wieder.

»Ich glaube, das kann man jetzt noch nicht beurteilen.« Lucas Stimme klang ernst und nachdenklich. »Es wäre übereilt. Wir haben uns viel zu lange nicht gesehen. Du hast eine Beziehung zu einem anderen, ich muss mich von einer gescheiterten Ehe erholen. Aber ja, möglich ist es – ich schließe es für mich nicht aus.« Sein Mund verzog sich zu einem schiefen Lächeln. »Vielleicht sollte ich dich vorher noch ein bisschen hassen, weil du so wenig Vertrauen zu mir hattest.« Er seufzte theatralisch. »Vergiss es. Wenn es mir nicht einmal damals gelungen ist, dich zu hassen, werde ich es jetzt erst recht nicht schaffen. Vielleicht weil meine Liebe nie erloschen ist.«

Anna wickelte sich eine Haarsträhne um den Finger. »Bis vor zwei Tagen hätte ich nie an eine solche Möglichkeit gedacht, wenngleich ich mich unterschwellig immer danach gesehnt habe, die Zeit zurückzudrehen und alles ungeschehen zu machen. Als ich dann deine Stimme im Buchladen erkannte, stand ich völlig neben mir ...«

»Ich weiß. Zwar hast du versucht, dir nichts anmerken zu lassen, doch ich kenne dich.«

»Trotzdem habe ich ein Problem mit Edoardo. Obwohl ich ihn nie so lieben konnte wie dich, muss ich erst mal meine Gefühle sortieren. Verstehen, wie viel mir das, was ich jetzt habe, bedeutet, und was es mit mir macht, dass du wieder in mein Leben getreten bist. Ich möchte nicht noch einmal eine unbedachte Entscheidung treffen.«

»Keiner von uns sollte das tun. Immerhin sind wir inzwischen zehn Jahre älter geworden. Lass uns den Abend wie ein unverhofftes Geschenk genießen, allein an die Gegenwart und nicht an die Zukunft denken.«

Das war es, was Anna hatte hören wollen. Sie mochte nicht auf den magischen Moment, den sie gerade erlebte, verzichten, selbst wenn er nicht ohne Folgen bleiben würde. Nachdem sie die Grenzen abgesteckt hatten, gab es keine Unsicherheit mehr zwischen ihnen; da war nichts als das Verlangen, den Abend in vollen Zügen zu genießen, Minute für Minute. Nach dem Essen blieben sie noch lange sitzen, konnten überhaupt nicht mehr aufhören zu reden. Irgendwann stand Luca auf und streckte die Hand aus.

»Komm«, sagte er.

Anna blickte ihn mit angehaltenem Atem an, nahm dann seine Hand und folgte ihm. Einen Augenblick später lag sie in seinen Armen, und er suchte ihre Lippen. Unbeschreibliche, verloren geglaubte Gefühle überwältigten sie, die sich zu heißem Begehren steigerten, als Luca sie in Richtung Schlafzimmer zog, wo sie sich einander schrankenlos hingaben.

Ihre Liebe schien die Zeit zu überwinden, ihre Vereinigung fühlte sich an, als hätten sie sich erst gestern zum letzten Mal geliebt – langsam, lange und mit einem zärtlichen, sich ständig steigernden Crescendo. Anna wünschte, es möge niemals enden. Später allerdings, als sie sich schweigend in den Armen lagen, beschlichen sie Bedenken, ob sie nicht einen Fehler begangen hatten. Jetzt nämlich vermochte sie sich erst recht nicht mehr vorzustellen, dass es nicht weiterging mit ihnen.

Und was war dann mit Edoardo?

In ihrem Kopf wirbelten die Gedanken wild durcheinander. Sie verzweifelte daran, sah keine Lösung und vermochte sich nicht mehr auf die Gegenwart zu konzentrieren. Besser war es, alleine nachzudenken, ohne Luca neben sich, dessen bloße Anwesenheit sie bereits ablenkte. Kurz entschlossen schob sie sich aus dem Bett.

»Geh nicht weg«, murmelte er schlaftrunken.

»Es ist schon spät«, flüsterte Anna. »Bleib liegen, ich rufe mir ein Taxi.«

»Versprich mir, dass wir uns wiedersehen«, rief er ihr nach, als sie das Schlafzimmer verließ.

»Ich weiß es nicht, Luca, ich weiß es wirklich nicht.«

»Bitte, tu mir das nicht an. Ich ertrage es nicht, mich noch einmal von dir verabschieden zu müssen. Nach diesem Abend bin ich mir sicher, dass ich mit dir zusammenleben will und dass ich dich immer lieben werde.«

»Mir geht's genauso, Luca, dennoch muss ich erst mal in Ruhe nachdenken.«

Mit diesen Worten verließ Anna die Wohnung und ging mit Tränen in den Augen die Treppe hinunter und zu dem Taxi, das draußen auf sie wartete, um sie in ihren Alltag zurückzubringen. Irgendetwas hatte sich in ihr gelöst, ohne dass sie zu sagen vermochte, ob es sich positiv oder negativ für ihr Leben auswirken würde. Beides war möglich.

5

Am nächsten Morgen ließ Anna den Wecker viermal klingeln und schaltete ihn viermal wieder aus. Sie schaffte es einfach nicht aus dem Bett. Als sie sich endlich dazu durchrang, zumindest mal aufzuwachen, streckte sie die Hand zum Telefon auf dem Nachttisch aus, um nach der Uhrzeit zu schauen, und entdeckte, dass eine SMS von Edoardo eingegangen war.

Essen wir heute Abend zusammen? Ich muss mit dir reden.

Panik ergriff sie, sie bekam keine Luft mehr und sprang aus dem Bett, rannte im Zimmer auf und ab und las die Nachricht sicher zehnmal hintereinander. War es möglich, dass Edoardo Bescheid wusste? Bloß woher? Hatte er sie etwa irgendwo mit Luca gesehen? Die Musik in ihrem Kopf wurde schriller, sie hörte misstönende, kratzende Geigen. Sie hielt es keine Minute länger aus und rief ihn an.

»Ciao, Edo.« Ihre Stimme zitterte.

»Ciao!«

Er klang ruhig. Annas Panik nahm ab, doch ihre Knie blieben weich.

»Ich habe deine Nachricht gesehen. Wollen wir bei mir

essen? Ach ja, und worüber willst du überhaupt mit mir reden?«

»Anna, ich habe jetzt keine Zeit, ich stecke bis zum Hals in Arbeit – ich erklär's dir heute Abend, es hat mit der Wohnung zu tun.«

»In Ordnung, dann bis heute Abend. Und frohes Schaffen.«

Verstimmt beendete sie das Gespräch. Eigentlich hatte sie heute null Bock auf Edoardo. Sie musste erst mal in ihrem Inneren Ordnung schaffen nach dem Gefühlswirrwarr der letzten Tage, aber das Schicksal gönnte ihr keine Atempause, sondern schien sie unerbittlich auf die Probe stellen zu wollen.

Lustlos absolvierte sie ihre morgendliche Routine, machte sich zurecht und ging nach unten in die Bar, trank auf die Schnelle ihren zweiten Espresso und radelte zum Buchladen.

Es war ein kalter Tag, und sie war wieder einmal vollkommen unpassend angezogen. Im Stella Polaris angekommen, machte sie sich zunächst einen Tee, um sich aufzuwärmen, und kuschelte sich damit in einen der Sessel.

Noch war kein Kunde da, Adele telefonierte ausgiebig, und so konnte Anna ungehindert ihren Tee trinken und sich ihren Gedanken hingeben, die erneut zum vergangenen Abend zurückwanderten. Im Licht des Tages betrachtet, erschien ihr die Nacht mit Luca als Verrat an Edoardo. Anna wusste immer noch nicht, ob sie sich auf das Treffen eingelassen hatte, um die alte Geschichte zu einem saubeuen Abschluss zu bringen, oder ob sie nicht insgeheim auf einen Neubeginn mit Luca gehofft hatte. Irgendwann musste sie sich entscheiden, um wirklich frei zu sein. Sonst würde sie ewig mit einem schlechten Gewissen und ohne inneren Kompass herumlaufen.

Die Signora, die ihr Telefonat beendet hatte, kam zu ihr herüber und setzte sich zu ihr, schlug die Beine übereinander, stützte das Kinn in die Hand und begann ohne große Vorrede, Anna ihre Urlaubspläne darzulegen. Inzwischen hatte sie beschlossen, die gesamte Karibik zu bereisen, und deshalb die Reisedauer um eine Woche verlängert. Sie würde einen ganzen Monat weg sein, vom vierundzwanzigsten November bis zum vierundzwanzigsten Dezember. Anna fragte sich, warum sie nicht über Weihnachten blieb und unter Palmen statt unter Tannenbäumen das Fest verbrachte.

Als hätte sie ihre Gedanken gelesen, fügte Adele hinzu: »Weihnachten bin ich im Gegensatz zu den meisten Leuten gern allein zu Hause, das halte ich seit Jahren so.«

Ansonsten verlief der Tag in gewohnten Bahnen: ein paar Kunden, ein überraschender Besuch der Ritterinnen der Tafelrunde, das ein oder andere Telefongespräch, Abstauben der Regale und Tische. In Annas Kopf schlug ein eingebildeter Hammer unablässig auf einen Nagel ein – Luca, Luca, Luca, hörte sie aus dem Rhythmus der Schläge heraus.

Um ein bisschen Frieden zu finden, klammerte sie sich an den einzigen Strohhalm, der ihr einfiel, und zwang sich, darüber nachzudenken, was sie am Abend für Edoardo kochen sollte. Es wirkte. Sobald sie anfing, die einzelnen Gerichte zu planen, fühlte sie sich sofort besser.

Hinsichtlich der Antipasti entschied sie sich für zwei Klassiker der piemontesischen Küche: Tonno di coniglio, in Öl und Knoblauch mariniertes Kaninchenfleisch, und Vitello tonnato. Für den Hauptgang wollte sie sich an ein

Risotto mit Castelmagno-Käse und Nüssen wagen. Als Getränk würde sie einen Nebbiolo anbieten oder einen Barolo. Guter Wein fehlte bei ihr nie, sie hatte über die Jahre in der Speisekammer einen kleinen Schatz an vorzüglichen Weinen angelegt.

Sie rief Giulia an, um sich noch ein paar Tipps für die Sauce zum Vitello tonnato zu holen, und fand, dass die Freundin sich irgendwie misstrauisch anhörte, als hätte sie etwas spitzgekriegt von den neuen Turbulenzen in Annas Leben. Oder war es pure Einbildung? Wenn es so weiterging, würde sie wirklich bald paranoid werden, dachte sie, wandte sich in Gedanken wieder dem Menü für den Abend zu und stellte ihre Einkaufsliste zusammen.

Nach Ladenschluss hatte sie es eilig, zu dem kleinen feinen Supermarkt in ihrer Straße zu kommen. In Rekordzeit kaufte sie die Zutaten ein, hastete in ihre Wohnung und machte sich sogleich an die Zubereitung der drei Gerichte, hantierte mit Ölen und Gewürzen, Brühen und Marinaden und vergaß darüber, was sie den ganzen Tag belastet hatte. Als Edoardo kam und den hübsch gedeckten Tisch sah sowie die vielen Schüsseln, blieb er verblüfft stehen.

»Schon wieder ein Festessen?«, erkundigte er sich amüsiert. »Was hast du wiedergutzumachen?«

Es sollte ein Scherz sein, doch Anna verkrampfte sich unwillkürlich. Schlimmer noch: Als sie sich zu ihm umdrehte, beschlich sie ein unbehagliches Gefühl. Seit dem Abend mit Luca kam Edoardos Gesicht ihr fremd vor, und das erschreckte sie. Es war, als läge ein Schleier darüber, der es völlig anders aussehen ließ und alles Vertraute wegwischte – sie hatte das Gefühl, ihn zum ersten Mal im Leben zu sehen, dabei waren sie seit zwei Jahren zusammen. Erneut überfiel sie ein Anflug von Schuldbewusstsein diesem Mann gegenüber, der sich ihr zuliebe mit wesentlich weniger zufriedengab, als er sich wünschte, und zum Dank jetzt auch noch betrogen wurde.

Was um Himmels willen stimmte nicht mit ihr, überlegte Anna, während sie ihm einen Kuss zur Begrüßung gab, und bezichtigte sich zum wiederholten Mal, ein schrecklicher Mensch zu sein. Und eine Verräterin dazu.

»Raus mit der Sprache«, sagte er, ohne sich aus der Umarmung zu lösen, »was verschafft mir die Ehre dieses exzellenten Mahles?«

»Nichts Besonderes. Ich hatte einfach Lust, was Schönes zu kochen.«

»Du machst mir, ehrlich gesagt, ein bisschen Angst. Immerhin weiß ich inzwischen zur Genüge, dass Kochen deine Lieblingsmethode ist, um Dampf abzulassen. Also, was ist passiert?«

»Nichts«, erwiderte sie unwirsch. Eine lange Pause entstand, eine kaum merkliche Anspannung, dann gelang es Anna in etwas leichterem Ton hinzuzufügen: »Echt nichts. Kein Grund zur Sorge. Komm und setz dich.«

Nachdem sie mehr oder weniger schweigend die Vorspeisen gegessen hatten, räusperte Edoardo sich und begann zu erklären, was ihm auf dem Herzen lag.

»Die Sache mit der Wohnung, die ich heute Morgen erwähnt habe, ist alles andere als lustig. Mein Mietvertrag läuft demnächst aus, und die Contessa weigert sich, ihn zu verlängern. Mehr noch, sie hat mir bereits gekündigt.«

Besagte Contessa, der das Haus gehörte, war eine achtzigjährige Frau aus altem gräflichem Geschlecht mit einer legendären Vergangenheit und einer alkoholgetränkten Gegenwart, mit der Edoardo bislang bestens zurechtgekommen war.

Anna riss ungläubig die Augen auf. »Und warum?«

»Ihr Enkel kommt aus Australien zurück und soll meine Wohnung bekommen.«

»Aber das hat bestimmt noch Zeit, oder? Außerdem gehört ihr halb Turin, kann sie diesen Enkel da nicht irgendwo anders unterbringen?«

Anna hatte das Gefühl, als würde der Fußboden unter ihr nachgeben. Sie wusste ganz genau, was sie eigentlich hätte antworten müssen, brachte es jedoch nicht über die Lippen, schon gar nicht unter den veränderten Umständen. Edoardo war eindeutig enttäuscht, das merkte sie ihm an.

»Rein rechtlich gesehen, wäre Zeit«, erklärte er bedrückt. »Leider hat sie mich gebeten, so schnell wie möglich etwas anderes zu finden. Mag ja sein, dass ihr halb Turin gehört. Trotzdem hat sie sich nun mal diese Wohnung für ihren Enkel in den Kopf gesetzt. Oder es ist die einzige, bei der gerade der Vertrag ausläuft. Vielleicht hat sie auch gedacht, mit mir sei das unproblematisch, weil ich bei dir einziehen könne.«

Der Seitenhieb saß. Er versetzte ihr nicht nur einen Stich, sondern trieb sie zudem gewaltig in die Enge, denn jetzt musste sie Farbe bekennen.

»Natürlich kannst du fürs Erste zu mir kommen … Obwohl ich es nicht gut finde, so eine Entscheidung aus einer Zwangslage heraus zu fällen. Einen solchen Schritt sollte man tun, wenn beide es wirklich wollen und davon überzeugt sind, dass es richtig ist, und nicht wegen eines auslaufenden Mietvertrags.«

Ihre Antwort besänftigte Edoardo keineswegs, ließ ihn vielmehr stinksauer werden.

»Du weißt ganz genau, dass ich schon sehr lange mit dir

zusammenziehen möchte. Du bist es, die ständig auf der Bremse steht. Und wenn ich dich recht verstehe, willst du es nach wie vor nicht.«

Irritiert über seinen heftigen Ausbruch, schüttelte Anna den Kopf und blickte ihn fassungslos an. Es war alles zu viel, was in letzter Zeit auf sie eingestürmt war. Und jetzt noch das. Irgendwas musste sie sagen.

»So einfach ist das nicht, wie du tust. Über so was will in Ruhe nachgedacht werden. Aber okay, von mir aus zieh ein, wenn du unbedingt willst, dann werden wir ja sehen, wie es läuft.«

Zu der unerfreulichen Stimmung zwischen ihnen passte der unerfreuliche Duft, der vom Herd herüberwehte. Das Risotto war angebrannt und als solches nicht mehr zu erkennen.

»Mir ist sowieso der Appetit vergangen«, fuhr Edoardo sie verärgert an. »Außerdem gehe ich lieber nach Hause und versuche den Kopf freizukriegen.«

Anna hielt ihn nicht auf. Sie wartete, bis er gegangen war, dann warf sie sich aufs Bett und brach in Tränen aus.

Ein lautes Geräusch in der Ferne, das wie Donnergrollen klang, riss Anna aus dem nächtlichen Tiefschlaf. Sie räkelte sich, ohne die Augen zu öffnen. Das Geräusch wiederholte sich in regelmäßigen Abständen. Die Luft roch nach Salz, was sie seltsam fand.

Als sie sich aufsetzte und die Füße aus dem Bett schwang, trafen sie auf einen kalten Boden, der nicht das Parkett ihres Schlafzimmers sein konnte. Die Fensterläden, durch deren Ritzen sich normalerweise das Licht der Straßenlaternen stahl, waren hermetisch geschlossen, sodass das Zimmer in absolute Dunkelheit getaucht war.

Anna streckte die Hand aus und tastete nach dem Nachtschränkchen, griff jedoch ins Leere. Voller Angst sprang sie aus dem Bett und tastete sich an der Wand entlang zur Tür, drückte die Klinke herunter. Gleißendes Licht flutete ihr entgegen und zwang sie, die Augen zuzukneifen. Blinzelnd stellte sie fest, dass sie sich in einer ihr völlig fremden Umgebung befand. Alles war hier in Weiß und Blau gehalten wie in einem Haus am Meer. War sie etwa irgendwo an der Küste? Dazu würde der salzige Geruch in der Luft passen, und dieses Geräusch, das sie geweckt hatte, hörte sich tatsächlich an wie eine Brandung.

»Liebling, wieso bist du auf?« Beim Klang von Lucas Stimme schrak sie zusammen. »Du sollst liegen bleiben, hat der Arzt gesagt. Was macht der Kopf?«

Jetzt erst registrierte Anna den dumpf pochenden Schmerz im Genick.

»Gut, glaube ich. Was ist denn passiert?«

»Erinnerst du dich nicht? Nun ja, der Arzt hat mich vorgewarnt. Es sei in solchen Fällen vollkommen normal, dass das Kurzzeitgedächtnis ausfällt, meinte er. Du bist gestern in der Küche gestürzt und hast dir ziemlich heftig den Kopf angeschlagen. Zum Glück war ich zu Hause und habe dich schnell in die Notaufnahme gebracht. Da es nichts Ernstes war, musstest du nicht im Krankenhaus bleiben.«

»Wo sind wir überhaupt?«

»Du weißt das wirklich nicht? Das beunruhigt mich allerdings, weil das nichts mit dem Kurzzeitgedächtnis zu tun hat. Wir sind bei uns zu Hause.«

»Zu Hause«, echote sie verständnislos. »Bei uns? Und wo ist das?«

Luca antwortete nicht, nahm sie stattdessen sanft an der

Hand und führte sie in einen lichtdurchfluteten Korridor, durch ein noch helleres Esszimmer und schließlich auf eine von Blumen umgebene Terrasse mit Blick auf das aufgewühlte Meer, das gegen die Klippen brandete.

»Fällt es dir wieder ein? Das ist unser Haus. Bei Genua. Wir leben hier seit zehn Jahren! Seit mir *Il Secolo* XIX einen Job angeboten hat. Du hast daraufhin deine Stelle in der Buchhandlung gekündigt und hier einen eigenen Laden aufgemacht. Außerdem haben wir zwei Kinder im schulpflichtigen Alter. Sagt dir das irgendetwas?«

Anna verdrehte die Augen. Das Leben, das Luca ihr da schilderte, kam ihr fremd vor. Und jetzt, wo sie ihn im Licht betrachtete, fiel ihr auf, dass er älter war, als sie ihn in Erinnerung hatte. Er war nicht mehr in diesem unbestimmten Zwischenalter, in dem man einem die Jahre nicht ansah. Inzwischen hatte er Falten und grau melierte Haare.

Panik ergriff sie. Zitternd hob sie die Hände und betrachtete sie. Sie sahen alt aus. Die Haut war trocken und ein bisschen schuppig. Am linken Ringfinger glänzte ein Ehering.

»Na? Erinnerst du dich?«, erkundigte Luca sich zärtlich.

Anna versuchte zu antworten, aber die Worte blieben ihr im Hals stecken.

Ein durchdringender Ton ließ sie zusammenzucken. Ein Telefon klingelte.

»Pronto?«

»Anna? Was ist los? Wo bist du? Warum kommst du nicht?« Signora Adeles Stimme klang gereizt.

»Entschuldigung! Der Wecker hat nicht geklingelt, ich mache mich sofort auf den Weg.«

Als sie aus dem Bett stolperte, rutschte sie aus und fiel

hin. Erleichtert merkte sie, dass es ihr vertrauter Parkett-
boden war, auf dem sie landete. Das T-Shirt, in dem sie
geschlafen hatte, war nass vor Schweiß, genau wie ihre
Haare. Dieser Traum hatte sie richtig mitgenommen.

Sie rappelte sich hoch und versuchte die Bilder abzu-
schütteln, die von ihrem Traum zurückgeblieben waren.
Dann sprang sie unter die Dusche, schlüpfte in die erstbes-
ten Klamotten, die im Schlafzimmer herumlagen, stürmte
ohne Espresso aus dem Haus, stieg aufs Fahrrad und radelte mit Volldampf los.

Als sie atemlos den Buchladen betrat, wurde sie mit Gesichtsausdruck Nummer eins empfangen. Sie entschuldig-
te sich wortreich, stammelte wieder etwas von dem Wecker, der nicht geklingelt hatte, und bemühte sich, nicht
mehr an den Traum zu denken, der sie so aufgewühlt hatte.

Etwas später überhäufte die Signora, die in einigen Tagen abreisen wollte, Anna mit einer Fülle von Informationen, die ihrer Meinung nach selbst für eine interimistische
Leitung der Buchhandlung unerlässlich waren, hingegen,
wie Anna fand, glatt für eine Geschäftsübergabe gereicht
hätten. Gemeinsam gingen sie an den Regalen entlang,
und Adele forderte ihre Mitarbeiterin auf, alles, was sie ihr
erklärte, in einem kleinen Heftchen zu notieren. Sie tat, als
würde sie sich für eine Reise rund um die Welt verabschieden und nicht für läppische vier Wochen.

»Wenn du den Laden alleine führen willst, solltest du
über alles Bescheid wissen. Man kann schließlich nie wissen«, beendete sie orakelhaft ihre Instruktionen.

Anna brummte der Kopf, zumal sie mit ihren Gedanken
ganz woanders war. Vor Kurzem hatte sie noch von einem
Leben mit Luca geträumt und mit Edoardo übers Zusammenziehen gestritten. Bis jetzt hatte er sich nicht wieder

gemeldet. Irgendwie fühlte Anna sich einem Schicksal ausgeliefert, über das sie keinerlei Kontrolle besaß.

Um die Dinge noch komplizierter zu machen, kam ein Anruf ihrer Mutter: Anna solle unbedingt mit Edoardo zu ihr zum Essen kommen. O Gott, auch das noch, dachte sie im ersten Moment, weil ihr gerade nicht nach einer großen Gesellschaft war. Bestimmt würden ihre Schwester Federica und Leone da sein, dazu wahrscheinlich ein Haufen anderer verstörender bis verrückter Gestalten, die ihre Mutter immer aus dem Hut zauberte. Dennoch wollte Anna nicht absagen, sie hatte ihre Mutter viel zu lange nicht mehr gesehen. Ob Edoardo indes mitkam, stand auf einem anderen Blatt. So wie der letzte Abend verlaufen war, wusste sie nicht einmal, ob sie überhaupt noch zusammen waren.

Als die Signora endlich von ihr abließ und ihr eine Stunde Mittagspause zugestand, fuhr Anna mit dem Fahrrad zum Parco del Valentino, um sich dort für das Telefongespräch mit Edoardo zu rüsten. Sie wusste bislang nicht einmal, was sie ihm sagen sollte – das mit dem Zusammenziehen war echt zum allerungünstigsten Zeitpunkt gekommen. Beim Borgo Medievale steuerte sie eine Bar an, setzte sich an ein Tischchen und bestellte einen Prosecco. Während sie ihn trank, dachte sie über ihr Leben nach. Es kam ihr vor wie ein Puzzle, das zusammengesetzt werden musste.

Da war Edoardo. Zwei Jahre Beziehung, eine etwas lahme, allerdings verlässliche Liebe ohne Höhepunkte, die weder gewachsen noch eingeschlafen, sondern immer gleichmäßig temperiert geblieben war. Was vermutlich daran lag, dass Anna von Anfang an insgeheim überzeugt gewesen war, die ganz große Liebe lediglich einmal erleben zu können. Ob es nun stimmte oder nicht, jedenfalls standen sie jetzt am Scheideweg: zusammenziehen oder Schluss machen.

Eine Entscheidung, die durch Lucas Auftauchen herbeigeführt oder zumindest beschleunigt worden war. Die Erkenntnis, dass er sie damals nicht betrogen hatte, schien neue Möglichkeiten zu eröffnen. Doch konnte eine Liebe aus der Vergangenheit, so groß und überwältigend sie gewesen sein mochte, aus der eigenen Asche wiederauferstehen?

»Darf ich Ihnen noch einen bringen?«

Anna schrak hoch, als der Kellner sie ansprach. Wusste nicht gleich, was er meinte, bis sie das leere Glas in ihrer Hand sah.

»Ja, bitte. Und bringen Sie mir außerdem einen Toast, sonst liege ich am Ende betrunken unterm Tisch«, erwiderte sie freudlos.

Beim zweiten Glas kehrten Annas Gedanken zu der Frage zurück, ob eine Liebe, die man lange Jahre für beendet gehalten hatte, sich wirklich neu beleben ließ. Sie hatte keine Ahnung.

Der Kellner brachte den Toast, und Anna aß ihn so langsam, dass er darüber kalt wurde. Dann bestellte sie sich zum Abschluss noch einen Espresso, bevor sie sich endlich aufraffte, zum Telefon zu greifen und Edoardo anzurufen, obwohl sie hinsichtlich ihrer Beziehung nach wie vor zu keiner Entscheidung gekommen war. Sie ließ es einfach drauf ankommen.

»Ciao, Anna.« Seine Stimme klang traurig und ein bisschen gepresst.

»Ciao, Edo. Es tut mir leid wegen gestern Abend.«

»Mir ebenfalls. Ganz ehrlich. Ich hätte dich niemals so mit meinem Problem überfallen dürfen. Das war nicht gerade nett.«

»Nein, das war es wohl nicht. Andererseits verstehe ich deine Enttäuschung. Du bist davon ausgegangen, dass ich dir vorschlage, bei mir einzuziehen, hast fest damit gerechnet. Und ich hab's nicht getan.«

Eine gefühlte Ewigkeit herrschte Schweigen, bis Edoardo die Frage stellte, vor der sie sich gefürchtet hatte.

»Und warum hast du es mir nicht vorgeschlagen? Weil du noch Zeit brauchst oder weil du gar nicht mehr willst?«

Sie antwortete nicht.

»Anna, hör zu, ich muss das wissen. Wir sind erwachsene Menschen, sind seit zwei Jahren zusammen, da muss man irgendwann entscheiden, wo es langgehen soll. Ob man an eine gemeinsame Zukunft denkt oder nicht.«

»Du hast ja recht. Trotzdem fühle ich mich momentan außerstande, so weitreichende Entscheidungen zu treffen. Gib mir bitte noch ein bisschen Zeit, ich bin gerade in einer komischen Phase, Edo.«

»Was soll das nun wieder heißen?«

»Nun ja, dass ich im Augenblick völlig durch den Wind bin, nicht mehr weiß, was ich will oder nicht, und weder Plan noch Ziel habe.«

»Dann rede mit mir. Warum hast du mir nichts davon gesagt?«

»Entschuldige, tut mir leid, so bin ich nun mal.«

»Wie auch immer. Jedenfalls kann ich dir hinsichtlich der Wohnung nicht allzu viel Zeit geben. Die Contessa drängt mich täglich, sie so schnell wie möglich freizugeben, und ich habe keine Lust, mit ihr darüber lange

Diskussionen zu führen oder mich gar zu streiten. Und falls du bei deiner Überzeugung bleibst, nicht mit mir zusammenziehen zu wollen, muss ich mich baldmöglichst daranmachen, mir etwas Neues zu suchen.« Er hielt inne, und für eine Weile herrschte ein spannungsgeladenes Schweigen. »Ehrlich gesagt, weiß ich nicht, was dann aus uns wird«, fügte er trostlos hinzu.

»Du hast absolut recht, Edo«, antwortete Anna sichtlich betroffen, »lass uns darüber reden. Nicht heute Abend jedoch, meine Mutter hat mal wieder zum Essen eingeladen. Wenn du nicht mitkommen willst, kann ich das verstehen – ich hingegen muss auf jeden Fall hin, denn ich habe sie endlos lange nicht mehr gesehen.«

»Nein, geht in Ordnung, ich komme mit. Vielleicht können wir ja anschließend noch reden. Die Sache brennt mir auf den Nägeln, weißt du, ich brauche einfach Klarheit.«

»Einverstanden. Dann sehen wir uns um halb acht im Quadrilatero. Wollen wir einen Aperitif in der Bar um die Ecke trinken, bevor wir zu meiner Mutter hochgehen?«

»Ja gerne, bis später.«

Anna steckte das Handy ein und stand auf, bezahlte an der Kasse und ging zu ihrem Fahrrad. Jede Bewegung erschien ihr mühsam und anstrengend. Sie fühlte sich schrecklich und von einer abgrundtiefen Verzweiflung ergriffen, aus der sie keinen Ausweg wusste.

Zurück im Buchladen, fand sie die Signora vor dem Computer sitzend vor, was nicht gerade häufig vorkam, da die modernen Kommunikationswege nicht unbedingt ihr Ding waren. Sie blickte kaum auf, sprach Anna nicht an, was die wiederum veranlasste, sie nicht mit Fragen zu belästigen – ja, sie tat alles, um sie für den Rest des Nachmittags nicht zu stören, und machte unauffällig ihre Arbeit. Räumte auf, kümmerte sich um die wenigen Zufallskunden, die den Weg zu ihnen gefunden hatten, und rief zwischendrin ihre Mutter an, um ihr zu sagen, dass sie Edoardo mitbringen werde.

Langsam begann sie sich auf den Abend zu freuen, denn die Einladungen ihrer Mutter waren immer ein Ereignis. Zumal man nie wusste, welche Gäste man antreffen würde. Um an ihrem Tisch zugelassen zu werden, mussten die Leute schon ein bisschen bizarr und schräg sein, wenn nicht gar eine Schraube locker haben. Aber mit der richtigen Einstellung konnte man sich bei diesen Events, die eher einem Happening glichen, köstlich amüsieren.

Ein weiteres Highlight war, dass ihre Mutter bei diesen Einladungen niemals selbst kochte. Sie trieb immer irgendwelche Hobbyköche auf, meist Ausländer, die für gutes Geld zu ihr nach Hause kamen und irgendein typisches Gericht aus ihrer Heimat zubereiteten. Kein Wunder, wenn die geladenen Gäste sich auf die Abende bei ihr freuten.

Annas Mutter hieß Giovanna, wurde von allen indes seit jeher Nanà genannt. Als bekennende Exzentrikerin kultivierte sie allerlei seltsame und verrückte Gewohnheiten und war für jede Albernheit zu haben. Zudem hatte sie sich, seit sie geschieden war, in eine ganze Serie von Blitzbeziehungen mit Männern gestürzt, die sie als kultiviert und originell zu bezeichnen pflegte, die in den meisten Fällen jedoch einfach total verschroben waren.

Der aktuelle Liebhaber und Rekordhalter, was die Dauer der Beziehung anging, war Pathologe. Anna hegte den Verdacht, dass ihre Mutter sich vor allem aus Neugier für ihn interessierte. Weil sie wissen wollte, wie jemand tickte, der seine Zeit damit verbrachte, Leichen zu sezieren, sogar ziemlich übel zugerichtete. Daneben dürfte die Tatsache, dass sie seinerzeit die Serie CSI für sich entdeckt hatte, eine Rolle gespielt haben. Er hieß Gianbattista, nach dem Philosophen Gianbattista Vico aus dem 17. Jahrhundert, den seine Mutter hingebungsvoll verehrt hatte.

Anna mochte Nanàs Verrücktheiten, ganz im Gegensatz zu Edoardo, der sich immer unwohl bei diesen Familienessen fühlte und im Grunde eher widerstrebend hinging, wenngleich er sich große Mühe gab, sich nichts anmerken zu lassen. Ihre Mutter spürte das dennoch und machte sich einen Spaß daraus, den Freund ihrer Tochter durch ein besonders exzentrisches Verhalten zu provozieren. Inzwischen war Anna klar, was dahintersteckte: In den Augen ihrer Mutter war Edoardo nicht der richtige Partner für sie, genauso wenig, wie Luca es damals gewesen war.

Für Nanàs Geschmack waren sie beide zu gewöhnlich. Zu normal, zu angepasst. Sie wünschte sich für ihre jüngste Tochter einen unkonventionellen Typen. Anna hielt es nicht einmal für ausgeschlossen, dass sie jemanden favorisieren könnte, der über Erfahrungen mit Aufenthalten in der Psychiatrie verfügte. Jedenfalls hatte sie ein Faible für leidende Helden.

Im Gegensatz zu Edoardo und Luca war Federicas Mann mit seiner befremdlichen Leidenschaft für ausgestopfte Tiere, mit seiner noch befremdlicheren Vorliebe für Kleidung im Stil der Adams-Family und seiner emotionalen Unzugänglichkeit, von ihr begeistert in die Familie aufgenommen worden.

Nanàs Hang zum Außergewöhnlichen hatte sich bereits in ihrer Jugend angekündigt, als sie sich für Alessandro entschieden hatte, den Vater ihrer Töchter, der es sich zur Aufgabe gemacht hatte, die Leiden der Menschheit zu heilen, also ebenfalls eher gegen den Strich gebürstet war. Insofern verwunderte es Anna nicht, dass sie mit ihrer Männerauswahl immer unzufrieden war, wenngleich es insgeheim an ihr nagte.

Um halb acht verabschiedete sich Anna von der Signora, die aus ihr unerfindlichen Gründen nach wie vor am Computer klebte, verließ die Buchhandlung und machte sich auf den Weg ins Quadrilatero, dem zentralen Altstadtviertel, um Edoardo zu treffen. Es war nicht weit, ein paar Minuten nur, sodass genügend Zeit blieb, noch einen Aperitif zu trinken.

Die Bar, die sie aufsuchten, befand sich in einem historischen Gebäude, war im Pariser Bistrostil eingerichtet und hieß Pastis. Im Sommer mochte Anna sie besonders, weil man dann draußen auf der Piazza sitzen konnte, aber auch im Winter war sie eine ihrer bevorzugten Locations. Edoardo wartete schon. Sie sah ihn von außen durch das Fenster und beobachtete ihn eine Weile verstohlen, ohne selbst gesehen zu werden. Er hatte die Krawatte abgelegt, was er immer zu tun pflegte, wenn er von der Arbeit kam.

Zweifellos war er ein attraktiver Mann mit seinen gelockten dunkelblonden Haaren, die er etwas länger trug, mit den großen braunen Augen und den vollen Lippen. Doch war er wirklich ihre Zukunft, fragte sich Anna erneut, bevor sie hineinging und ihn zurückhaltend begrüßte.

»Ciao«, sagte sie leise und setzte sich neben ihn.

»Ciao«, antwortete er, und Anna merkte, wie niedergeschlagen er war.

»Wie geht es dir?«

»Liebst du mich nicht mehr?«

Anna sah ihn an und griff nach seiner Hand. »Natürlich

liebe ich dich noch. Bloß, wie gesagt, ist alles gerade nicht so einfach für mich. Ich erzähl's dir heute Abend in aller Ruhe. Jetzt wappnen wir uns erst mal mit einem Drink für das Essen bei meiner Mutter«, scherzte sie, um ihn aufzuheitern.

Es wirkte nicht. Schweigend tranken sie ihren Aperitif, und schweigend warteten sie, bis es Zeit war aufzubrechen.

Nanà öffnete ihnen in einem schwarzen Seidenmorgenmantel die Tür, der Raum hinter ihr lag im Halbdunkel. Überall standen Kerzen, auf jedem Möbelstück, auf dem Boden, und eine war sogar auf einen der Kleiderhaken an der Flurgarderobe aufgespießt. Jeder vernünftige Mensch würde das im wahrsten Sinne des Wortes für brandgefährlich halten.

»Oh, ihr seid es! Kommt rein, ihr Lieben, kommt rein, damit ich euch gleich ein paar Gäste vorstellen kann. Heute Abend haben wir die Ehre, Madame Celeste bei uns begrüßen zu dürfen, ein Medium, sowie einen Engelforscher, Signor Gabriele Cherubino. Der Name passt perfekt, das müsst ihr zugeben, oder?«, zwitscherte Nanà.

»Er wird ihn sich hoffentlich nicht absichtlich zugelegt haben, oder?«, spottete Anna gutmütig.

Zu dem Medium sagte sie nichts, das war inzwischen ein Klassiker. Unzählige Male hatten sogenannte Medien an diesem Tisch gesessen, im »magischen« Turin waren sie keine Seltenheit. Der Engelkundler hingegen war eine echte Novität.

»Ich glaube nicht, dass es sich bei dem Namen um ein Pseudonym handelt«, antwortete Nanà nachdenklich. »Nein, das glaube ich wirklich nicht. Es gibt einfach Leute, deren Bestimmung in ihrem Namen zum Ausdruck kommt. Bei Signor Cherubino jedenfalls scheint es mir sehr passend – und in gewisser Weise desgleichen bei Leone, wenn ich an seinen ausgestopften Löwen denke. Aber jetzt kommt endlich herein, macht es euch bequem. Mein lieber Edo, wie geht es dir?«

»Danke, gut, Nanà.«

Sie führte die beiden ins Esszimmer zu den anderen: zu Federica und ihrem Mann Leone, zu Gianbattista, dem Pathologen, und den Ehrengästen, beides seltsame Gestalten. Das Medium war eine korpulente Frau mit schweißglänzender Haut in einem geblümten Kleid, das aussah wie eine zweckentfremdete Küchengardine. Der Engelforscher, der mit seinem weißen Bart locker als Weihnachtsmann hätte durchgehen können, trug einen cremefarbenen Kaftan.

In der Küche mühte sich unterdessen ein Inder mit der Zubereitung des Essens ab. Anna kam er irgendwie bekannt vor, vermutlich verkaufte er normalerweise an einem der Stände in der Via Po Räucherstäbchen und anderen spiritistischen Kram. Irgendwas musste er mitgebracht haben, denn in allen Räumen hing ein süßlicher Geruch in der Luft.

Das Essen verlief ohne größere Zwischenfälle, abgesehen von ein paar leichten allergischen Reaktionen Edoardos, der keine Cashewnüsse vertrug. Zwar schwor der Inder, keine verwendet zu haben, doch da es schwierig war, sich mit ihm überhaupt auf Italienisch zu verständigen, blieben beträchtliche Zweifel hinsichtlich dieses Schwurs.

Nach dem Essen, während ein guter Chai serviert wurde, traten die Ehrengäste in Aktion und demonstrierten ihre übersinnlichen Talente.

Madame Cheleste machte den Anfang. »Da ist ein Geist, der Anna beschützt, ich sehe ihn deutlich, er ist immer an ihrer Seite.«

»Ich sehe ebenfalls jemanden«, warf der Cherubim ein, »aber es ist kein Geist, sondern ohne Zweifel ein Schutzengel.«

»Nicht mal im Traum, mein Lieber, das ist Annas Großmutter, das sieht man schließlich«, konterte die Geistseherin streitsüchtig.

»Okay«, mischte sich Nanà ein, »gehen wir erst mal hinüber ins Wohnzimmer und lassen uns überraschen, wer gewinnt: der Engel oder das Gespenst.«

Als Anna und Edoardo die kuriose Versammlung verließen, war es bereits tiefe Nacht. Die Luft war feucht, denn ein beinahe unsichtbarer, feiner Nieselregen schwebte vom Himmel herab, was sie nach dem schwülen Duft der Räucherkerzen allerdings als eher angenehm empfanden.

»Gehen wir zu dir?«

Edoardo formulierte es als Frage, obwohl es keine war, weil er ein Ja voraussetzte.

Anna nickte, sie hatte ihm schließlich ein Gespräch nach dem Abend bei ihrer Mutter angeboten. Inzwischen bereute sie das, da sie sich körperlich wie geistig erschöpft fühlte. Die Vorstellung, jetzt noch mit Edoardo diskutieren zu müssen, bereitete ihr Unbehagen. Sie war zu müde, zu schlecht vorbereitet, wusste nicht, was sie ihm sagen sollte, und war sich absolut nicht sicher, wie der Abend ausgehen würde.

In ihrer Wohnung angekommen, warf Edoardo sich sofort aufs Sofa und sagte: »Schieß los.«

Anna zog sich seufzend einen Stuhl heran und fing an

zu sprechen. Sie analysierte ihre Gefühle und legte schonungslos ihre Probleme offen: ihre Prägung durch die erste große Liebe, den durch die unschönen Umstände ausgelösten Bruch sowie ihre Angst, ihn nicht genug lieben zu können.

»Du hast mir nie erzählt, wie wichtig dieser Luca für dich gewesen ist. Wenn ich mich recht erinnere, hast du sowieso nur ein einziges Mal von ihm gesprochen, wolltest gar nicht näher darauf eingehen und hast bloß knapp erklärt, er sei ein Ex-Freund, der dich betrogen habe«, unterbrach Edoardo ihren Monolog.

»Er war meine große Liebe, aber zugleich Vergangenheit. Allein deshalb wollte ich nicht mehr darüber reden.«

»So wie du das jetzt erzählst, hört es sich ganz und gar nicht nach Vergangenheit an. Was mich betrifft, so warte ich seit Langem darauf, dass wir unsere Beziehung endlich festigen. Ich dachte, du bräuchtest einfach ein bisschen länger, doch jetzt bin ich mir nicht mehr sicher ... Was mich dagegen betrifft, so habe ich definitiv eine Zukunft für uns gesehen.«

»Meinst du, ich nicht? Wenn ich unsere Beziehung nicht ernst genommen hätte, wäre ich längst nicht mehr mit dir zusammen. Okay, vielleicht war ich zu nachlässig und habe meine Gefühle nicht genau genug unter die Lupe genommen. Möglich. Dann, als Luca aus der Vergangenheit auftauchte, wurde ich praktisch dazu gezwungen und fühle mich nun völlig verunsichert.«

Bis zum Schluss war Anna sich nicht sicher gewesen, ob sie den letzten Satz überhaupt aussprechen wollte. Egal, jetzt war er heraus.

»Warum tust du mir das an?«, murmelte Edoardo. »Warum sagst du so etwas?«

»Weil es die Wahrheit ist und du es verdient hast, die ganze Wahrheit zu erfahren«, antwortete sie.

Und dann erzählte sie ihm alles. Als der Morgen graute, verließ Edoardo deprimiert und aller Illusionen beraubt ihre Wohnung, und Anna schloss weinend die Tür hinter ihm.

6

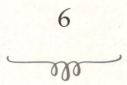

Wenige Stunden später, im frühen Sonnenlicht, hellte sich Annas Stimmung etwas auf. Es schien, als hätten sich mit der Dunkelheit auch die düsteren Gedanken zumindest ein wenig verzogen.

Erleichtert stieg sie aus dem Bett, das wie ein Schlachtfeld aussah, nachdem sie sich stundenlang schlaflos darin herumgewälzt hatte, und begann mit den vertrauten Morgenritualen, die sie automatisch absolvierte, ohne nachdenken zu müssen. Bloß erlebte sie einen Schock, als sie im Bad mit ihrem Spiegelbild konfrontiert wurde. Sie sah schrecklich aus. Die durchwachte Nacht und das schmerzliche Gespräch mit Edoardo waren nicht spurlos an ihr vorübergegangen.

So konnte sie sich in der Buchhandlung unter keinen Umständen sehen lassen. Sonst glaubte die Signora am Ende, sie sei krank und könne sich nicht während ihrer Abwesenheit um den Laden kümmern. Also schminkte sie sich sorgfältig, bevor sie das Haus verließ, stürzte in der Bar einen Espresso hinunter und machte sich mit dem Fahrrad auf den Weg zur Buchhandlung.

Zum Glück ließ die Signora sie weitgehend in Ruhe und nahm kaum Notiz von ihr. Sie war voll und ganz damit beschäftigt, letzte Besorgungen für ihre Reise zu tätigen. Nach einem frugalen Mittagessen in der Bar an der Ecke rief Anna Giulia an, um sie zu fragen, ob sie ihr am Abend Gesellschaft leisten würde. Und das, obwohl sie eigentlich vollkommen übermüdet war und früh schlafen gehen sollte. Die Vorstellung jedoch, den Abend allein zu verbringen, wenn die quälenden Gedanken bestimmt erneut über sie hereinbrachen, versetzte sie in Angst und Schrecken. Giulia begriff sofort, wie wichtig ihr Kommen für Anna war, und tauschte sogar ihre Schicht.

Von der Sache mit Claudia wusste die Freundin inzwischen, nicht aber, dass Luca in ihr Leben zurückgekommen war, und erst recht hatte sie keine Ahnung von dem grauenhaften Gespräch der letzten Nacht mit Edoardo.

Zunächst indes diskutierten sie, wo sie sich treffen wollten. Giulia überließ Anna die Entscheidung, wenngleich die dafür immer eine Ewigkeit brauchte.

Nach langem Hin und Her schlug sie diesmal eine altmodische Trattoria im Zentrum vor, wo man gut essen und sich in Ruhe unterhalten konnte. Giulia war es recht. Da sie sich tagein, tagaus im elterlichen Betrieb um den Service kümmern musste, genoss sie es sehr, in einem Restaurant zur Abwechslung mal Gast zu sein.

Die Trattoria ihrer Familie war eine Institution in Turin, stand in allen Reiseführern und hatte sich auf regionale und traditionelle piemontesische Küche spezialisiert. Giulia allerdings arbeitete dort eher halbherzig. Sie träumte davon, etwas Eigenes aufzumachen, eine Vinothek vielleicht. Nur fehlten ihr bislang Anregungen und Mut, sich in etwas Neues zu stürzen. Ihr älterer Bruder Gianni hatte sich bereits vor Jahren entschieden, dereinst den Familienbetrieb weiterzuführen.

Seit zwei Jahren teilten sich die beiden Geschwister eine Wohnung. Da sie beide Singles waren, schien ihnen das die beste Lösung zu sein. Noch besser war, dass es sich um ein wirklich tolles Objekt handelte: eine großzügige Zweizimmerterrassenwohnung im historischen Zentrum, für die sie nicht einmal Miete bezahlen mussten, da sie den Eltern gehörte.

Bevor sie sich mit Anna traf, nahm sich Giulia noch Zeit für einen Spaziergang und für eine Zigarette auf »ihrer« Bank, die in einem der schönsten Parks der Stadt unter einer majestätischen Platane stand. Da saß sie in der abendlichen Stille und beobachtete, wie sich die Dunkelheit wie eine schwere Decke auf die Stadt herabsenkte.

Auf dieser Bank war vor Jahren ihre große Liebe gestorben.

Er hieß Filippo und war ganz allein gewesen, als er starb. An einer Überdosis. Mitten in der Nacht, genau hier auf diesem Platz. Seitdem war die Bank für Giulia von elementarer Bedeutung – sie hatte Filippo nämlich wenige Tage vor seinem Tod wegen seiner Drogensucht verlassen und fühlte sich mitschuldig. Immer wieder fragte sie sich, ob er sich absichtlich einen zu großen Schuss gesetzt hatte.

Anna wusste nichts von dieser Geschichte, genauso wenig die anderen in Giulias unmittelbarer Umgebung. Außer Gianni. Er war der Einzige, dem sie ihr Geheimnis anvertraut hatte.

Obwohl das inzwischen Vergangenheit war, symbolisierte diese Bank unter der hundertjährigen Platane für Giulia einen Ort, an dem die Fäden ihres Schicksals zusammenliefen. Hier kam sie her, um nachzudenken und ihre Gedanken zu ordnen, hier fragte sie sich, ob sie sich irgendwann erneut in jemanden verlieben würde. Nach Filippo war ihr das bislang nicht gelungen. Es gab lediglich kurze Affären ohne Gewicht und ohne Tiefgang. Doch trotz dieses Mangels und trotz der schmerzhaften Lücke, die Filippos Tod in ihrem Leben hinterlassen hatte, erschien Giulia allen wie ein Fels in der Brandung. Sie konnte außergewöhnlich gut zuhören, wusste immer Rat, was zu tun war, und liebte es geradezu, sich um die Sorgen und Probleme anderer zu kümmern. Ihre eigenen hingegen verdrängte sie lieber, statt sich ihnen zu stellen.

Nach zwei weiteren Zigaretten erhob Giulia sich und machte sich auf den Weg zu der Trattoria, wo Anna sie an einem Tischchen mit rot-weiß karierter Tischdecke in einem heimelig altmodischen Ambiente erwartete. Giulia reichte ein Blick auf ihre Freundin, um zu erkennen, dass sie mit ihrer Vermutung über den Grund dieser Einladung richtiggelegen hatte. Annas verkrampfte Körperhaltung, die hängenden Schultern, der matte, traurige Blick, das misslungene Lächeln sprachen Bände.

»Was zum Teufel ist denn mit dir los?«, erkundigte Giulia sich besorgt, noch bevor sie die Freundin begrüßte.

»Lass uns erst mal was zu trinken bestellen, dann erzähle ich es dir.«

Nachdem sie sich für eine Flasche Barbera entschieden hatten, legte Anna los, als hätte sie es nicht erwarten können. Wie eine Flutwelle stürzten die Worte aus ihrem Mund. Sie berichtete über jede Einzelheit, ließ selbst das kleinste Detail nicht aus. Giulia unterbrach sie nicht, hörte geduldig zu und goss zwischendurch Wein nach.

Dann, als Anna sich alles von der Seele geredet hatte, beugte sie sich vor und musterte sie mit einem Blick, der einer Psychotherapeutin, die ihren Patienten vor sich auf der Couch liegen hatte, gut zu Gesicht gestanden hätte.

»Hatte ich dir nicht davon abgeraten, Claudia zu besuchen«, sagte sie streng. »Gib zu, dass ich damit nicht falschlag.«

Anna nickte betreten. »Ich weiß nicht so genau …«

»Halt, stopp. Die Antwort muss Ja lauten. Ich hatte recht, ohne jedes Wenn und Aber. Du bist hingegangen und hast sie besucht und dein Leben damit noch komplizierter gemacht, als es ohnehin bereits war. Und dann landest du in der Folge davon auch noch mit deinem Ex im Bett. Das hat was, muss ich zugeben.«

»Auf jeden Fall war es sehr schön«, verteidigte Anna sich.

»Das habe ich durchaus mitgekriegt, aber ob es ein tolles Timing war, steht auf einem anderen Blatt. Immerhin hast du noch Edoardo und sein Wohnungsproblem an der Backe. Jetzt stehst du gewaltig unter Druck, richtig?«

»Tja, könnte man so sagen.«

»Und du hast tatsächlich nach einem eher ungeschickten Versuch, auf Zeit zu spielen, Edo alles gestanden. Wirklich alles?«

»Genau, habe ich dir doch gesagt – du musst nicht alles wiederholen.«

»Jetzt lenk mich nicht ab, ich wiederhole das, um meine eigenen Gedanken zu ordnen. Also: Du hast gerade das Gefühl, dass alles den Bach runtergeht, und bist ziemlich von der Rolle. Lass mich raten: Du glaubst, das Schicksal sei an dem ganzen Kuddelmuddel schuld, habe ich recht?«

»Na ja …«, setzte Anna zu einer Erwiderung an, aber Giulia bremste sie sofort wieder aus.

»Pass auf, Anna. Wenn du anfängst zu glauben, dass alles vorherbestimmt ist, dann gibt es weder Verantwortung noch freie Entscheidungen.«

Kaum hatte sie das ausgesprochen, erkannte Giulia, dass dies eigentlich genauso auf sie selbst zutraf. Sie hatte dem Schicksal mit der Parkbank sogar einen festen Platz in ihrem Leben eingeräumt. Dennoch weigerte sie sich, im Gegensatz zu Anna, daran zu glauben, dass die Zukunft eine feste, unveränderliche Größe sei.

»Giulia, mag sein, dass du recht hast«, wandte Anna ein. »Trotzdem musst du zugeben, dass es schon seltsam ist: Ich lese von Claudias Unfall, besuche sie im Krankenhaus, erfahre die Wahrheit, und genau an diesem Tag taucht Luca, dem ich zehn Jahre lang nicht über den Weg gelaufen bin, in einem Buchladen auf, den er bis dahin nicht mal dem Namen nach kannte und in dem ausgerechnet ich arbeite. Das sieht für mich sehr danach aus, als hätte die Vorsehung ihre Hand im Spiel gehabt, oder? Und dann noch die Sache mit Edos Mietvertrag! Was soll das bedeuten, wenn nicht Schicksal?«

»Ach, am Ende wird das Leben immer eher von Zufällen bestimmt. Es liegt an uns, ob wir ihnen Bedeutung zugestehen. Und wo wir gerade dabei sind: Du hast mir zwar erzählt, was mit Luca gelaufen ist, hingegen noch nicht, was das nun für dich bedeutet.«

Anna dachte an den Abend zurück, an dem sie bei Luca gewesen war, und an den Traum danach: das Haus am Meer, das gleißende Licht, der Ring an ihrem Finger.

»Ich weiß nicht, Giulia. Es war einfach umwerfend, nur könnte es gleichermaßen ein neuer Anfang wie das Vorspiel zu einem endgültigen Abschied gewesen sein. Ich weiß nicht, ob man eine alte Liebe wiederaufleben lassen kann«, sagte sie und gab sich dabei souveräner, als sie sich fühlte.

»Was für ein Schlamassel«, seufzte die Freundin. »Hättest du mich nicht früher anrufen können? Ich hätte dir zumindest einen Tipp gegeben, ein bisschen moralische Unterstützung.«

»Was würdest du mir denn gesagt haben? Ich hätte mich sowieso nicht davon abbringen lassen, mich mit Luca zu treffen und Edo die Wahrheit zu sagen«, erwiderte Anna traurig.

»Das ehrt dich, dass du alles offen zugibst. Und deshalb musst du auch keine Schuldgefühle haben.«

»Im Moment ist das leider kein großer Trost.«

»Wird schon, bestimmt. Warte es ab. Mit der Zeit siehst du die Dinge anders, da bin ich mir sicher. Was meinst du übrigens, wie es mit Edo ausgehen wird?«

»Keine Ahnung.« Anna zuckte resigniert die Schultern. »Ich habe ihm alles gesagt, was er wissen musste. Zum Beispiel, dass ich ihn noch so liebe wie vorher. Das tue ich wirklich, bloß habe ich inzwischen erkannt, dass es bereits vorher nicht genug war. Was nicht ausschließt, dass er mir fehlen wird. Vielleicht verzeiht er mir ja, dann wird der Ball an mich zurückgespielt, und ich muss eine Entscheidung treffen. Aber wie soll ich das, solange ich nicht weiß, ob und wie es mit Luca weitergeht. Ich fühle mich wirklich total hin- und hergerissen.«

»Okay, Anna, mir ist klar, dass du in einer schwierigen Lage bist. Du wirst Luca wiedersehen, das scheint mir ziemlich sicher. Konzentrier dich bei euren Treffen auf dich, versuch zu verstehen, was da zwischen euch passiert und was sich daraus ergeben könnte.«

»Im Augenblick ist das unmöglich, weil ich nicht weiß, was ich mit Edo machen soll.«

Giulia schwieg einen Moment lang, wirkte gereizt, weil Anna immer mit einer Ausrede kam.

»Anna, halt mal an dich. Du hast Edo nie wirklich geliebt, das hat man gesehen. Du wolltest es dir nur nicht eingestehen, hast dir lieber was vorgemacht.«

Anna senkte verlegen den Kopf. »Das hat man wirklich gesehen?«

»Na klar.«

»Ich dachte, mit der Zeit würde das, was ich für ihn empfinde, wachsen, stärker werden ... Wie Luca hätte ich ihn allerdings nie lieben können und desgleichen keinen anderen, nach ihm kam nichts Vergleichbares. Ich weiß nicht, ob ich jemals einen anderen so lieben kann wie ihn.«

»Mir ist keineswegs entgangen, dass du nie wirklich über Luca hinweggekommen bist. Nicht allein emotional, sondern ebenfalls rational. Du denkst zu viel nach, Anna. Viel zu viel, das predige ich dir seit einer Ewigkeit. Lieben heißt manchmal, nicht zu denken. Jedenfalls musst du dich entscheiden, ob du dich mit Edoardo wieder zusammenraufst oder was Neues anfängst. Die Antwort findest du allein in dir. Hör auf dein Bauchgefühl. Das ist in Liebesdingen meist ein besserer Ratgeber als der Kopf!« Giulia redete sich regelrecht in Rage und begleitete ihre Ansprache mit großen Gesten. »Und jetzt, bevor wir uns in endlosen Diskussionen verlieren, die sowieso zu nichts führen, und wir am Ende über Gott und die Welt reden, lass uns das Thema wechseln und diesen Barbera trinken! Wir könnten zum Beispiel über den schicken Typen am Tisch neben dem Eingang lästern, der ausschließlich Augen für seine Freundin hat, obwohl die echt alles andere als eine Schönheit ist.«

Anna drehte sich um, schaute dann Giulia an, und beide prusteten los vor Lachen. Damit waren die ernsthaften Gespräche endgültig ad acta gelegt, und der vergnügliche Teil des Abends konnte beginnen.

»Also«, flüsterte Anna, »es nützt nichts, wenn du es jetzt abstreitest: Während ich Probleme gewälzt habe, hast du alle Tische abgecheckt, um dich zu amüsieren. Raus mit der Sprache, was hast du entdeckt?«

Es war ein Spiel, mit dem sie sich immer vergnügten, wenn sie sich zum Essen in einem Restaurant oder auf ein paar Drinks in einer Bar trafen. Sie konnten einfach nicht anders.

»Okay. Auf drei Uhr: ein geschiedenes Paar mit heran-wachsendem Sohn. Am liebsten würden sie sich gegensei-tig mit dem Messer an die Kehle gehen, was sie dem Jun-gen zuliebe jedoch lassen und sich zu einem einigermaßen zivilisierten Benehmen zwingen. Von dir ausgesehen auf sechs Uhr: zweites Date, aber sie tanzt auf zwei Hochzei-ten. Ständig guckt sie aufs Handy und tippt irgendwelche Nachrichten, ganz bestimmt mit einem anderen Anwärter. Auf neun Uhr kannst du den typischen Mann mittleren Alters mit seiner Geliebten beobachten, ein Klassiker für eine altmodische Trattoria wie diese hier. Am Tisch ganz hinten, bei den Toiletten, sitzt ein ganz junges, wenngleich unglückliches Pärchen. Er redet, sie hört weg, nickt ein-fach mechanisch. Unter dem Tisch liegt ein Hund, den sie angeschafft haben, um etwas zu haben, das sie verbindet. Zwei Monate gebe ich denen, dann streiten sie darüber, wer Fido behalten darf.«

»Meine Güte, wie traurig«, meinte Anna lächelnd.

Giulias scharfsinnige Einschätzungen waren immer mitleidslos und von gnadenloser Härte, dabei indes sehr nah an der Realität. Bei ihrer Arbeit in der Trattoria machte sie sich seit Jahren einen Spaß daraus, sich in das Leben der Gäste hineinzudenken, und erzielte inzwischen, sofern es sich nachprüfen ließ, beachtliche Trefferquoten.

Anna hingegen, weicher und gutmütiger als die Freundin, versuchte zumeist Giulias Geschichten in ein besseres Licht zu rücken. So argumentierte sie jetzt im Fall des jungen Pärchens, dass der Hund sie ja vielleicht wirklich zueinander führte und nicht zum Zankapfel wurde.

Wie dem auch sei: Hauptsache, sie dachten für den Rest des Abends nicht weiter über die Zukunft nach, sondern hatten einfach unbeschwert ihren Spaß.

7

Am nächsten Morgen tat Anna nach dem Aufwachen
etwas, das gar nicht zu ihr passte und nicht zu ihrer
Routine gehörte: Sie schaute als Erstes auf ihr Handy. Keine Anrufe, keine Nachrichten.

Sie war enttäuscht, ohne zu wissen, warum. Hatte sie
gehofft, etwas von Luca zu hören oder von Edoardo? Sie
wusste es nicht, denn irgendwie sehnte sie sich nach beiden. Also war es wahrscheinlich besser so, von keinem zu
hören, sagte sie sich. Schließlich war ein zeitweiliger Abstand zu beiden die einzige Möglichkeit herauszufinden,
was und wen sie sich als Partner wünschte.

Gerade als sie aufstehen und unter die heiße Dusche
steigen wollte, klingelte das Telefon. Hektisch lief sie ins
Schlafzimmer zurück und schaute aufs Display. Wieder eine
Enttäuschung. Es war bloß Francesca, die älteste der Cougar-Schwestern. Unwillig nahm sie den Anruf entgegen.

»Störe ich, meine Süße? Sag mir einfach schnell, ob du
Lust hast, dich heute Abend mit uns zum Essen zu treffen?
Ich, du und die beiden anderen?«

O Gott, schon wieder ein Abendessen. Eigentlich reichte
es ihr so langsam. Andererseits grauste ihr immer noch vor
einem einsamen Abend allein zu Hause. Also schloss sie

einen Kompromiss und lud die Schwestern zu sich ein. Dann musste sie das Haus nicht verlassen und war trotzdem nicht einsam. Sogleich begann sie darüber nachzudenken, was sie kochen könnte.

In der Buchhandlung erwartete sie die nächste Überraschung. Adele war bereits da und begrüßte sie ungewöhnlich freundlich.

»Oh, da bist du ja«, sagte sie in einem zuckersüßen Ton, den sie ihr gegenüber noch nie angeschlagen hatte. »Nicht mehr lange und ich reise ab. Traust du es dir wirklich zu, den Laden alleine zu führen? Du wirkst irgendwie abgespannt und müde.«

»Keine Sorge, ich bin bereit, Signora«, antwortete Anna entschieden. »Ich habe lediglich in letzter Zeit ein bisschen zu wenig Schlaf abgekriegt, das ist alles.«

»Lass dich vom Leben nicht überwältigen, behalte immer die Zügel in der Hand«, gab Adele daraufhin zurück und warf ihr einen vielsagenden Blick zu.

Zum zweiten Mal so orakelhafte Worte, dachte Anna überrascht. Hatte ihre Chefin womöglich etwas von den Turbulenzen in ihrem Leben mitgekriegt? Zumindest wusste sie, dass Luca und sie sich kannten, und wahrscheinlich hatte sie an der Art ihrer Begrüßung gemerkt, dass da mal mehr gewesen war.

»Ich tu mein Bestes«, versprach Anna. »Ich probier's jedenfalls.«

»Probieren reicht nicht«, rügte die Signora sie. »Jetzt bist du zusätzlich für das Geschäft verantwortlich. Also sieh zu, dass du ein bisschen mehr Entschlossenheit und Energie aufbringst.«

Damit war ihre Ermahnung beendet, und Anna wurde gnädig zu ihrer Arbeit entlassen.

Im Lauf des Tages kamen mehr Kunden in den Buchladen als gewöhnlich. Man merkte, Weihnachten nahte, und die Leute gingen verstärkt auf die Jagd nach Geschenken, selbst ein sonst so wenig frequentierter Laden wie das Stella Polaris profitierte davon. Anna bemühte sich, allen gerecht zu werden, und konzentrierte sich besonders auf diejenigen, die nicht zur Stammkundschaft gehörten und deren Vertrauen erst gewonnen werden musste. Es tat ihr gut, denn bei all dem Chaos, das in ihrem Inneren wütete, wurde der Buchladen für sie mehr und mehr zu einer geschützten Insel, auf der ihre verwundete Seele heilen konnte oder zumindest Linderung ihrer Schmerzen fand.

Solchermaßen beflügelt, verließ sie abends den Laden in relativ guter Stimmung, um den Cougars ein mexikanisches Essen zu kochen. Die Mariachimusik, die sie aus unbekanntem Grund seit einigen Stunden in ihrem Kopf vernahm, hatte sie auf die Idee gebracht.

Die Schwestern präsentierten sich in einer Aufmachung, die eher zu einem Galaabend als zu einem zwanglosen Essen gepasst hätte. Francesca hatte eine Flasche Champagner dabei, die sie auf beunruhigende Weise schüttelte, Giorgia brachte ein Paket mit Pralinés aus Annas Lieblingsconfiserie mit, wie sie sogleich an der Verpackung erkannte, und Cristina schwenkte einen Strauß gelbe Rosen, die Anna so liebte.

Sie erschienen ihr wie drei Zauberinnen in ihren extravaganten Roben.

»Was feiern wir, bitte schön?«, fragte Anna verblüfft.

»Cristina hat sich verlobt«, verkündete Giorgia triumphierend.

»Verlobt?«

»Na ja, übertreiben wir's mal nicht«, beschwichtigte Cristina die anderen. »Sagen wir mal, ich bin neuerdings mit einem Typen zusammen.«

Anna freute sich aufrichtig für sie und beschloss, nach Möglichkeit ihr eigenes desolates Liebesleben mit keinem Wort zu erwähnen, um keine triste Stimmung aufkommen zu lassen.

Als eine halbe Stunde später überraschend Federica vorbeischaute, hatte der mexikanische Abend bereits volle Fahrt aufgenommen wie in den guten alten Zeiten, als sie öfter gemeinsam gefeiert hatten. Die Cougars liefen zur Hochform auf und stellten einmal mehr unter Beweis, dass man ohne Kerle das Leben sehr wohl genießen konnte. Exaltiert, wie sie waren, dazu vom Alkohol enthemmt, brannten sie ein Feuerwerk aus witzigen Bemerkungen und verrückten Dialogen ab und verwandelten den Abend in eine Comedyshow. Nach zwei Margaritas knickte sogar Federica ein und legte das Gehabe der strengen, korrekten Juristin ab.

Die meisten Gespräche allerdings drehten sich um Cristinas neue Beziehung, auf die die Cougars einen Toast nach dem anderen ausbrachten. Mit absehbaren Folgen.

Als sich die Schwestern beschwingt und beschwipst schließlich verabschiedeten, schloss Anna mit einem erleichterten Seufzer die Tür hinter ihnen. Sie war nach mehreren langen Abenden in Folge total erledigt und freute sich auf ihr Bett, zugleich aber fühlte sie sich seltsam heiter und leicht wie seit Langem nicht mehr. Die Cougars schafften es jedes Mal, sie für die schönen und lustigen Seiten des Lebens zu sensibilisieren, auf die sie sich durch ihre schwermütigen Grübeleien allzu oft die Sicht verbaute.

Ein paar Tage später begann es zu schneien. Leider waren es keine dicken Flocken, die vom Himmel fielen und auf der Erde einen weißen Teppich bildeten, sondern wässrige Gebilde, die den Boden der Gärten und Parks in Matsch verwandelten.

Es war der Tag, an dem die Signora abreisen sollte. Aus dem Buchladen scholl ihr *Nabucco* entgegen. Die Chefin wirkte überglücklich und empfing sie mit einem so freundlichen Gesichtsausdruck, dass Anna nicht einmal daran dachte, ihn zu katalogisieren, zumal sie sicher war, ihn sowieso kein zweites Mal zu sehen zu bekommen.

Nachdem sie den Morgen damit verbrachten, noch einmal jedes Detail durchzugehen, ohne dass sie von einem einzigen Kunden gestört wurden, trafen um die Mittagszeit die Ritterinnen der Tafelrunde ein, um ihre Schwester im Geist gebührend zu verabschieden. Und dieser Abschied konnte sich weiß Gott sehen lassen.

Sie kamen gleichzeitig mit dem Lieferwagen einer Cateringfirma an, die im Handumdrehen Tische, Stühle und Blumenschmuck hervorzauberte und ein prächtiges Buffet aufbaute, das von reichlich Champagner allererster Güte begleitet wurde.

Die Ritterinnen hatten ihren gesamten Bekanntenkreis mobilisiert und dazu ein paar interessante Leute einfach von der Straße weggeholt. Im Laufe der nächsten Stunde kamen alle möglichen Leute, deren elegante Kleidung ihre Herkunft verriet, um an einem Event teilzunehmen, das wahrscheinlich als informeller Imbiss mit Champagner angekündigt worden war.

Adele war im siebten Himmel, und die noblen Gäste kauften so viele Bücher, wie noch nie an einem einzigen Tag verkauft worden waren. Allerbeste Aussichten, dachte

Anna, großartige Vorzeichen für die neue Ära des Stella Polaris. Zur Feier des Tages schloss der Laden natürlich nicht über Mittag, sodass um vier Uhr nachmittags immer noch ein paar reichlich angetrunkene Leute zwischen den Regalen umherirrten.

Als alle weg waren, machte sich die Signora reisefertig, zerrte ihre beiden riesigen Koffer aus dem Abstellraum und rief ein Taxi, das sie zum Flughafen bringen sollte. Anna begleitete sie nach draußen und half ihr, das Gepäck zu verstauen, bevor sie sich mit einem breiten Lächeln, das nicht weichen wollte, verabschiedete und dem Taxi nachwinkte, bis es um die nächste Ecke bog und ihrer Sicht entschwand.

Zurück im Laden, bereitete sie sich einen Espresso zu und machte es sich damit in einem der Sessel bequem, genoss die Stille und die neue Freiheit. Irgendwann fielen ihr die Augen zu, und ihre wirren Gedanken trugen sie davon in einen leichten Schlummer. Ein Geräusch an der Tür ließ sie hochschrecken. Jemand war hereingekommen.

»Luca.«

»Anna.«

Sie erhob sich, während Luca auf sie zukam, die Hände in den Manteltaschen vergraben.

»Ich habe die ganze Zeit versucht, nicht an dich zu denken. Doch es hilft nicht, sich zu verstecken. Ich bin total durcheinander und muss wissen, was der Abend für dich bedeutet hat.«

Anna seufzte. Ihr fiel der Traum wieder ein, die Brandung, der Schlag auf den Kopf, der Ring, die Kinder in der Schule.

»Was mir der Abend bedeutet hat?«, wiederholte sie. »Es war unglaublich. So unglaublich, dass meine Beziehung daran kaputtgegangen ist.«

»Was heißt das?«

»Ich habe ihm alles erzählt, von dir, von uns beiden und dass du zurück bist.«

Luca blickte sie bestürzt an, suchte in ihren Augen nach Erklärungen, die ihre Worte ihm nicht geben konnten.

»Wieso?«

»Weil er mich gefragt hat, ob wir demnächst zusammenziehen wollen«, erwiderte sie lapidar. »Ausgerechnet jetzt, wo ich so daneben bin wie noch nie in meinem Leben … Ich konnte ihn nicht anlügen, verstehst du, ich musste ehrlich sein. Und es ist ja nicht mal so, dass ich nichts mehr für ihn empfinde …«

Sie verstummte. Mit einem Mal wurde ihr klar, wie absurd es war, einem Mann, der sie auf irgendeine Weise nach wie vor liebte, erklären zu wollen, dass sie einen anderen ebenfalls liebte.

»Das tut mir leid, Anna. Ehrlich.«

»Wieso? Du kannst ja nichts dafür. Es ist passiert und nicht mehr zu ändern. Außerdem weiß ich nicht, wie das zwischen uns weitergehen soll. Ich denke unentwegt an dich, nur bin ich im Moment zu keinem klaren Gedanken fähig.«

»Mir geht es ähnlich«, gab Luca zurück, »aber eins weiß ich mit absoluter Gewissheit: Ich wünsche mir nichts mehr, als dass unser gemeinsamer Abend kein Abschied war.«

Anna blickte ihn schweigend an. »Nein, du hast recht. Wenngleich ich keine Ahnung habe, wie es auf Dauer sein wird – ein endgültiger Abschied darf es nicht gewesen sein. Ich bin noch lange nicht bereit, dich gehen zu lassen, nachdem ich dich gerade erst wiedergefunden habe. Bloß sag mir eins: Glaubst du, dass es richtig wäre, eine alte

Geschichte wieder aufzuwärmen? Macht das einen Sinn? Und kann das überhaupt funktionieren?«

»Ich weiß es nicht, Anna – im Augenblick möchte ich einfach mit dir zusammen sein, dann werden wir ja merken, wie es läuft.«

Anna wandte sich ab und holte aus der Kassenschublade einen Schlüsselbund, schüttelte ihn mit einem vielsagenden Lächeln, schloss die Tür ab und drehte das Schild *Bin gleich zurück* um.

Gemeinsam gingen sie ins Badezimmer. Unzählige Male hatte sie sich in dem Spiegel dort betrachtet, sich schön oder müde gesehen, nachdenklich oder entspannt, doch immer allein. Jetzt sah sie Luca hinter sich.

Diesmal war es reiner Sex, ohne irgendwelche Verbindung zur Vergangenheit. Sie fühlte sich lebendig und atemlos, verlor sich in ihrer Lust und verspürte eine Intensität, die sie vergessen zu haben glaubte. Niemals hatte sie mit Edoardo Vergleichbares erlebt, etwas, das an das hier heranreichte. Obwohl sie den Sex mit ihm nie schlecht gefunden hatte. Wie war das möglich? Hatte sie die Erlebnisse mit Luca schlicht verdrängt, um sich zu schützen?

Nach dem Schnee kam der Regen, der die wenigen weißen Reste, die liegen geblieben waren, wegspülte. Luca blickte aus dem Fenster auf den Fluss hinaus, der mehr Wasser führte als sonst. Seine Atemluft bildete kleine Dampfwölkchen in der feuchten Kälte des Abends.

Er hatte nichts mehr von Anna gehört, seit sie im Badezimmer regelrecht übereinander hergefallen waren, und das war inzwischen fünf Tage her. Sollte er sie anrufen? Merkwürdigerweise hatten sie seit ihrer Wiederbegegnung noch nie telefoniert. Beim ersten Zusammentreffen war er zufällig in die Buchhandlung gekommen, das zweite hatten sie mündlich vereinbart, beim dritten war er ohne Vorwarnung in den Laden geplatzt. Zwar hatten sie ihre Telefonnummern ausgetauscht, ohne sie indes bislang zu benutzen.

Luca fühlte sich irgendwie rastlos, zu nichts wirklich fähig, und vermochte sich nicht auf seine Arbeit zu konzentrieren. In seinen Gedanken war nur Platz für Anna. Es gelang ihm nicht einmal, eine Seite zu lesen und das Gelesene wirklich aufzunehmen. Mit dem Schreiben war es nicht besser, dabei wartete die Redaktion auf den nächsten Artikel.

Je mehr Zeit verging, desto mehr wuchs in Luca die Überzeugung, dieses Wiedersehen könnte tatsächlich der Beginn eines langen Abschieds sein. Eines Abschieds, der so intensiv war, dass er Spuren hinterlassen würde. Schmerz, Trauer, Bedauern und eine verzweifelte Sehnsucht nach Nähe, nach Sex. Sie waren wie zwei Schmetterlinge, die das Licht suchten und in den Flammen verbrannten.

Vielleicht war es sogar besser, rechtzeitig einen Schlussstrich zu ziehen, bevor alles zur Qual wurde. Das würde er übernehmen müssen. Anna wäre nicht in der Lage, eine solche Entscheidung zu treffen, das wusste er, dazu kannte er sie zu gut. Sie würde sich von ihren Gefühlen mitreißen lassen wie von einer Meeresströmung, sie lebte in der Hoffnung auf das Schicksal in den Tag hinein und schwebte wie auf Wolken über der Realität.

Deshalb musste er die Initiative ergreifen.

Es war elf Uhr abends. Luca trat vom Fenster zurück, zündete sich eine Zigarette an und suchte eine Klassik-CD heraus, die er seit Jahren nicht gehört hatte, eine Klaviersonate von Beethoven. Er drehte die Anlage voll auf, ließ sich aufs Sofa fallen und hing seinen Gedanken nach.

Auch an Claudia dachte er und an die hässliche Art, wie sie ihn und Anna auseinandergebracht hatte. Ohne diese falsche Freundin wäre ihr Leben anders verlaufen: so wie sie es sich immer erträumt hatten. Hätte er bloß rechtzeitig eingegriffen, warf er sich jetzt vor. Immerhin war ihm nicht entgangen, dass Claudia eine Schwäche für ihn hatte. Von Anfang an, seit er mit Anna zusammengekommen war, aber er hatte dem keine große Bedeutung beigemessen, denn nie im Leben wäre er auf die Idee gekommen, Claudia sei zu einer solchen Gemeinheit fähig.

Nachdem sie den ersten Teil ihres Ziels erreicht hatte – Annas Trennung von Luca –, war sie im Büro ständig um ihn herumscharwenzelt und hatte ihn mit ihrem vorgeblich selbstlosen Mitgefühl umgarnt, bis er Tag um Tag ihren Avancen ein bisschen mehr nachgegeben hatte und sie schließlich im Bett landeten. Jetzt, wo er wusste, wie hinterhältig sie gewesen war, verfluchte er sich dafür, nicht misstrauischer gewesen und der Sache nicht selbst auf den Grund gegangen zu sein. Für einen Journalisten hätte das eigentlich selbstverständlich sein müssen.

Noch einmal durchlebte er den schrecklichen Moment, als Anna ihn verlassen und mit knappen Worten abgespeist hatte, ohne ihm die Gelegenheit zu einer Gegendarstellung zu geben. Er beschloss, Kontakt zu Claudia aufzunehmen, die vermutlich inzwischen aus dem Krankenhaus entlassen worden war.

Obwohl er nicht wusste, was er sagen wollte, griff er zum Handy und suchte ihre Nummer in der Kontaktliste und wählte sie an. Sie stimmte noch, es war dieselbe wie vor zehn Jahren.

»Claudia.«

»Luca!«

»Ich habe von deinem Unfall gehört.«

»Hast du Anna gesehen?«, fragte Claudia zögerlich.

»Ja. Und dich würde ich desgleichen gerne sehen. Bist du aus der Klinik raus?«

»Ja, seit ein paar Tagen. Hast du Lust, morgen zu mir zu kommen?«

»Dieselbe Adresse wie früher?«

»Genau. Weißt du noch, wo?«

»Klar, ich komme nach dem Abendessen. Dann bis morgen.«

Luca hatte sich das ganze Gespräch über um einen neutralen, emotionslosen Tonfall bemüht. Er konnte nicht einmal mehr sagen, ob er wirklich wütend war, er wollte vor allem reinen Tisch machen.

Nachdem er diesen Schritt getan hatte, fühlte Luca sich am Tag darauf irgendwie befreit und in der Lage, endlich wieder zu arbeiten. Voller Elan begab er sich in die Redaktion und nahm sich ein Projekt vor, an dem er schon eine ganze Weile saß: einen Essay über das Turin des 15. Jahrhunderts. Er arbeitete so konzentriert, dass er gar nicht merkte, wie die Zeit verflog, nicht einmal ans Essen dachte er. Und erst als es dunkel wurde, fiel ihm seine Verabredung mit Claudia ein.

Als er vor dem Haus stand, in dem sie wohnte, stutzte er beim Anblick der geflügelten Drachen, die das Tor und die Balkone verzierten und wie die Wasserspeier einer Kathedrale aussahen. Waren sie früher bereits da gewesen? Es gab einige solcher Häuser in Turin, vor allem am Corso Francia, doch an diesem waren sie ihm zuvor nie aufgefallen. Und dabei war er seinerzeit nicht gerade selten hier gewesen. An die Wohnung im ersten Stock hingegen erinnerte er sich sehr gut, es schien sich nicht viel verändert zu haben seit seinem letzten Besuch.

Claudia empfing ihn, gestützt auf zwei Krücken, mit einem gezwungenen Lächeln. Sie trug die Haare inzwischen kürzer, war sehr sorgfältig gekleidet und geschminkt, aber Luca fiel sofort auf, dass die Zeit nicht gerade gnädig mit ihr umgegangen war. Im Vergleich mit Anna, die sich eine gewisse weiche Mädchenhaftigkeit bewahrt hatte, wirkte sie vorzeitig gealtert. Dennoch war sie nach wie vor eine schöne Frau.

Lange Vorreden und Small Talk waren noch nie ihre Stärke gewesen, und auch jetzt kam sie gleich zur Sache.

»Hallo, Luca, irgendwie seltsam, dich nach so vielen Jahren in diesen Räumen zu sehen. Das letzte Mal warst du hier, als ich in der Redaktion aufgehört habe. Komm rein, ich hole uns ein Bier, dann setzen wir uns, einverstanden?«

»Ja, perfekt.«

Als Claudia ins Wohnzimmer zurückkehrte, brachte sie eine Packung Knabbergebäck und zwei Flaschen Bier mit. Chinesisches, das hatte sie schon damals bevorzugt getrunken.

»Also, du hast Anna getroffen«, steuerte Claudia sofort aufs Wesentliche zu.

»Ja. Rein zufällig. Ich bin in den Buchladen gegangen, in dem sie arbeitet, und das ausgerechnet an dem Tag, an dem sie dich im Krankenhaus besucht hatte. Nun ja, sie hat mir alles erzählt.«

»Ich hätte nicht gedacht, dass es so bald passieren würde, dass Anna sich früher oder später allerdings bei dir meldet, damit habe ich gerechnet. So etwas kann man schließlich nicht allein mit sich herumschleppen, zumindest nicht angesichts dieser Konstellation. Zudem hast du genau wie sie das Recht, endlich die Wahrheit zu erfahren. Schätzungsweise bist du gekommen, um mich zur Schnecke zu machen. Verstehe ich.«

»Sagen wir es so: Ich bin gekommen, um darüber zu reden. Um das nachzuholen, was ich damals versäumt habe. Aber ja, natürlich mache ich dir Vorwürfe. Durch deine Lüge ist mein Leben völlig aus dem Gleis geraten und hat sich nicht unbedingt positiv entwickelt. Und das macht keine Entschuldigung, kein Bedauern wieder gut.«

»Und an alldem soll allein ich schuld sein?« Claudia blickte ihn herausfordernd an. »Okay, es war echt schäbig, Anna diese Lügengeschichte aufzutischen, damit sie sich von dir trennt. Doch sie hätte mir ja nicht bedingungslos glauben müssen, sondern mit dir reden können. Gut, zugegeben, ich habe damit gerechnet, dass sie sich so verhalten würde, wie sie es dann getan hat, also nehme ich das ebenfalls auf meine Kappe. Nicht aber jedes Unglück oder Missgeschick, das dir im Verlauf deines Lebens sonst widerfahren ist. Für das, was danach kam, kannst du mich nun wirklich nicht verantwortlich machen.«

»Man kann das so oder so sehen. Immerhin hast du mit deiner Lüge eine ganze Kette von Ereignissen ausgelöst.«

»Reden wir hier etwa von einer Art Schmetterlingseffekt?«, fragte Claudia spöttisch. »Ein Schmetterling schlägt in Brasilien mit dem Flügel und löst in Texas einen Tornado aus? Durchaus möglich. Trotzdem weigere ich mich, mich pauschal schuldig zu bekennen. Wenn die Welt so funktioniert, dass ein kleiner Fehler genügt, um eine Lawine ins Rollen zu bringen, was soll ich denn da machen? Oder willst du im Ernst behaupten, dass es meine Schuld ist, wenn dein ganzes Leben vor die Hunde gegangen ist?«

»Wer sagt denn, dass mein ganzes Leben vor die Hunde gegangen ist?«, verteidigte sich Luca, während er den letzten Schluck Bier austrank. Claudia stand auf und humpelte in die Küche, um ein neues zu holen.

»Deine Augen sagen mir das.«

»Mein Privatleben ist ziemlich kaputt, okay. Beruflich hingegen könnte es kaum besser laufen.«

»Ich weiß, ich lese deine Artikel. Und deshalb weiß ich auch, dass du ein intelligenter Mensch bist, also sag mir bitte nicht, dass alles ausschließlich meine Schuld war.«

»Nein, natürlich nicht. Bloß versetz dich mal in unsere Lage. Es ist ziemlich dramatisch, so etwas Jahre später zu erfahren.«

»Das ist mir klar. Und das bedaure ich. Vor allem, dass ich zu solchen Mitteln gegriffen habe. Zwar habe ich vieles im Leben falsch gemacht, doch das war mit Sicherheit das Schlimmste. Der Unfall hat mich zur Besinnung gebracht. Es wäre furchtbar gewesen zu sterben mit dieser Schuld. Plötzlich hatte ich das Bedürfnis, mein Gewissen zu erleichtern und mein Leben zu ändern, nicht mehr nach dem Motto weiterzumachen, dass der Zweck die Mittel heiligt.«

»Da stehst du nicht allein, die meisten Menschen verhalten sich vermutlich so.«

»Nur wenn man es zu oft macht, wendet es sich irgendwann gegen einen. Aber zurück zu uns, Luca, was kann ich für dich tun?«

Luca schwieg eine Weile. Was sollte er sagen? Was geschehen war, war geschehen und ließ sich nicht mehr aus der Welt schaffen.

»Du kannst und musst nichts machen. Ich wollte dich

einfach wiedersehen, um den Kreis zu schließen. Ob es mir hilft für meine weitere Lebensplanung, keine Ahnung. Das wird sich zeigen müssen.«

»Ich bin mir sicher, dass ich irgendwas für dich tun kann«, flüsterte Claudia auf einmal verführerisch und setzte sich dicht neben ihn.

»Was tust du da?«, fragte Luca alarmiert.

»Das weißt du ganz genau«, schnurrte sie und rückte noch ein bisschen näher.

Bevor sie ihn küssen konnte, sprang Luca vom Sofa auf, zündete sich eine Zigarette an und wandte sich zur Tür.

»Du erniedrigst dich selbst, Claudia. Genau wie damals. Du hast dich kein bisschen verändert. Okay, du hast mich ins Bett gekriegt, interessiert hast du mich nie. Damals nicht und heute erst recht nicht.«

»Und du warst früher bereits ein Arschloch und bist immer noch eins«, schrie Claudia ihm hinterher, als er die Tür öffnete und die Wohnung verließ, ohne sich noch einmal umzusehen.

Inzwischen war es Mitternacht, und es hatte wieder angefangen zu schneien, jetzt richtig. Dichte weiße Flocken fielen lautlos zur Erde und bildeten einen weichen Teppich, der die Geräusche der Stadt dämpfte und im Licht der Straßenlampen silbrig schimmerte.

Wie konnte es sein, dass diese Frau eine so verhängnisvolle Rolle in seinem Leben hatte spielen können, fragte Luca sich. Er musste damals von allen guten Geistern verlassen gewesen sein. Mehr denn je hatte er mit einem Mal das Gefühl, vor einem Scherbenhaufen zu stehen. Und dann tat er etwas, das er nicht mehr getan hatte, seit er erfahren hatte, dass das Kind, das seine Frau erwartete, nicht seins war: Er weinte.

Zur selben Zeit lag Anna allein zu Hause auf dem Sofa vor dem Fernseher, den sie lediglich eingeschaltet hatte, um sich abzulenken, und wusste kaum, was da auf dem Bildschirm passierte.

Sie dachte an Luca, wollte seine Stimme hören, aber gleichzeitig machte dieses Verlangen ihr Angst. Ihr letztes Mal hatte viel von einem Abschied gehabt. Würde sich das jetzt, nachdem ein paar Tage vergangen waren, noch verstärken? Auch bei ihr begann sich zunehmend die Überzeugung durchzusetzen, dass es vermutlich keinen Sinn machte, aus Sentimentalität etwas wiederbeleben zu wollen, das der Vergangenheit angehörte. War es nicht besser, nach vorne zu schauen? Was allerdings hieß, den Kontakt zu Luca abzubrechen und sich endgültig von ihm zu lösen. Keinen Sex, kein gemeinsames Essen, nichts mehr.

War das überhaupt möglich? Verstand und Gefühl zogen in entgegengesetzte Richtungen.

»Zum Teufel mit meinen Entscheidungen«, murmelte sie vor sich hin und sprang auf, lief mit verschränkten Armen im Zimmer auf und ab wie ein Löwe im Käfig. »Was soll ich bloß machen?«

Sie war gerade drauf und dran, trotz der späten Stunde Luca anzurufen, als das Telefon klingelte. Hoffnungsvoll ging sie ran, doch es war nicht Luca, sondern Edoardo.

»Edo, hallo«, sagte sie lahm.

»Anna, tut mir leid, wenn ich dich störe, du fehlst mir so sehr. Ich musste einfach deine Stimme hören«, sagte er, und als sie schwieg, fuhr er fort: »Wie ging's dir denn so die letzten Tage? Hast du mich wenigstens ein bisschen vermisst?«

O Gott, um Mitternacht eine solche Diskussion, das hatte ihr gerade gefehlt.

»Natürlich habe ich dich vermisst«, beschwichtigte sie ihn nicht gerade wahrheitsgemäß.

»Hast du deinen Ex noch mal getroffen?«.

»Nein«, erwiderte sie wie aus der Pistole geschossen, und diesmal war es eine richtige Lüge.

»Aber du hast es vor«, erkundigte er sich resigniert.

»Möglicherweise, ja.«

Als Anna hörte, dass er schluchzte, heulte sie zur Gesellschaft gleich mit.

Sie weinte, weil Edoardo ihr leidtat, und sie weinte, weil sie Schuldgefühle plagten. Sie weinte wegen ihres Unvermögens, eine mutige Entscheidung zu treffen, und sie weinte über das Schicksal, das ihr so viele hässliche Streiche gespielt hatte. Sie konnte einfach nicht mehr aufhören, beendete das Telefongespräch und weinte alleine weiter.

8

Nach wenigen Stunden unruhigen Schlafs wachte Anna im Morgengrauen auf und beschloss, noch vor der regulären Öffnungszeit zur Arbeit zu fahren. Sie hatte sich zwei Events ausgedacht, die sie vorbereiten wollte. Wenn die Chefin ihr schon die Erlaubnis gegeben hatte, durfte sie die Gelegenheit nicht verstreichen lassen. Dass es von ihren persönlichen Problemen ablenken würde, war ein schöner Nebeneffekt.

Seit Signora Adeles Abreise war erst eine knappe Woche vergangen, aber Anna hatte das Gefühl, seit Monaten alleine im Laden zu sein, und sich von Anfang an voll in ihrem Element gefühlt. Die Arbeit ging ihr so leicht von der Hand, dass sie sich regelrecht beschwingt fühlte, sobald sie die Buchhandlung betrat.

Darüber hinaus juckte es sie in den Fingern, sich kreativ und konstruktiv zu betätigen, wobei ihr natürlich in dieser Hinsicht die Hände gebunden waren – die Signora würde sie andernfalls einen Kopf kleiner machen nach ihrer Rückkehr. Also blieben ihr lediglich ein paar kosmetische Korrekturen und die geplanten Events, um sich zu beweisen.

Nachdem sie eine Stunde in ihrem Lieblingssessel nachgedacht und Pläne gemacht hatte, begann zumindest das erste Vorhaben Gestalt anzunehmen. Sie würde eine Lesung veranstalten, vielleicht aus mehreren Büchern, gefolgt von einer Diskussion und einem geselligen Ausklang mit musikalischer Untermalung bei Wein und kleinen Häppchen, wofür sie Giulias Unterstützung brauchte.

Außerdem würde sie umräumen müssen, um Platz für möglichst viele Gäste zu schaffen. Zum Glück gab es neben dem eigentlichen Laden noch zwei Räume, von denen der eine praktisch leer war und der andere als Möbellager für ausgelagerte Antiquitäten aus den Beständen der Eltern diente. Eine wahre Fundgrube. Voller Elan begann sie die zahlreichen Stühle aufzustellen, sodass ein kleines Auditorium entstand, das sich für eine Lesung hervorragend eignete. Allerlei Kleinmöbel sorgten für eine gediegene Atmosphäre. Anschließend skizzierte sie noch einen Entwurf für den Flyer, den sie drucken lassen wollte. Elegant und minimalistisch sollte er werden: schwarze Tinte auf eierschalenfarbenem Papier mit einem Kelch voller Bücher als Logo.

Am Nachmittag kam Giulia vorbei, und Anna nahm gleich die Gelegenheit wahr, ihr zwischen zwei Kunden von der geplanten Lesung zu erzählen und sie um ihre Hilfe bei der Bewirtung zu bitten.

»Gerne!«, rief Giulia begeistert aus. »Du legst dich ja ganz schön ins Zeug, kaum dass man dich von der Leine lässt. Sieht es in puncto Männer ähnlich positiv aus?«

»Na ja, Luca habe ich noch mal getroffen«, gab Anna zu. »Wie es jedoch weitergeht, steht in den Sternen.«

»Und Edoardo?«

»Hat mich gestern Abend angerufen, wir haben einträchtig am Telefon geweint.«

»Fehlt er dir?«

»Vor dem Anruf war ich mir nicht so sicher, vielleicht weil ich das mit der Trennung bislang nicht als endgültig betrachtet habe – als ich dann aber seine Stimme am Telefon hörte, ging es mir richtig, richtig schlecht.«

»Anna, das ist nur verständlich. Schließlich ist das alles ganz frisch.«

»Jedenfalls scheint nach diesem Anruf die Geschichte mit Edo gelaufen zu sein. Wie auch immer, denken wir lieber an den Laden.«

Sie legten den zehnten Dezember für die erste Veranstaltung fest. Giulia rief ein paar Leute an und fand einen Winzer, der bereit war, einen kleinen Stand aufzubauen und seine Weine kostenlos zum Probieren anzubieten, nachdem Giulia lang und breit auf ihn eingeredet hatte, wie vorteilhaft es für sein Geschäft sei, sich auf diese Weise einer Klientel zu empfehlen, die den ersten Kreisen der Stadt angehörte.

Dadurch wiederum war Anna auf die Idee verfallen, an diesem Abend aus Büchern vorzulesen, die im weitesten Sinne mit Wein zu tun hatten. Nachdem sie die Bestände durchforstet hatte, war ein ansehnlicher Bücherberg mit Werken von der Antike bis zur Gegenwart zusammengekommen. Darunter so berühmte Namen wie Vergil, Svevo, Pavese und Baudelaire. Natürlich hoffte sie, einige im Anschluss an die Lesung verkaufen zu können, denn nicht wenige verstaubten seit Jahren unbeachtet in den Regalen.

Am selben Tag schaute sich Edoardo zum letzten Mal wehmütig in seiner nunmehr leer geräumten Wohnung um. Hier auszuziehen, fühlte sich an, wie sein gesamtes altes Leben hinter sich zu lassen, in dem er sich bis vor Kurzem noch wohl- und sicher gefühlt hatte.

Erschwerend hinzu kam die Trennung von Anna. Erst vor zwei Tagen hatte er es nicht mehr ausgehalten und sie angerufen, weil er ihre Stimme hören wollte. Es war keine gute Idee gewesen, hatte unnötig seinen Schmerz verstärkt. Im Nachhinein kam er sich schrecklich dumm vor und verfluchte sich für seine bescheuerte Idee.

Anna hatte einzig und allein Luca im Kopf, das hatte sie sogar mehr oder weniger zugegeben, und gezwungermaßen hatte Edoardo sich damit abgefunden – er war nicht der Typ, der um die Liebe einer Frau kämpfte oder sie anflehte, bei ihm zu bleiben. Wenn sie einen anderen vorzog, war da nichts zu machen.

Manchmal überkam ihn sogar eine seltsame Wut auf sich selbst, weil er sich im Grunde zwei Jahre lang zum Narren gemacht hatte. Natürlich war ihm nicht entgangen, dass es mit Anna nicht so lief, wie es sollte. Dennoch hatte er auf Zeit gespielt, und das hatte sich gerächt. Jetzt würde er sich ein neues Leben aufbauen müssen.

Die Contessa erwartete ihn auf dem Treppenabsatz, um den Schlüsselbund entgegenzunehmen.

»Ich hoffe, ich habe Ihnen wenigstens insofern einen Gefallen getan, mein Lieber«, sagte sie, »als Ihre Freundin nun keine Entschuldigung mehr hat, nicht mit Ihnen zusammenzuziehen.«

Er rang sich ein unfrohes Lächeln ab, obwohl ihm nach Heulen zumute war. Nein, die Sache war für ihn eine Niederlage auf der ganzen Linie. Immerhin hatte er keine Bleibe und keine Freundin mehr. Seine Möbel würden in der Garage eines Freundes eingelagert, er selbst kam fürs Erste bei seinen Eltern unter. Nach den Weihnachtsferien wollte er dann energisch mit der Wohnungssuche beginnen.

Zu Hause empfing ihn seine Mutter mit besorgter Miene.

»Nun schau du mich nicht auch noch so an. Es geht mir ohnehin schlecht genug«, beschied er sie mürrisch, ging in sein altes Zimmer und fing an, seine Sachen auszupacken.

Anna wurde durch eine federleichte Berührung am linken Arm geweckt. Eine Hand strich zärtlich langsam bis zu ihrem Hals hinauf und wanderte wieder nach unten, dann zum Rücken, wo sie verharrte. Es war angenehm, und sie blieb mit geschlossenen Augen liegen.

»Weiter«, sagte sie mit vom Schlaf belegter Stimme.

Die Liebkosung begann erneut. Die Hand schlüpfte unter ihren Pulli und wanderte vom Nabel bis zur Brust. Anna hielt die Augen geschlossen, zog sich den Pullover aus und warf ihn auf den Boden.

»Weiter«, flüsterte sie und räkelte sich.

Die Hand bewegte sich zum Nabel und knöpfte innerhalb weniger Sekunden geschickt die Jeans auf. Eine zweite kam der ersten zu Hilfe, und ihre Jeans wurde heruntergestreift und fiel zu dem Pullover auf den Boden.

»Weiter«, wiederholte Anna immer noch mit geschlossenen Augen, während sich Wärme in ihrem Bauch ausbreitete.

Die Liebkosungen setzten jetzt intensiver ein, ungeduldiger, schneller, entschiedener. Zwei Hände, die überall, wo sie sie berührten, Wärme erzeugten. Anna schlug die Augen gerade rechtzeitig auf, als Lucas Mund sich auf ihren herabsenkte, fühlte seine Zunge zärtlich und fordernd zugleich und gab sich dem Kuss hin. Sie schloss die Augen wieder. Lucas nackter Körper schmiegte sich so perfekt an ihren, als wäre er das fehlende Gegenstück. Mit hektischen Bewegungen entledigte Anna sich ihres Slips, und er drang mit einem einzigen heftigen Stoß in sie ein.

Sie wurden eins, und Anna wünschte sich, dass dieser Augenbick nie vergehen möge. Dann dehnten sich Lust und Begehren immer weiter aus, bis sie das gesamte Universum umfassten und alle anderen Gedanken und Gefühle verschlangen.

Ihre eigenen Schreie rissen Anna aus dem Schlaf. Zunächst orientierungslos, stellte sie schnell fest, wo sie sich befand: Vor laufendem Fernseher lag sie auf dem Sofa, vollständig bekleidet und schweißgebadet. Ein Blick auf die Uhr verriet ihr, dass es fünf Uhr morgens war. Sie hatte die ganze Nacht im Wohnzimmer gelegen und von Luca geträumt, diesmal nicht in einer familientauglichen Version.

»Jetzt reicht's!«, murmelte sie, stand auf und schleppte sich erschöpft unter die heiße Dusche, um mit dem Schweiß die schwülen Träume wegzuspülen.

Anschließend streckte sie sich auf dem Bett aus und versuchte vergeblich, sich mit einem Buch abzulenken. Schlafen konnte sie nicht, lesen konnte sie nicht, also wartete sie reglos, mit dem Buch in der Hand und leerem Kopf, darauf, dass der Morgen anbrach.

Als sie aus dem Haus ging, stellte sie missmutig fest, dass es endgültig Winter geworden war. Es herrschte eisige Kälte, und die Stadt zeigte sich von ihrer melancholischeren Seite. Sie trank den üblichen Espresso in der Bar, bevor sie sich zu Fuß auf den Weg zum Buchladen machte. Unterwegs kaufte sie sich schnell noch ein paar Handschuhe, damit ihre Hände nicht ganz erfroren.

Selbst in der ansonsten wenig frequentierten Buchhandlung machte sich die Vorweihnachtszeit bemerkbar und trieb unschlüssige Männer und Frauen in den Laden, die auf der Suche nach Geschenken waren für Menschen, deren Geschmack sie nicht kannten und die sie nicht interessierten. Gerade für sie nahm sich Anna viel Zeit und bemühte sich, durch Fragen eine Vorstellung von der zu beschenkenden Person zu bekommen und auf dieser Basis Vorschläge zu unterbreiten. Wer weiß, vielleicht ließen sich ja neue Kunden gewinnen.

»Wie viele Bücher liest er/sie im Jahr?«, fragte sie etwa. »Was hat er/sie studiert, und was liest er/sie gerne?« »Was macht er/sie in seiner Freizeit, und wovon redet er/sie beim Essen?« Meist kam es auf diese Weise zu einem Kauf, und die Kunden erhielten an der Kasse zusätzlich eine Einladung zu der geplanten Lesung.

Eines Tages, als sie gerade auf dem Weg in die Bar war, um sich dort etwas für die Mittagspause zu kaufen, rief ihre Mutter sie an. Seit dem verrückten Abendessen vor zwei Wochen hatten sie nichts mehr voneinander gehört, und Nanà wusste folglich nicht, dass sie sich in der Zwischenzeit von Edoardo getrennt hatte. Eigentlich verspürte sie keine Lust, jetzt darüber zu reden, doch irgendwann musste es sein. Überdies würde ihre Mutter kaum betrübt sein, da ihr Herz ohnehin nicht gerade an Edoardo hing. Sie gab sich einen Ruck und nahm den Anruf an – er verlief völlig anders als erwartet.

»Mein Schatz, ich muss dir unbedingt etwas erzählen«, platzte Nanà ohne Begrüßung mit ihrer Neuigkeit heraus. »Gianbattista und ich haben uns getrennt!«

»Gütiger Gott«, seufzte Anna und fuhr sich mit der Hand durch die Haare. »Wieso denn das?«

»Ach, es gab eine ganze Menge von Gründen, die sich summiert haben, und irgendwann waren es zu viele. Würdest du heute zum Abendessen zu mir kommen? Ich brauche ein bisschen Gesellschaft. Deine Schwester lade ich lieber nicht ein, die wird mich nur kritisieren, wenn sie davon erfährt.«

»Warum sollte sie das tun? Es ist schließlich deine Sache, wenn du eine Beziehung beendest, die dich frustriert, oder?«

»Natürlich, aber du kennst ja deine Schwester, sie ist in solchen Dingen schrecklich kompromisslos und von einer erbarmungslosen Strenge, sodass man sich vorkommt, als stünde man in ihrem Gerichtssaal. Ein zusätzliches Problem ist, dass sie Gianbattista sehr mochte …«

»Verstehe … Na gut, ich komme.«

»Sag Edoardo …« Weiter kam Nanà nicht, denn Anna fiel ihr sogleich ins Wort.

»Edoardo kommt nicht. Wir haben uns ebenfalls getrennt.«

»Anna, das ist echt eine Überraschung! Und wieso weiß ich noch nichts davon? Wann ist das überhaupt passiert?«

»An dem Abend, als wir bei dir zum Essen waren.«

»Um Himmels willen! Bin ich etwa schuld daran?«

»Nein, Nanà, das hat absolut nichts mit dir oder deinen Gästen zu tun. Ohnehin hatten wir schon vorher vereinbart, dass wir anschließend reden wollten. Ich erzähle es dir später genauer. Jetzt muss ich weiter, ciao, ciao. Ach, was ich noch sagen wollte: bitte heute Abend zur Abwechslung mal keine zusätzlichen Gäste, okay? Bloß du und ich, das hatten wir ewig nicht mehr.«

»Geht in Ordnung, mein Mädchen. Versprochen. Ich sage Signor Gualtiero ab.«

»Ich will nicht mal wissen, wer das ist«, erwiderte Anna und legte auf.

Am Nachmittag kam Giulia vorbei, um für das bevorstehende Event ein paar Details hinsichtlich der Bewirtung zu klären, und da Anna gerade mit einigen Kunden beschäftigt war, machte sie sich ein bisschen im Laden nützlich und räumte Bücher wieder ein, die aus den Regalen genommen worden waren.

»Wie schön, zur Abwechslung mal Bücher zu ordnen, das ist weitaus angenehmer, als schmutziges Geschirr wegzutragen«, meinte sie grinsend.

»Pass auf, sonst kommt noch raus, dass deine Zukunft in einem Buchladen liegt und nicht in einem Restaurant«, witzelte Anna.

»Wer weiß, wer weiß«, antwortete Giulia kryptisch.

Die Zeit verging wie im Flug, zur Abwechslung brummte das Geschäft mal, und Anna sperrte um halb acht hochzufrieden zu, um ihre Mutter zu besuchen. Selbst die Musik in ihrem Kopf, süß und schmelzend, hatte sich ihrer gehobenen Stimmung angepasst. In diesem Moment kam sie sich vor, als würde sie in einer wunderschönen Seifenblase leben, zu der nichts Hässliches Zutritt hatte, und sie hoffte inständig, dass sie noch lange nicht platzte.

Ihre Mutter werkelte noch in der Küche herum, als sie ankam. Sie sah heute aus wie eine ganz normale Hausfrau. Nichts Exotisches, sondern zweckmäßige Kleidung. Und auch von ausländischen Köchen oder seltsamen Ehrengästen war nichts zu sehen. Komischerweise vermisste Anna plötzlich das chaotische Durcheinander, das sonst hier herrschte, und das bunte Völkchen, das sich in Nanàs Wohnung zu versammeln pflegte. Und ihre Mutter selbst gefiel ihr als verrückter Paradiesvogel, der zwischen alldem umherschwirrte, ungleich besser denn als die biedere Köchin, die sie heute gab.

Zudem wirkte sie sehr niedergeschlagen.

Allerdings war es nicht das erste Mal, dass Anna sie so erlebte, wenn eine ihrer Beziehungen geendet hatte. Doch diesmal war sie ehrlich geknickt. Und dabei hatte sie selbst die Beziehung beendet und nicht Gianbattista.

Noch während Nanà am Herd hantierte, begann Anna sie behutsam auszufragen. Erst druckste sie herum, dann rückte sie mit dem Hauptgrund heraus. Es war sein Beruf als Pathologe, also das, was sie anfangs an ihm ganz besonders fasziniert hatte.

»Er hatte einfach zu viel mit dem Tod zu tun«, gestand Nanà. »Immer hatte er diesen Geruch an sich, und der weckte negative Energien in mir. Ich habe in letzter Zeit viel zu viel über Tod und Sterben nachgedacht, früher oder später wäre ich durch diese morbide Obsession noch in eine Depression gerutscht.«

Anna schaute sie verwundert an. »Was soll das denn mit einem Mal? Du wusstest schließlich von Anfang an über seinen Beruf Bescheid. Und dass ein Pathologe manchmal so einen Geruch mit sich bringt, ist normal und lässt sich vermutlich nicht ganz verhindern. Hast du das vorher nicht bedacht? Jedenfalls scheint es dich lange nicht gestört zu haben.«

»Das war anfangs in der Tat so. Ich fand seinen Beruf sogar spannend. Damals habe ich das, was er tut, nicht mit dem Tod an sich verbunden, aber in letzter Zeit ist mir klar geworden, dass ich schon fast besessen bin von solchen Gedanken, und das hat mich einfach zu sehr runtergezogen.«

»Mein Gott, lösch das baldmöglichst aus deinem Kopf. Es gibt wahrlich Schöneres, woran man denken kann.«

»Ach, Schatz, im Augenblick habe ich eine negative Phase. Nicht allein wegen der Trennung von Gianbattista, ich mache mir zudem Sorgen um Alessandro. Hast du in letzter Zeit mal mit ihm gesprochen?«

Alessandro war Annas Vater, der als Arzt für die Hilfsorganisation Ärzte ohne Grenzen arbeitete. Ihre Eltern hatten sich vor den Töchtern nie als Mama und Papa bezeichnet. Sie war Nanà, er Alessandro, fertig.

»Ich habe vor ungefähr einem Monat mit ihm telefoniert. Warum machst du dir Sorgen?«

»Weil er nach Italien zurückkommt, das ist kein gutes Zeichen. Er würde niemals seine Arbeit aufgeben, wenn es kein ernsthaftes Problem gäbe. Dieser Job war sein Lebenstraum und, wie du weißt, der Grund für unsere Scheidung. Ständig war er in der ganzen Welt unterwegs, um zu helfen, wo es sonst keine ärztliche Hilfe gab, zog von einem Land ins nächste, immer den schlimmsten Katastrophen hinterher. Und nun ruft er mich vor ein paar Tagen an und sagt mir, er komme nach Hause zurück und höre auf zu arbeiten. Ohne mir zu erklären, warum. Ich habe versucht, mich nicht aufzuregen, und habe euch nichts gesagt, doch jetzt kann ich nicht mehr. Ich bin wirklich zutiefst beunruhigt.«

»Also noch mal ganz langsam. Du hast sofort den Schluss gezogen, dass er todkrank ist? Und hast deshalb Gianbattista nicht mehr ertragen und angefangen, über den Tod nachzudenken?«

»Ja, so in etwa, zumindest war es der Tropfen, der das Fass zum Überlaufen brachte.«

»Nanà, morgen rufe ich Alessandro an. Du wirst sehen, dass du dir das alles nur einbildest und er kerngesund ist. Komm, wir setzen uns erst mal an den Tisch, trinken ein schönes Glas Wein und essen all die seltsamen Sachen, die du gekocht hast. Und währenddessen erzähle ich dir von Edoardo.«

Das Essen verlief in recht entspannter Stimmung. Anna genoss es, nach langer Zeit mal wieder ein paar Stunden allein mit ihrer Mutter zu verbringen. Sie atmete eine Normalität, wie sie sie seit einer Ewigkeit nicht mehr mit ihr erlebt hatte. Das einzige Zugeständnis an Exotik bestand in den Gerichten, die Nanà gekocht hatte, besonders der erste Gang, den sie »Tagliolini Luft, Wasser, Erde, Feuer« getauft hatte, zeichnete sich durch kreative Originalität aus. Die ersten drei Elemente wurden durch Huhn, Thunfisch und Wurst repräsentiert, die sie mit irgendeinem hochprozentigen Alkohol zweifelhafter Herkunft flambiert hatte, um Feuer, das vierte Element, einzubringen. Entsprechend der naturgegebenen Gegensätzlichkeit der vier Elemente war das Ergebnis wenig harmonisch, ähnelte eher der Wucht eines Kometeneinschlags. Jedenfalls ein Geschmackserlebnis, auf das Anna gut hätte verzichten können.

Anders als geplant, vertraute sie sich ihrer Mutter in einer Weise an, wie sie es lange nicht mehr getan hatte, und erzählte ihr rückhaltlos alles über das Ende der Beziehung zu Edoardo und über Lucas Rückkehr in ihr Leben. Es fühlte sich einfach richtig an. Staunend hörte Nanà sich die ganze Geschichte bis zum Ende an.

»Endlich kommt Bewegung in dein Leben«, folgerte sie sichtlich erfreut. »Ich hatte ohnehin den Eindruck, als hättest du dich festgefahren, du wirktest irgendwie gedämpft und matt, ohne dein früheres Strahlen und das Leuchten in deinen Augen. Insofern betrachte ich das als gute Nachricht. Natürlich ist eine Trennung nie leicht, selbst wenn sie für die eigene Entwicklung gut ist. Edoardo mag ja ein netter Kerl sein, aber er passte überhaupt nicht zu dir. Zu gewöhnlich. Zu bieder. Ohne Tiefgang … Flach auf der ganzen Linie.«

»Ich wusste es.«

»Was?«

»Dass du ihn nicht mochtest und dass du dich freuen würdest. Bloß mach dir ja keine Hoffnungen, dass du mich jemals mit einem Typen siehst, wie sie dir gefallen. Das kannst du vergessen, ehrlich.«

»Willst du wieder mit Luca zusammenkommen?«

Anna antwortete nicht gleich, musste ihre Worte gründlich überdenken und abwägen.

»Ich weiß es nicht. Es ist irgendwie seltsam. Jahrelang habe ich ihn nicht gesehen und war mir sicher, dass er mich betrogen hat. Und als ich dann mein Urteil revidieren musste, habe ich gemerkt, wie viel ich noch für ihn empfinde. Als ginge diese Liebe über Zeit und Entfernung hinaus. Obwohl ich mir nicht vorzustellen vermag, dass das funktionieren könnte …«

»Liebes«, Nanà legte die Hand auf Annas Arm, »du weißt, dass ich von Luca genauso wenig begeistert war wie von Edoardo. Doch solltest du daraus nicht ableiten, ich wisse nicht, dass er die große Liebe deines Lebens war. Das war mir bereits klar, als ich euch das erste Mal zusammen gesehen habe.«

Anna hörte erstaunt und ein wenig ungläubig zu, eine solche Erklärung hätte sie nie von ihrer Mutter erwartet.

»Trotzdem«, fuhr Nanà fort, »bedeutet das nicht zwangsläufig, dass ihr den Rest eures Lebens zusammen verbringen müsst oder werdet. Die große Liebe hält leider nicht unbedingt auf Dauer, aber das ändert nichts an ihrer

Bedeutung. Nimm mich und Alessandro. Wir sind Seelenverwandte geblieben, das weißt du.«

Annas Augen wurden feucht. »Und doch habt ihr euch scheiden lassen …«

»Ja. Wir passten nicht zueinander, wir konnten nicht dauernd tagaus, tagein zusammen sein, nicht das ganze Leben denselben Weg gehen. Es war unmöglich. Wobei das keineswegs heißt, dass wir aufgehört hätten, uns zu lieben. Wir werden uns immer lieben, wenngleich anders als am Anfang. Es gibt einfach Geschichten, die nicht für den Alltag geschaffen sind. In gewisser Hinsicht sind das die schönsten, weil sie sich niemals abnutzen. Es sind einzigartige Erfahrungen, die auf ewig im Herzen bleiben. Dass sie an der Realität scheitern, darüber muss man hinwegkommen und weiterleben. Ich denke, Luca könnte für dich ein bisschen das sein, was Alessandro für mich war und ist.«

»Immerhin habt ihr eine Familie gegründet, habt Kinder bekommen …«

»Jede Liebe ist anders, es gibt keine, die der anderen aufs Haar gleicht.«

»Vielleicht hast du recht. Ich sollte mir unbedingt darüber klar werden, ob ich bereit bin loszulassen und was ich mir nach ihm erhoffe.«

»Nach ihm ist alles möglich, was du willst. Bewahre dieses kostbare Gefühl und nutze es, um die Kraft zurückzugewinnen, dem Kommenden mit einem Lächeln zu begegnen. Und jetzt lass uns rübergehen, ich will dir noch eine Wasserpfeife zum Ausprobieren geben.«

Als Anna eine Stunde später das Haus ihrer Mutter verließ, fühlte sie sich leicht und beschwingt. Was zu einem guten Teil zweifellos an der Wasserpfeife lag, die – wie sie Nanà einschätzte – mit an Sicherheit grenzender Wahrscheinlichkeit psychotrope Substanzen enthalten hatte. Aber das war es nicht allein, denn die Worte ihrer Mutter hatten sie tief berührt, und sie war überzeugt davon, dass sie recht hatte. Überdies hatten sie so einiges in ihrem Kopf zurechtgerückt. Selbst wenn es nicht wieder zu einer neuen Beziehung mit Luca kam – diese Liebe, die aus der Vergangenheit zurückgekehrt war, würde für immer ihr kostbarer Besitz bleiben. Zudem hatte sie ihr geholfen, die einengenden Bindungen der Gegenwart beiseitezufegen, und war jetzt bereit, sich mit einem ewigen Platz im Herzen und in der Erinnerung zu bescheiden. Ein einzigartiges, wertvolles Geschenk, das nicht vielen Menschen zuteilwurde. Jetzt musste sie noch innerlich loslassen – wozu sie bislang nicht wirklich bereit war.

Anna hoffte, dass sie erkennen würde, wann der richtige Augenblick gekommen war.

Zu Hause angekommen, versuchte sie trotz der späten Stunde ihren Vater anzurufen. Wenngleich sie es sich gegenüber ihrer Mutter nicht hatte anmerken lassen, war sie genauso beunruhigt wie sie. Dass er ohne schwerwiegenden Grund seine Arbeit, seinen Lebensinhalt, aufgab, schien nicht vorstellbar. Nicht bei Alessandro, der immer ein unruhiger Geist gewesen war, ein geborener Nomade, unfähig, es lange an ein und demselben Ort auszuhalten.

Mit Schrecken erinnerte sie sich an die Sommer ihrer Kindheit, in denen sie ständig auf Reisen waren, ohne jemals mehr als einen Tag an einem Ort zu bleiben. Für einen zwanghaften Gewohnheitsmenschen wie Anna eine einzige Qual. Und außerhalb der Ferien waren sie an den Wochenenden auf ermüdende Ausflüge geschleift worden, bei denen sie Hunderte langweilige Autobahnkilometer abgerissen hatten. Die Töchter waren froh gewesen, wenn er sie gelegentlich zu Hause ließ und sich allein auf den Weg machte.

Auch sein Beruf als Chirurg bot ihm reichlich Gelegenheit zum Reisen. Er hatte sich mit anderen italienischen Ärzten zusammengetan, um neben der regulären Tätigkeit im Jahresurlaub Regionen aufzusuchen, in denen es keine medizinische Versorgung gab. Hinzu kamen Kongresse in irgendeinem Winkel der Welt. Es war, als würde ihn eine dunkle Kraft in seinem Inneren antreiben, niemals still zu stehen. Als würde sein Leben selbst stehen bleiben, wenn er innehielt.

Als er sich dann den Ärzten ohne Grenzen anschloss, verschwand er praktisch ganz aus ihrem Leben. Von nun an agierte er weltweit vor allem in Kriegsgebieten oder in von Natur- und Hungerkatastrophen betroffenen Ländern.

In der Familie war seine Entscheidung mit einer fatalistischen Resignation aufgenommen worden. Als hätten alle längst gewusst, dass er gehen würde, als wäre es etwas Natürliches und Unvermeidliches gewesen, das früher oder später zwangsläufig passieren musste. An ihrer Liebe zu ihm änderte das nichts, obwohl Nanà mit der Scheidung nach außen einen Schlussstrich zog.

Er war ein Getriebener, der selten mit sich im Reinen war, und verfügte dennoch über die seltene Gabe, den Menschen, die er liebte, das zu zeigen. Wenn er sie, selten genug, besuchte, dann war er ganz und gar für sie da, und zwar mit einer Intensität und Unbedingtheit, wie man sie selten erlebte.

Anna musste es lange klingeln lassen, bis er abhob.

»Stimmt es, dass du nach Turin zurückkommst«, überfiel sie ihn ohne lange Vorrede.

»Ja, Anna, das stimmt. Ich bin seit ein paar Tagen in Italien und komme bald nach Hause zurück.«

»Natürlich freuen wir uns, aber wieso dieser plötzliche Sinneswandel? Nanà macht sich Sorgen und hat Angst, du könntest ernstlich krank sein.«

»Nein, mir geht's gut, da kannst du deine Mutter beruhigen. Ich erkläre es euch persönlich, sobald wir uns sehen.«

»Wann kommst du genau?«

»Übertreib es mal nicht, mein Liebling. Ich bin immer noch ich! Und mich festzulegen, war nie mein Ding. Irgendwann in den nächsten Tagen, das muss dir reichen.«

Beruhigt ging Anna schlafen. Ohne weiter Gedanken zu wälzen, ohne eine Buch zur Hand zu nehmen, um sich abzulenken, und kein Traum störte ihren Schlaf.

9

Der Tag von Annas erster Veranstaltung war da. Ihre Nerven flatterten. Schließlich hatte sie zuvor so etwas noch nie auf die Beine gestellt, war überdies diejenige, die durch den Abend führen würde und von der somit maßgeblich das Gelingen des Events abhing. Kein Wunder, dass sie Lampenfieber hatte.

Zudem brauchte alles bei ihr seine Zeit. Egal, ob es sich um die Essensauswahl, die Anordnung der Stühle handelte oder um die Auswahl der Hintergrundmusik. Hier hatte sie sich nach langem Zögern für eine Variante entschieden, die auch der Signora gefallen hätte: *Madame Butterfly*.

Was das Essen betraf, beschränkte sie sich aus Kostengründen auf diverses Salzgebäck, das sie in rauen Mengen beim Bäcker an der Ecke besorgt hatte. Jetzt musste sie nur noch die Nerven behalten.

Mithilfe einiger Yogaübungen gelang es ihr tatsächlich, sich in einen meditativen Zustand zu versetzen, der es ihr erlaubte, klar zu denken und professionell zu handeln. Zwar war die Musik in ihrem Kopf lauter als gewöhnlich, aber sehr harmonisch und erinnerte an eine Sinfonie. Als Punkt halb sieben die ersten Gäste eintrafen, war sie wirklich bereit für ihren großen Auftritt.

Die Veranstaltung wurde in jeglicher Hinsicht ein voller Erfolg. Die Mundpropaganda ihrer Freunde, die Flyer, die sie überall verteilt hatten, und die Informationen in den sozialen Medien hatten eine Flut von Neugierigen angelockt, von denen der Großteil zuvor noch nie über die Schwelle dieser Buchhandlung getreten war.

Familie und Freunde hatten ebenfalls kräftig die Werbetrommel gerührt. Federica war mit mindestens zehn Leuten erschienen, ernsthaften Personen, wie es sich für eine Staatsanwältin schickte, während Nanà offenbar sämtliche Turiner Exzentriker aufgesammelt hatte. Und die Ritterinnen der Tafelrunde waren mit einer Abordnung der High Society aufgekreuzt.

Nachdem sie sich mit einem Schluck Wein Mut angetrunken hatte, trat Anna vor das Publikum, fand ein paar launige Worte zur Begrüßung und begann damit, die von ihr ausgewählten Werke samt ihrer Autoren vorzustellen und aus einigen vorzulesen. Es war ein inspirierender Spaziergang durch die europäische Literatur seit ihren Anfängen. Anschließend ging man zum gemütlichen Teil über, bei dem viel diskutiert und viel getrunken wurde. Am Ende waren alle zufrieden. Die Gäste mit dem interessanten Abend, Anna mit dem Abverkauf der Bücher, zum großen Teil Uraltbeständen, und der Winzer, weil ordentlich Weine bestellt wurden und die kostenlose Weinprobe sich mehr als ausgezahlt hatte.

Alle freuten sich auf die nächste Veranstaltung, bei der es um die Verbindung von Literatur und Essen gehen sollte. Angesichts des Erfolgs hoffte Anna, dass zu diesem Event noch mehr Leute kommen würden. Dann dachte sie an die Signora, die anfangs nicht gerade begeistert von der Idee mit den Veranstaltungen gewesen war. Selbst sie hätte nichts an dem Abend auszusetzen gefunden: keine Bestseller, keine Kriminalromane, Musik mit Niveau, ein erlesenes Publikum und des ungeachtet ein kommerzieller Erfolg und eine Prise Ruhm für Stella Polaris.

Um elf konnte Anna endlich den Laden abschließen. Giulia und die Cougars waren geblieben, um ihr beim Aufräumen zu helfen.

»Gehen wir noch was trinken?«, fragte Giulia.

»Amüsiert euch heute mal ohne mich. Ich bin schlagtot und muss ins Bett. Danke für die Hilfe«, antwortete Anna.

Sie sah den Freundinnen nach, die sich schwatzend und lachend entfernten. Kaum waren sie außer Sicht, griff sie nach ihrem Handy und seufzte.

»Okay, ich mache das jetzt«, sagte sie zu sich selbst.

Sie tippte Lucas Nummer ein, zum ersten Mal seit Jahren.

»Pronto!«, meldete er sich überraschend schnell.

»Ciao, Luca. Ich weiß, es ist spät. Aber ich würde dich schrecklich gerne sehen … Bist du zu Hause?«

»Natürlich bin ich zu Hause, Anna. Und du kannst dir gar nicht vorstellen, wie gerne ich dich sehen möchte. Soll ich zu dir kommen?«

»Ja, dann bis gleich.«

Anna legte auf und spürte, wie ihr Herz weit wurde. Selbst wenn es nicht von Dauer war – sie wollte ihre große Liebe so lange wie möglich genießen, sie bis zum Letzten auskosten.

Als sie Luca die Tür aufmachte, erschien er ihr schöner denn je. Es war zwei Wochen her, seit sie sich das letzte Mal gesehen hatten.

»Ich dachte schon, du rufst nie an«, sagte er.

»Du hast dich auch nicht gemeldet.«

»Stimmt, doch ich hatte fest vor, demnächst im Buchladen vorbeizukommen. Weißt du, ich war mir nicht sicher, wie das mit Edoardo gelaufen ist, ob du dich vielleicht mit ihm versöhnt hast.«

»Nein. Das ist zu Ende.«

»Und zwischen uns?«

Anna nahm seine Hände und schaute ihm in die Augen. »Zwischen uns vorerst nicht. Ich möchte, dass wir noch viele wunderbare Momente gemeinsam erleben. Nehmen wir uns die Zeit dafür, bevor sich unsere Wege wieder trennen.«

Luca entzog ihr seine Hände. »Bist du sicher, dass es so kommen muss?«

»Nein«, antwortete Anna, »sicher bin ich mir nicht. Allerdings fürchte ich, dass unsere Liebe den Abnutzungserscheinungen des Alltags nicht gewachsen ist. Wir waren sehr jung, als wir uns zusammentaten. Jetzt sind wir erwachsen, haben uns verändert. Lass uns einfach den Augenblick genießen, ohne sofort irgendwelche Entscheidungen zu treffen, dann sehen wir weiter.«

»Einverstanden, wenn es das ist, was du willst.«

Luca zog ihr den Bademantel aus, hob sie auf die Arme und trug sie ins Schlafzimmer.

Nachdem sie sich geliebt hatten, hielten sie sich eine Weile schweigend in den Armen, bevor die Lust sie erneut überkam.

»Schläfst du bei mir?«, fragte Anna, und er nickte.

Als am nächsten Morgen aber der Wecker klingelte, war er bereits gegangen, ohne dass sie es bemerkt hatte.

Anna machte sich früh auf den Weg zur Arbeit, da sie gründlich Ordnung schaffen musste, bevor sie den Laden öffnete. So einiges war gestern Abend trotz der fleißigen Helfer liegen geblieben.

Überall standen noch leere Gläser herum, und vor allem mussten die Bücher, in denen die Besucher geblättert hatten, an ihren Platz zurückgeräumt werden. Mit einer Melodie im Kopf, die sie an *Aschenputtel* von Walt Disney erinnerte, brachte sie alles auf Vordermann und stürzte sich danach ins Weihnachtsgeschäft. Wobei sie immer wieder in ruhigen Augenblicken an den vergangenen Abend mit Luca dachte, der ein neues, unstillbares Verlangen in ihr geweckt hatte und sie alle rationalen Überlegungen, dass seine stürmische Rückkehr in ihr Leben lediglich ein wunderbares Zwischenspiel sei, vergessen ließ. Heute wollte sie davon nichts hören.

Dafür fiel ihr irgendwann ein, dass sie unbedingt die Planung für die nächste Veranstaltung energisch vorantreiben musste. Da sie gerade vor Energie sprühte, rief sie Giulia an, die sie das nächste Mal gerne mehr einbeziehen wollte, und trug ihr Anliegen vor.

»Hättest du Zeit und Lust, heute Abend zu mir zu kommen, damit wir alles durchhecheln können?«, fragte sie. »Bei einem Glas Wein natürlich.«

»Wäre machbar, ich habe abends frei. Doch du weißt schon, dass die letzte Veranstaltung erst gestern war, oder?«, bremste Giulia sie leicht spöttisch aus.

»Na ja, und die nächste ist bereits in einer Woche. Zudem muss man das Eisen schmieden, solange es heiß ist«, konterte Anna, woraufhin Giulia lachend nachgab.

»In Ordnung. Wo treffen wir uns?«

»Hier im Buchladen!«

»Aha, bist du inzwischen so weit, dass du da gar nicht mehr wegwillst?«

»Gut möglich«, räumte Anna ein. »Ich warte auf dich.«

Es wurde Abend. Nachdem der letzte Kunde gegangen war, blieb Anna allein in der Buchhandlung zurück. Inzwischen hatte sie eine starke innere Verbindung zu dem altmodischen, heimeligen Laden aufgebaut. Es war, als würde sie jeden Tag eine neue verborgene Seite entdecken. Kaum hatte sie die Musik angestellt, kam Giulia, eine Flasche Rotwein in der Hand und eine Tüte mit Essbarem in der anderen.

»Ich bin sicher, du hast heute noch nichts zwischen die Zähne gekriegt, oder? Also habe ich das übernommen«, verkündete sie und stellte die Mitbringsel auf den Tisch.

»Du bist meine Rettung«, seufzte Anna dankbar.

Giulia musterte sie eingehend. »Du siehst aus wie jemand, der gestern Sex hatte«, meinte sie schließlich.

Anna wurde rot. »Ja … Luca war da.«

»Und? Seid ihr jetzt offiziell verliebt?«

»Nein, mehr so große Liebe mit absehbarem Verfallsdatum.«

»Aha! Ist ja voll genial, wie bist du denn darauf gekommen?«, frotzelte Giulia.

»Das ist absolut nicht lustig, sondern ganz ernst gemeint. Also stell dich nicht so dumm. Ich genieße es, solange es dauert, und dann lasse ich los. Weißt du, ich glaube nicht, dass es ewig funktionieren kann, es ist eine große Liebe, die schon in der Vergangenheit zu Ende gegangen ist. In der Gegenwart würde sie unter dem Druck des Alltags verlöschen wie eine Kerze, da bin ich mir sicher. Bis dahin aber will ich dieses rauschhafte Glück auskosten.«

»Okay, okay, du hast meine Unterstützung, ganz egal,

was du machst, Anna. Ich verstehe auch, dass du mit Edo gebrochen hast, wenngleich der arme Kerl mir schrecklich leidtut. Du bist für ihn, was Luca für dich ist.«

Giulia war plötzlich ernst geworden, und Anna wartete gespannt darauf, ob sie noch mehr in petto hatte.

»Nun guck nicht so böse. Ich verstehe ja, wie besonders das mit Luca für dich ist. Die große Liebe ist zurückgekommen, und alles scheint mit einem Mal wieder möglich. Die Karten werden praktisch neu gemischt. Nur darfst du nicht vergessen, dass Edo dich von ganzem Herzen geliebt hat, obwohl er wenig oder gar nichts zurückbekam. Das ist ein Teil deines Lebens, mit dem du dich noch auseinandersetzen musst. Um zumindest für die Zukunft daraus zu lernen – und um zu verstehen, wann es sich lohnt, mit jemandem zusammenzubleiben, und wann es besser ist, jemanden so schnell wie möglich ziehen zu lassen. Bei Luca vertraue ich darauf, dass du das hinkriegst, sonst würdest du nicht so locker von einer Liebe mit absehbarem Verfallsdatum sprechen.«

Gegen ihren Willen traten Anna die Tränen in die Augen. »Du hast recht. Ich muss noch mal ganz von vorne anfangen, Tabula rasa machen. Und aus dem lernen, was mir passiert ist.«

Spontan umarmte Giulia die Freundin und drückte sie so fest, dass Anna fast keine Luft mehr bekam.

»Ich habe dich lieb«, sagte sie, als sie sie wieder freigab.

»Und ich dich noch mehr. Komm, setzen wir uns hin und machen es uns gemütlich.«

Sie köpften die Flasche Wein, aßen dazu Salami, Grissini und Käse und diskutierten über das geplante zweite Event, von dem sie sich eine Menge an gesteigerter Popularität und damit gesteigertem Zulauf versprachen.

»Dieses Mal soll es um Essen und Literatur gehen. Das Essen wäre dein Part, Giulia, und dabei könntest du gleich ein bisschen Werbung für euer Restaurant machen. Was hältst du davon?«

»Super«, erwiderte die Freundin. »Und was schwebt dir so vor?«

»Am schönsten fände ich es, wenn du die Gerichte aus den Büchern nachkochst, die ich vorstellen will. Ich dachte, wir könnten heute Abend anfangen, sie auszusuchen«, schlug Anna vor.

Giulia nickte, und sogleich wanderten sie zwischen den Regalen umher, fischten jede Menge Bücher heraus und blätterten sie durch. Bald hatten sie genug Texte gefunden, die sich zum Vorlesen eigneten, und genug Rezepte, die sich als kulinarische Ergänzung eigneten. Beispielsweise würde es passend zu Tomasi di Lampedusas *Il Gattopardo* eine Maccheronipastete geben.

Das gebräunte Gold der Hülle, der Duft von Zucker und Zimt waren bloß das Präludium der ihr entströmenden sinnenkitzelnden Wonne, als das Messer die Kruste zerteilte: Zuerst quoll ein mit Aromen gesättigter Dampf hervor, dann kamen die Hühnerlebern zum Vorschein, die in der Financère hart gekochten ungelegten Eierchen, die verschlungene Filetmusterung von Schinken, von Huhn und von Trüffel in der heißen, sämigen Masse der kurzen Makkaroni, denen der Fleischextrakt eine delikate Chamoisfarbe verlieh.

Zu Jorge Amados *Dona Flor und ihre zwei Ehemänner* wiederum gehörte ein Fischeintopf mit Kokosnussmilch:

Reibt zwei Zwiebeln, zerstampft den Knoblauch im Mörser; Zwiebel und Knoblauch verpesten nicht die Luft,

meine Damen, sie sind Früchte der Erde und duften.
Schneidet recht fein den Koriander, die Petersilie, einige
Tomaten. Den Schnittlauch und eine halbe Pfefferschote.
Vermengt alles mit Olivenöl und stellt diese saftige, aro-
matische Sauce beiseite.

(Diese törichten Hühner, die finden, dass Zwiebel stinkt,
was wissen sie von reinen Gerüchen? Vadinho aß ums Le-
ben gern rohe Zwiebeln. Und dann brannte sein Kuss.)

Wascht die ganzen Krabben in Zitronenwasser, wascht
sie gut, noch ein bisschen, damit zwar der Schmutz weicht,
aber der Meergeruch bleibt. Und nun würzt sie mir: Taucht
eine nach der anderen in die Sauce, legt sie sodann Stück
für Stück in die Pfanne, die Krabben in ihrer Würze. Schüt-
tet den Rest der Sauce über die Krabben. Aber langsam,
denn dieses Gericht ist sehr empfindlich. (Ach, Vadinhos
Lieblingsgericht!)

Ein Fund kam zum anderen, bei den Rezepten mussten sie
auswählen, da Giulia schließlich nicht Unmengen an Gerichten zubereiten konnte. Anna hatte eine Weile mit dem
Gedanken geliebäugelt, Rex Stout einzubeziehen, dessen
Nero-Wolfe-Romane, allesamt Krimiklassiker, eine beein-
druckende Menge interessanter Rezepte enthielten, hatte
sich jedoch wegen Signora Adeles Verdikt gegen diese Art
von Literatur schweren Herzens dagegen entschieden.

Zum Schluss schlug Giulia noch einen doppelten Klassiker
vor: Proust und seine Madeleines:

In der Sekunde nun, als dieser mit dem Kuchenge-
schmack gemischte Schluck Tee meinen Gaumen berührte,
zuckte ich zusammen und war wie gebannt durch etwas
Ungewöhnliches, das sich in mir vollzog. Ein unerhörtes

Glücksgefühl, das ganz für sich allein bestand und dessen Grund mir unbekannt blieb, hatte mich durchströmt. Mit einem Schlage waren mir die Wechselfälle des Lebens gleichgültig, seine Katastrophen zu harmlosen Missgeschicken, seine Kürze zu einem bloßen Trug unsrer Sinne geworden; es vollzog sich damit in mir, was sonst die Liebe vermag, gleichzeitig aber fühlte ich mich von einer köstlichen Substanz erfüllt.

Kurz nach Mitternacht verabschiedeten sich die Freundinnen voneinander. Anna war zwar müde, jedoch von einem neuen inneren Frieden erfüllt. Als sie nach Hause kam, warf sie sich aufs Bett und fiel umgehend in einen traumlosen Schlaf.

Der nächste Tag war ein Samstag. Anna war wieder deutlich früher im Laden, als sie musste. Das hatte sie sich angewöhnt, seit sie allein dafür verantwortlich war. Sie schob das Gitter hoch, blickte in das Halbdunkel des Verkaufsraums und ertappte sich bei dem Wunsch, es möge bereits Sonntag sein. Die Müdigkeit, die sich im Laufe der letzten Woche angesammelt hatte, forderte ihren Tribut.

»Na los«, sagte sie zu sich selbst. »Machen wir auf. Morgen kann ich mich ausruhen.«

Sie ging hinein, schaltete die Beleuchtung an, machte sich einen Espresso und setzte sich damit in einen der Sessel. Morgen war Sonntag, aber sie war allein.

Früher hatte sie immer etwas mit Edoardo unternommen oder einen gemütlichen Tag mit ihm zu Hause verbracht. Jetzt, wo er nicht mehr da war, musste Anna diesen Tag neu erfinden, sich jedes Mal etwas ausdenken, um die Leere zu füllen. Tiefe Traurigkeit überfiel sie, und sie erinnerte sich daran, was Giulia am gestrigen Abend gesagt hatte: dass sie für Edoardo das sei, was Luca ihr bedeute. Die große Liebe.

Wahrscheinlich hatte Giulia recht, doch welchen Schluss sollte sie daraus ziehen?

»Also«, überlegte sie laut, um es sich besser zu vergegenwärtigen, »meine große Liebe ist jemand, der aus der Vergangenheit wieder aufgetaucht ist. Im Grunde genommen ist die Liebe damit selbst schon Vergangenheit. Ich habe sie vor Jahren erleben dürfen und erlebe derzeit einen Teil davon ein zweites Mal. Edos große Liebe bin ich: jemand, der ihn nie genug geliebt hat, um ihm etwas geben zu können. Wie traurig.«

Sie dachte an das letzte Telefongespräch mit ihm zurück, an sein Weinen. Er hatte es nicht verdient, dass ihm ein solcher Schmerz zugefügt wurde, und dennoch hatte sie genau das getan. Nicht aus Bosheit oder Gleichgültigkeit, sondern weil das Wiedersehen mit Luca ihr bewusst gemacht hatte, was wirklich große Liebe war.

Um das Karussell in ihrem Kopf zu stoppen, erhob Anna sich aus dem Sessel und zwang sich dazu, die Dinge zu tun, die zur täglichen Routine gehörten: die Bonrolle in der Kasse wechseln, den Schreibtisch aufräumen, die Post durchsehen, den Boden fegen.

Drei Briefe waren eingeworfen worden: eine Rechnung, ein Kontoauszug und ein großer Umschlag mit handschriftlicher Adresse. Neugierig drehte sie ihn um, ohne einen Absendernamen zu finden. Anna fragte sich, ob es wohl ein privater Brief sei, den sie lieber ungeöffnet liegen lassen sollte, bis die Signora zurück war. Dann aber entdeckte sie, dass ihr Name unter dem der Firma stand. Verblüfft machte sie den Umschlag auf.

Darin befanden sich mehrere unterschiedlich aussehende Bögen, Briefpapier mit den Logos großer Hotels aus verschiedenen Ländern. Verwirrt runzelte Anna die Stirn. Die Schrift kam ihr irgendwie vertraut vor. Und das Anschreiben war an sie gerichtet, begann mit: *Liebe Anna.* Hektisch suchte sie das letzte Blatt und fand die Unterschrift. Es war die von Signora Adele.

Aufgeregt überflog sie auf die Schnelle die einzelnen Briefbögen – es handelte sich um sehr private Dinge, waren jedoch eindeutig an sie gerichtet. An sie ganz allein. Anna sah auf die Uhr: In zwanzig Minuten musste sie den Laden öffnen. Sie machte sich einen weiteren Espresso, ging zum Sessel zurück und begann zu lesen.

10

Paris, 30. November 2015

Liebe Anna, dieser Brief wird dich überraschen, da wir in all den Jahren, in denen wir täglich zusammengearbeitet haben, nie über Persönliches gesprochen haben, ja, nicht einmal über irgendetwas, das über das rein Berufliche hinausgegangen wäre. Wir haben stets die Gesellschaft unserer eigenen Gedanken und unserer Lektüre vorgezogen.
Ich war es, die unsere Beziehung so gestaltet hat. Ich weiß allerdings, dass es dir ganz recht war, denn – und darüber wirst du jetzt die Nase rümpfen – gewisse Charakterzüge teilen wir. Du bist schweigsam und still und kennst keine Langeweile, weil du in dir selbst ruhst und in den Büchern alles findest, was du brauchst, um deine Tage sinnvoll auszufüllen. In letzter Zeit habe ich bei dir Anzeichen beobachtet, die darauf hindeuten, dass du bald richtig aufblühen wirst.
Bei mir ist das anders. Ich muss mein Leben ändern, um aufblühen zu können. Ja, Anna: mein Leben ändern. Im wörtlichen Sinne: Ich brauche ein ganz

anderes Leben, ein brandneues. In diesen Briefen werde ich dir meine Geschichte erzählen. Danach wirst du die schwierige Entscheidung verstehen, die ich getroffen habe.

Im Augenblick bin ich in Paris. Ich mache keine Reise durch die Karibik, sondern besuche verschiedene Orte, die ich noch einmal im Leben wiedersehen wollte. Diese Reise habe ich in den letzten Jahren gründlich geplant. Ich komme nicht mehr zurück. Und nicht nur das: Ich werde sterben.

Nein, Anna, denk jetzt nicht, ich würde Selbstmord begehen. Ich liebe das Leben viel zu sehr, um es mir selbst zu nehmen – wenngleich man mir das nicht ansieht, nicht wahr?

Ich werde einen Tod in der Karibik vortäuschen, und dafür ist alles bereits perfekt vorbereitet. Lange habe ich darüber nachgedacht, ob ich dich wirklich einweihen soll oder nicht, aber am Ende muss ich dir ja Anweisungen für die Buchhandlung geben. Niemand sonst darf davon erfahren, und ich bin sicher, dass du den Mund halten kannst.

Die Nachricht von meinem Tod wird über die Botschaft kommen. Sterbliche Überreste werden natürlich nie gefunden werden, was ja zu einem Tod auf dem Meer passt. Sobald die Nachricht eintrifft, wird unter meinen verbleibenden Verwandten ein grässliches Gerangel ausbrechen; sie werden alles tun, um sich mein Vermögen unter den Nagel zu reißen. Diesbezüglich habe ich ebenfalls vorgesorgt. Was ich für den Neuanfang benötige, ist längst dort, wo ich es brauche.

Meine Verwandten wissen über meine wahren Vermögensverhältnisse nicht Bescheid, und sie erwartet eine bittere Überraschung. Über die paar Trostpreise, die ich ihnen hinterlasse, können sie dann herfallen wie die Hyänen, die sie sind.

Kommen wir zur Buchhandlung: Ich habe Stella Polaris dir vermacht. Mein Testament ist absolut wasserdicht, meine Anwälte zählen zu den ausgefuchstesten ihrer Zunft. Du wirst sehen, dass niemand dir den Laden wegnehmen kann.

In wenigen Tagen wird die Buchhandlung also dir gehören, und das wird kein Zuckerschlecken werden. Das Geschäft läuft nicht besonders gut und muss ständig bezuschusst werden. Selbst wenn die Weihnachtswochen die umsatzstärkste Zeit des Jahres sind, reicht das allein nicht aus, wie du weißt.

Natürlich wäre es am leichtesten gewesen, einfach zu verschwinden und sich nicht mehr um das Schicksal von Stella Polaris zu scheren. Dafür indes liebe ich den Laden viel zu sehr: Er ist der einzige Ort in Turin, der mir fehlen wird. Über Jahre war er eine Stätte der Zuflucht für mich und meine Träume, und die Vorstellung, dass sich das Gitter vor dem Eingang für immer senken soll, ist mir schlichtweg unerträglich.

Ich habe die Buchhandlung Stella Polaris genannt, weil sie genau das für mich war: der Nordstern, der mir den Weg weist und dafür sorgt, dass ich mich auf der Reise in die Tiefen meines Selbst nicht verirre. Ich weiß, dass du sie fast genauso liebst wie ich. Und ich weiß desgleichen, dass du Geld brauchen wirst, um sie am Leben zu erhalten.

Die naheliegende Lösung wäre gewesen, dir zusätzlich testamentarisch Geld zu vermachen. Doch ich kenne meine Verwandten und kann mir gut vorstellen, dass sie Mittel und Wege suchen, um das zu verhindern – durchaus möglich, dass es ihnen zumindest gelingen würde, die Auszahlung endlos zu verzögern.

Deshalb habe ich eine andere Lösung gewählt. Im Badezimmer hinter dem Spiegel ist eine Fliese locker. Du kannst sie mit einem Schraubenzieher von der Wand hebeln. Dahinter befindet sich ein kleiner Hohlraum, in dem ich Geld versteckt habe. Es wird reichen, um eine Weile zurechtzukommen. Ich vertraue darauf, dass es dir in der Zwischenzeit gelingen wird, was mich nie interessiert hat: mit meiner geliebten Buchhandlung Geld zu verdienen. Für den Anfang wirst du das nehmen, was ich dir hinterlassen habe, danach liegt das Schicksal von Stella Polaris in deinen Händen. Du bist die Richtige dafür, weil du die richtigen Ideen hast. Wenngleich ich es dir nicht gezeigt habe, war ich sehr erfreut zu hören, dass du Veranstaltungen organisieren willst – mit so etwas nämlich lässt sich der Laden sicher in Schwung bringen.

Mir ist klar, Anna, dass ich dich in eine außergewöhnliche Lage bringe, und mir ist ebenfalls bewusst, dass du einfach das Geld nehmen und die Buchhandlung verkaufen könntest. Aber irgendwie spüre ich, dass du das nicht tun wirst. So weit für heute, ich schreibe dir wieder, wenn ich mein nächstes Ziel erreicht habe.

Verwirrt, fassungslos und zutiefst aufgewühlt, legte Anna den Brief beiseite. Was mochte das nächste Schreiben enthalten, das, wie sie sah, in einem Londoner Hotel zu Papier gebracht worden war. Obwohl sie neugierig war, verzichtete sie darauf, es sogleich zu lesen. Zum einen musste sie das soeben Gelesene erst mal verarbeiten, zum anderen musste sie den Laden öffnen.

Eigentlich, bloß fühlte sie sich vorerst nicht in der Lage, sofort zum Alltagsgeschäft überzugehen, also hängte sie das *Bin gleich zurück*-Schild an die Tür, steckte den Umschlag mit den Briefen in ihre Tasche und trat hinaus in die kalte Luft. Sie musste sich dringend beruhigen und ihre Gedanken sortieren.

Nicht mehr lange und Stella Polaris würde ihr gehören. Die Signora würde nicht von ihrer Reise zurückkehren. Anna kam sich vor, als wäre sie in einen absurden Traum geraten, war sogar zu durcheinander, um ihre Empfindungen benennen zu können.

Am liebsten hätte sie sofort mit irgendjemandem darüber gesprochen, doch das durfte sie nicht. Solange Adeles inszenierter Tod noch nicht stattgefunden hatte, musste sie das Geheimnis hüten. Sie ging zum Fluss hinunter und schlenderte die Promenade am linken Ufer des Po entlang. Es war kalt, der Himmel grau, und nur wenige Leute waren unterwegs. Sie setzte sich auf eine Bank, um den nächsten Brief zu lesen.

London, 8. Dezember 2015

Anna, wie du inzwischen bemerkt haben wirst, schreibe ich dir auf Raten, und sicher ahnst du bereits, dass es kein normaler Brief ist, der von meiner Reise handelt. In gewisser Weise allerdings schon – schließlich geht es um meine Reise zu mir selbst, zurück in die Vergangenheit.

Jetzt bin ich in London. Der Stadt, in der ich einige Wochenenden mit der großen Liebe meines Lebens verbrachte, mit Jacques, und es sind wunderschöne und lebendige Erinnerungen, die mich mit London verbinden.

Dieser Brief wird dich überraschen, vermutlich sogar verstören, erschüttern, denn du liest darin über eine Frau, die dir völlig unbekannt vorkommen wird.

Ja, Anna. Ich habe nie irgendetwas von mir gezeigt außer meiner ständigen schlechten Laune. In den letzten Jahren verspürte ich keine Lust, irgendwelche Beziehungen zu anderen Menschen zu vertiefen, selbst meine Freundinnen habe ich kaum ertragen. Die Ritterinnen der Tafelrunde, wie du sie heimlich nennst. Glaub nicht, dass mir das entgangen ist, aber ich schätze deinen Humor. Trotzdem solltest du dich davor hüten, geringschätzig über sie zu denken. Sie haben sehr wohl Herz und Verstand, was indes unter der dicken Kruste aus Förmlichkeit, die ihnen seit frühester Kindheit anerzogen wurde, nicht immer zu erkennen ist. Doch mit den Jahren wirst auch du immer mehr verstehen, dass man Menschen sehr genau beobachten muss, um sie richtig zu schlüsseln.

Ich selbst war früher völlig anders. Hättest du mich mit zwanzig gesehen, du würdest es nicht begreifen, wie ein Mensch sich derart verändern kann. Aber Menschen verändern sich nun mal, wenn das Leben sie dazu zwingt, und das war bei mir der Fall. Mir war das Schicksal nicht wohlgesonnen. Oder bin ich vielleicht selbst dafür verantwortlich gewesen? Nein, das denke ich nicht. Das Leben hat mich ordentlich gebeutelt, und zwar sehr früh. Viel zu früh.

Damit ist Schluss. Ich habe mein Schicksal in die Hand genommen, genieße London und werde genauso die nächsten Etappen genießen, bevor ich mein altes Leben in der Karibik enden lasse. Es ist keine Vergnügungsreise, die ich hier mache, eher eine Pilgerreise, bevor ich zu neuen Ufern aufbreche.

Es gibt Orte, die ich wiedersehen muss, bevor ich sie endgültig loslassen kann. Orte, die mir ans Herz gewachsen sind. Die Karibik wird nicht meine letzte Station sein – ich habe sie lediglich als Kulisse für meinen Tod gewählt. Obwohl ich dir vertraue, werde ich dir vermutlich nicht sagen, wohin ich mich anschließend wende. Dass ich dir überhaupt all dies schreibe, entspringt einem seltsamen Bedürfnis, das ich bislang selbst nicht bis ins Letzte verstehe, und ich muss erst einmal sehen, wohin es mich führen wird.

Meine Vergangenheit steht mir ständig vor Augen, jetzt, wo ich beschlossen habe, mich meines alten Lebens zu entledigen. Sie lässt mir keine Ruhe. Ich denke an meine Jugend zurück, an das Studium. Meine Eltern schickten mich mit zwanzig nach Paris, damit ich an der Sorbonne studieren konnte. Sie waren streng, gefühlsarm, steif, wie aus einem anderen Jahrhundert. Am liebsten hätten sie von mir Knickse und Verbeugungen verlangt und dass ich sie respektvoll siezte. Ich war ein Einzelkind, und sie bürdeten mir all ihre Erwartungen wie Felsbrocken auf und ließen es mich unerbittlich spüren, wenn ich sie mal wieder enttäuscht hatte.

Deshalb habe ich mich in Paris so wohlgefühlt, weit weg von ihnen. Ich war glücklich, endlich über mein Leben selbst bestimmen zu dürfen. In kürzester Zeit verliebte ich mich in die Stadt und ebenso schnell in einen gleichaltrigen jungen Mann, der an der École Nationale Supérieure des Beaux-Arts studierte.

Jacques war Maler, ein leidenschaftlicher und intuitiver Maler. In einer Zeit, die der man der Konzeptkunst huldigte, war er wie ein Fisch auf dem Trockenen. Sein Stil war neu und alt zugleich und wurde nicht verstanden.

Er war der Prototyp eines Künstlers. Genau das, liebe Anna, war er: ein gequälter junger Mann voller Licht und Schatten. Ich war verrückt nach ihm und hätte alles für ihn getan. Für mich verkörperte er den absoluten Gegenpol zu der Welt, aus der ich kam. Er rebellierte gegen alle Konventionen, da sie ihn mit Unbehagen erfüllten, verfolgte unbeugsam seinen eigenen künstlerischen Weg und war dennoch so unglaublich zerbrechlich.

In meiner Familie hingegen waren Konventionen alles. Man hatte mir eingetrichtert, niemals Gefühle zu zeigen, erst recht nicht in der Öffentlichkeit, und in jeder Lebenslage unter allen Umständen Bodenhaftung und einen klaren Kopf zu bewahren. Und mich an Traditionen und Etikette zu halten.

Insofern war Jacques Freiheit für mich. Die Freiheit, ich selbst zu sein; die vorgezeichneten Wege zu verlassen und andere auszuprobieren, wozu manchmal auch die Freiheit gehörte, zu leiden und sich Schmerz zuzufügen. Natürlich wussten meine Eltern nichts davon, sie hatten längst ein paar passende Kandidaten ausgesucht, von denen ich einen nach Abschluss des Studiums heiraten sollte.

Sie dachten wie die Monarchen des Ancien Régime: Eine Ehe wurde geschlossen, um eine für beide Seiten nützliche Verbindung herzustellen. Mein Vater, der einer adeligen Familie entstammte, war einerseits diesem Denken verhaftet, dachte andererseits als erfolgreicher Unternehmer in der Baubranche vor allem an seinen Profit und verstand es meisterlich, beides zu verquicken. Der Familie verschaffte es neuen Glanz, der Firma neue Gewinne.

Ich verdrängte das Problem der geplanten arrangierten Heirat, fühlte mich sicher in Paris, aber nach einem Jahr flog meine Beziehung mit Jacques auf. Offensichtlich hatte ich die Kontrollmöglichkeiten meiner Eltern unterschätzt. Mit der Folge, dass sie mich über die Weihnachtsferien nach Turin zurückbeorderten und mich einer regelrechten Gehirnwäsche unterzogen. Es waren albtraumhafte Tage voller Streit und Tränen, doch das Schlimmste sollte erst noch kommen.

Meine Regel setzte nicht ein: Ich war schwanger. Zunächst schwieg ich. Sagte weder meinen Eltern etwas, noch rief ich Jacques an. Nach meiner Rückkehr nach Paris zu Beginn des neuen Jahres lief ich dann sogleich zu ihm, um ihm mitzuteilen, was geschehen war. Ich war fest entschlossen, mein Leben selbst in die Hand zu nehmen, zur Not mit meinen Eltern zu brechen und auf mein Erbe zu verzichten. Als ich an seiner Wohnung ankam, die Tür aufriss und seinen Namen rief, schlug mir eine unheilschwangere Stille entgegen und ein unverwechselbarer, schrecklicher Geruch, Anna, von dem ich dir wünsche, dass du ihn niemals in deinem Leben riechen musst. Der Geruch des Todes.

Jacques hatte sich erhängt, in der Küche. Er hing da sicher seit wer weiß wie vielen Tagen, und niemand *hatte ihn entdeckt, niemand hatte nach ihm gesucht. Er war allein gestorben, hatte sich in der Dunkelheit verloren, anstatt auf mich zu warten. Und ich trug sein Kind in mir.*

Anna hob den Blick von den Briefbögen, steckte sie wieder in ihre Tasche und stand auf. Sie musste zurück zur Buchhandlung und endlich aufsperren, es war ohnehin viel zu spät geworden.

Alles hatte sich verändert. Sie betrachtete den Laden mit anderen Augen, vermochte nach wie vor nicht wirklich zu realisieren, dass er bald ihr gehörte und Signora Adele, die für sie ein Teil des Inventars gewesen war, nie mehr zurückkehren würde.

Den ganzen Tag konnte sie an nichts anderes denken. Sie arbeitete, sprach mit Kunden und war dabei mit ihren Gedanken ganz woanders. Nicht einmal Telefongespräche nahm sie entgegen, sondern stellte das Handy stumm. Sie war froh, als der Tag vorüber war und sie nach Hause radeln konnte. Dort warf sie in Eile Jacke und Schuhe von sich und zog sich mit dem nächsten Brief in die Sofaecke zurück.

Prag, 10. Dezember 2015

Anna, die Vorstellung, dass ich dir das alles erzähle, beschämt mich. Das Elend meines Lebens betrifft dich nicht, und wahrscheinlich interessiert es dich nicht einmal. Aber ich muss das alles loswerden, und du, der ich meine Buchhandlung als Vermächtnis gewissermaßen anvertraue, sollst wissen, wie alles zusammenhängt, und sollst meine Geschichte kennen, ohne die es Stella Polaris vermutlich nicht geben würde. Du wirst dich schließlich um die Buchhandlung kümmern, meinen einzigen Trost und mein Refugium für so lange Zeit.

Momentan bin ich in Prag, wo ich mit Jacques wunderschöne Frühlingstage verbrachte. Ich war noch einmal auf dem jüdischen Friedhof, habe an die Geschichte vom Golem gedacht, die er so gern erzählte, und bin am Flussufer entlangspaziert, wo wir so oft waren.

Durch alle Städte, die mir etwas bedeuten, fließt ein Fluss, der sie in zwei Hälften teilt: der Po in Turin, die Themse in London, die Seine in Paris, die Donau in Wien und die Moldau in Prag ... Die nächste Station wird Amsterdam mit seinen Kanälen sein, die eine ähnliche Atmosphäre erzeugen.

Sie haben etwas Melancholisches an sich, die Flüsse, etwas, das einen an den Tod denken lässt. Nicht umsonst stellten sich die Menschen der Antike vor, dass die Seelen der Toten einen Fluss überqueren mussten, den Acheron, um in den Hades zu gelangen. So sind sie, die Flüsse, und sie spielten immer eine Rolle in meinem Leben.

Als ich an jenem Tag Jacques in der Küche fand – ich vermag dir nicht zu erklären, was man da empfindet –, bin ich wahrscheinlich allein deswegen nicht gestorben, weil ich sein Kind erwartete.

Die Vorstellung, dass er es nicht mehr erfahren hatte, brach mir das Herz. Ich verbrachte ganze Tage damit, mir weinend Vorwürfe zu machen. Warum hatte ich nicht in Turin den Hörer in die Hand genommen und ihn angerufen? Doch du weißt ja, wie das Leben ist,

Anna. Bestimmte Ereignisse sind Schicksal. Zumindest ist der Glaube daran in manchen Fällen die einzige Möglichkeit weiterzuleben.

Sobald man mir die Schwangerschaft ansah, kehrte ich freiwillig nach Turin zurück. Ich war allein, meine große Liebe lebte nicht mehr, und alle meine Rebellionsbestrebungen waren mit ihm gestorben.

Ich erspare dir die Tragödie, die zu Hause losbrach. Am Ende beschloss mein Vater, es so zu handhaben, wie man es früher getan hat. Ich solle nach Paris zurückkehren und während der gesamten Schwangerschaft dortbleiben. Dann werde man das Kind in die Obhut einer Einrichtung geben, und ich könne mein Leben weiterführen, als wäre nichts gewesen. Ich schwor mir, mich nie von meinem Kind zu trennen, und kehrte nach Paris zurück, fest entschlossen, mein Leben und das meines Kindes ohne die Hilfe meiner Eltern zu meistern.

Die Schwangerschaft erschien mir unendlich lang. Ich war einsam, hatte keinen Kontakt zu anderen, versank in meiner Trauer und wurde depressiv, konnte an nichts anderes denken als an ihn.

Als der Termin der Entbindung näher rückte, kamen meine Eltern nach Paris.

Sie sagten, sie hätten es sich anders überlegt, würden mich unterstützen und mir helfen, das Kind aufzuziehen. Weil sie mich glücklich sehen wollten, behaupteten sie. Hinsichtlich der Geburt in Paris hatten sie ebenfalls ihre Pläne geändert. Sie würden hier keine Ärzte kennen, argumentierten sie, und deshalb sei es besser, nach Turin zurückzukommen, sie hätten bereits mit einem bekannten Gynäkologen gesprochen.

*Es klang alles so gut. Also willigte ich ein und reiste
mit ihnen in meine Heimatstadt zurück. Wenige Tage
später setzten die Wehen ein.*

*Gleich zu Beginn gab es Komplikationen, und der Arzt
entschied sich für einen Kaiserschnitt, der damals zumeist noch unter Narkose durchgeführt wurde. Als ich
wieder aufwachte, war da kein Kind, und als ich danach fragte, erklärte man mir, der Junge sei trotz aller
Bemühungen tot aus meinem Bauch geholt worden.*

Anna legte den Brief auf den Couchtisch. Tränen liefen ihr
übers Gesicht. Welch ein Schicksal! Adele war wirklich
übel mitgespielt worden, dazu von den eigenen Eltern.
Kein Wunder, dass sie zu der verbitterten, scheinbar ge-
fühllosen Frau mit der finsteren Miene geworden war. Und
so langsam dämmerte ihr, dass sie überhaupt nichts verstanden hatte.

*In Wirklichkeit wissen wir oft gar nichts über die Men-
schen, die uns gegenüberstehen, und trotzdem ordnen wir
sie in Schubladen ein,* so ähnlich hatte die Signora es einmal ausgedrückt. Durch ihre Briefe nun erhielten die rät-
selhaften Worte eine ganz neue Bedeutung. Umso mehr
bedauerte Anna es, nicht einmal ansatzweise geahnt zu
haben, welch seelische Verletzungen dieser Frau zugefügt
worden waren. Zu sehr war sie mit ihren eigenen Verletzungen beschäftigt gewesen, die ihr den Blick auf andere
verstellt hatten.

Den nächsten Brief hob Anna sich für den nächsten
Morgen auf und ging zu Bett, ohne allerdings abschalten
zu können. Sie schlief spät ein und wachte früh wieder auf.
Der vierte Teil von Adeles Lebensbericht lag griffbereit auf
ihrem Nachttisch.

Amsterdam, 13. Dezember 2015

Amsterdam. Der Geruch der Kanäle, die Bilder von van Gogh, der Dam, dieser eindrucksvolle Hauptplatz der Stadt. Alles holt mich in die glücklichsten Zeiten meines Lebens zurück, selbst wenn sich im Laufe der Jahrzehnte eine Patina auf alles gelegt hat, die sich nicht übersehen lässt.

Heute ist mir klar geworden, dass ich nicht allein mein altes Leben, sondern zudem die europäische Kultur hinter mir lasse, in der ich verwurzelt bin, die mich geprägt hat. Ich werde keinen Fuß mehr auf den Boden des alten Europa setzen. Es hätte keinen Sinn. Besser, sehr weit weg einen neuen Start zu versuchen und dortzubleiben.

Sicher, der Gedanke, mich endgültig von diesem wunderbaren Kontinent zu verabschieden, fällt mir alles andere als leicht, ich vermag es mir kaum vorzustellen. Unsere ganze Geschichte und Kultur, alles, was wir sind, ist Europa. Dennoch stehe ich kurz davor, mich aus mir selbst hinauszuwagen, und schon bald werden alle meine Wurzeln gekappt sein.

Ein erschreckender und zugleich faszinierender Gedanke, aber ich habe mich zu diesem Schritt nach langem Überlegen durchgerungen. Meine Reise geht zu Ende, genau wie diese Lebensbeichte. Was du wohl von mir denkst? Mit Sicherheit fragst du dich, ob die Frau, die dir in den Briefen begegnet ist, wirklich identisch sein kann mit deiner mürrischen Chefin, die seelische Abgründe unter einer Maske der Freudlosigkeit verbarg.

Nach der angeblich missglückten Entbindung durch-

lief ich alle Phasen der Verzweiflung, wie du dir vorstellen kannst. Ich hatte alles verloren: den Mann, den ich liebte, und das Kind, das mich mit ihm über den Tod hinaus verbinden sollte. Obwohl mein Studium noch nicht zu Ende war, verspürte ich keine Lust, nach Paris zurückzukehren.

In Wahrheit hatte ich zu überhaupt nichts mehr Lust; ich lag den ganzen Tag bei geschlossenen Fensterläden im Halbdunkel auf dem Bett ohne Hoffnung, ohne jeden Trost. Und das war die Zeit, in der ich mich veränderte, weißt du? Auf diesem Bett begann ich mich, ohne es zu merken, mit diesem Panzer aus Gleichgültigkeit zu umgeben, den du allzu gut kennst. Mich interessierte nichts mehr.

Sechs Monate vegetierte ich mit gebrochenem Herzen und abgestumpften Sinnen vor mich hin, aß kaum, sprach immer weniger, reagierte nicht mehr. Schließlich ergriffen meine Eltern die Initiative und ließen mich in eine Klinik einweisen, wo man mich einer Therapie unterzog, die später ambulant fortgesetzt wurde. Mich interessierte es nicht mehr, seit von meinem Leben nichts als Trümmer übrig geblieben waren. Sollten sie ruhig über mich bestimmen.

Sie überzeugten mich, mein Studium fortzusetzen, in Turin natürlich, wo sie mich im Auge behalten konnten. Ich tat alles, was sie verlangten, war wie ein Automat. Nach dem Examen nahm ich sogar völlig emotionslos den Heiratsantrag eines jungen Mannes an, den sie für mich ausgesucht hatten. Ein übler Bursche, der in den folgenden Jahren dazu beitragen sollte, meine Freudlosigkeit zu zementieren.

Pietro war das genaue Gegenteil von Jacques. Klein, hässlich, mit groben Gesichtszügen und einem dumpfen Blick, verfügte er weder über Einfühlungsvermögen noch über Kunstverständnis; er wusste nicht, was seelisches Leiden war, und duldete derartige Manifestationen auch nicht bei den Menschen in seiner Umgebung. Er wusste nichts von meiner Vergangenheit. Weder von der Liebe, die ich erleben durfte, noch von dem Tod, der mir so viel genommen hatte. Ich musste nicht nur seine verhasste Gegenwart ertragen, sondern überdies mit all meiner Not alleine zurechtkommen.

Außerdem war er ein harter, jähzorniger Mensch, für den Humor, Witz und Lebensfreude Fremdwörter waren. Seine Firma, die er mit aller Rücksichtslosigkeit führte und dabei seine Konkurrenten nicht selten übers Ohr haute – das war es, was ihm Befriedigung verschaffte und den Sinn seines Lebens ausmachte. Dass er wie ein Besessener arbeitete, war meine Rettung, denn dadurch sah ich ihn manchmal tagelang nicht.

Du wirst dich fragen, warum ich einen solchen Mann überhaupt akzeptiert habe. Die Wahrheit ist, dass ich damals jegliches Interesse am Leben verloren hatte und die Dinge einfach laufen ließ. Ein dramatischer Fehler! Könnte ich heute in die Vergangenheit zurückkehren, würde ich mir einen Ruck geben und handeln. Leider ist das unmöglich, es bleibt einem nichts, als nach vorne zu schauen.

Inzwischen sehe ich Licht am Ende des Dunkels, das mein Leben eingehüllt hat. Nachdem ich bislang unter einem schlechten Stern gestanden habe, hoffe ich

*für die Zukunft auf einen besseren, auf einen wirklich
guten. Das ist alles, was ich erwarten kann, um den
Lauf der Dinge zu ändern. Und es ist nicht wenig. Es
ist meine letzte Chance.*

Anna hielt inne, strich zutiefst berührt über die Seiten.
Noch ein letztes Reiseziel, Wien, dann würde Signora Adeles Stimme für immer verstummen. Und sie selbst war
dann nicht mehr aufzuspüren, verloren in einer neuen
Existenz am anderen Ende der Welt. Ein Anflug von Panik
ergriff sie angesichts dessen, was ihr da gerade passierte.
Sicher, die Buchhandlung war ein großzügiges Geschenk,
aber genauso eine Bürde – sie würde sich ihrer als würdig
erweisen müssen.

Entschlossen riss sie sich zusammen und ermahnte
sich, dass ebenfalls für sie die Zeit des Zögerns und Zau-
derns, des ewigen Hinausschiebens ein für alle Mal vorbei sein musste. Rasch machte sie sich fertig und verließ
das Haus, um sich den neuen Herausforderungen zu stellen.

Gegen zehn klingelte das Telefon. Anna sah Lucas Namen
auf dem Display und stieß einen kleinen Seufzer aus.

»Pronto!«, hörte sie ihn mit dieser warmen Stimme sagen, die ihr durch und durch ging.

»Hallo Luca.«

»Was machst du gerade?«

»Was soll ich wohl machen? Ich bin im Laden wie
immer.«

»Am Sonntag, nicht dein Ernst, oder?«

O Gott. Anna erschrak: Sie musste ganz schön durch
den Wind gewesen sein, dass sie das total verpeilt hatte.

Dabei konnte sie gestern den Beginn des Wochenendes kaum erwarten.

Weil sie das nicht zugeben mochte, improvisierte sie schlagfertig.

»Ich mache einen verkaufsoffenen Sonntag, das lohnt sich in der Vorweihnachtszeit.«

»Und ich wollte fragen, ob wir uns sehen können.«

»Du bist neulich einfach verschwunden«, hielt sie ihm vor.

»Ich bin sehr früh aufgewacht und wollte deinen Schlaf nicht stören«, gab Luca unsicher zurück.

»Musstest du weg?«

Schweigen.

Dann räusperte sich Luca und antwortete: »Nein, Zeit hätte ich gehabt. Doch zusammen aufzuwachen, das hätte sich zu sehr nach Paar angefühlt. Und das sind wir ja nicht.«

Kaum verhüllte Traurigkeit schwang in seiner Stimme mit. Anna fühlte, wie es ihr die Kehle zuschnürte.

»Du hast recht, das sind wir nicht. Wir sind mehr.«

»Was meinst du damit?«

»Wir sind die Hauptfiguren in der Geschichte einer märchenhaften, unsterblichen Liebe.«

Luca hakte nicht nach und verlangte keine weitere Erklärung, wofür Anna ihm dankbar war, weil sie merkte, dass ihre Stimme zu kippen drohte.

»Sehen wir uns um acht bei dir?«

»Okay«, antwortete sie nur.

Der unbeabsichtigte verkaufsoffene Sonntag bei Stella Polaris wurde zu einem vollen Erfolg. Und da so viele Kunden reinschauten, kam Anna erst in der Mittagspause dazu, den nächsten und letzten Brief zu lesen.

166

Wien, 16. Dezember 2015

Anna, ich bin in Wien, der letzten Etappe in Europa, bevor ich den alten Kontinent verlasse und meine Identität verändere. Eine andere Stadt, ein anderer Fluss, andere Erinnerungen. Immer auf den Spuren von Jacques.

Tagsüber rufe ich mir die glücklichen Zeiten ins Gedächtnis zurück, die ich mit Jacques überall in Europa genossen habe, nachts durchlebe ich immer wieder mein Unglück, das ich dir in der Stille der Hotelzimmer, in denen ich logiere, anvertraut habe. Ich blicke wie durch ein Weitwinkelobjektiv auf mein gesamtes Leben zurück. Es ist wirklich erhellend.

Die Jahre mit meinem Mann waren überwiegend unangenehm. Zum Glück gelang es mir zwischendurch trotz allem, selbst diesem Leben ein paar schöne Momente abzutrotzen, da er mehr in seiner Firma war als zu Hause. Das verschaffte mir eine Menge Freiraum, nicht zuletzt für Liebhaber, die mich eine Zeit lang ablenkten und mir zumindest die Illusion vermittelten, es sei Liebe. Zudem hatte ich Freunde, bin gereist und habe meiner Leidenschaft für Kunst und Literatur gefrönt. Und ich eröffnete damals Stella Polaris.

Kinder bekamen wir nicht: Nach den Komplikationen bei der Geburt meines Sohnes konnte ich nicht mehr schwanger werden. Mir war das ganz recht so, ich hatte kein Verlangen danach, Nachkommen dieses grässlichen Mannes in die Welt zu setzen. In seiner Achtung allerdings sank ich dadurch beträchtlich, und am liebsten hätte er sich von mir getrennt.

Mein Vater wusste das zu verhindern, denn er hatte ihn durch die Geschäftsverbindungen in der Hand. Vermutlich hätte er ihn kalt lächelnd ruinieren können – Pietro hatte sich bei unserer Eheschließung meinem mächtigeren, reicheren Vater auf Gedeih und Verderb ausgeliefert.

Erst als mein Vater starb – ich war gerade vierzig geworden –, konnte mein Mann es wagen, sich von mir zu trennen. Da hatte er seine Schäfchen längst ins Trockene gebracht und musste nichts mehr befürchten. Der Leichnam meines Vaters war noch warm, als er von mir die Scheidung verlangte. Ich stimmte ohne Nachdenken zu, war froh, diesen Klotz am Bein loszuwerden. Meine Mutter hingegen nahm die Nachricht schlecht auf – vermutlich fand sie, es schade dem Ansehen der Familie.

Pietro heiratete bald darauf eine jüngere Frau, die bereit war, für einen gesellschaftlichen Aufstieg und viel Geld einen derart abstoßenden Mann zu ertragen. Sie war sogar so dankbar, dass sie ihm noch drei Kinder schenkte, angeblich eins hässlicher als das andere.

Nach der Scheidung begann ich das dir bekannte Leben zu führen. Sicher, besonders fröhlich war es nicht, eher sehr zurückgezogen und isoliert. Deshalb traf mich auch der Tod meiner Mutter, wenngleich sie nie besonders nett zu mir war. Was mich jedoch wirklich bis ins Mark erschütterte, war etwas anderes.

Als ich entscheiden musste, was aus dem Palazzo meiner Familie werden sollte, und viel Zeit dort verbrachte, um alles, was sich seit Lebzeiten meiner Großeltern so angesammelt hatte, zu sichten, fand ich in einer Schublade unter einem Haufen Spitze versteckt Dokumente, die besagten, dass mein Sohn mitnichten bei der Geburt gestorben, sondern ohne mein Wissen zur Adoption freigegeben worden war. Mein Vater hatte wohl die richtigen Leute bestochen. Als sie mich überredet hatten, in dieser Klinik zu entbinden, war dort alles längst arrangiert, das Drehbuch längst geschrieben gewesen, und ich war darauf hereingefallen.

Das einzige nicht Erfundene waren die Komplikationen bei der Entbindung und die daraus resultierenden Folgen. Das Kind hingegen war gesund zur Welt gekommen, wurde einer Einrichtung übergeben und später adoptiert. Meine Eltern hatten sein Schicksal in all den Jahren heimlich verfolgt. Unnütz zu sagen, wie sehr ich sie dafür gehasst habe. Selbst meine Mutter, bei der ich wenigstens zeitweilig gedacht hatte, in ihr könnte noch ein kleiner guter Kern stecken, hatte nichts getan, um dieses ebenso gemeine wie rechtswidrige Komplott zu verhindern. Immerhin war ich volljährig, sodass sie gar nicht über meinen Kopf hinweg hätten entscheiden dürfen.

Zu diesem Zeitpunkt war mein Sohn fast fünfundzwanzig Jahre alt, und ich hatte die ganze Zeit geglaubt, er sei tot. Natürlich freute ich mich über diese Entdeckung, aber das Glücksgefühl währte nicht lange, liebe Anna. Erneut hatte das Leben mit mir kein Erbarmen.

Ich forschte nach, um meinen Sohn ausfindig zu machen, und erlebte einen Schock, den vielleicht schlimmsten, den ich je einstecken musste. Giorgio, wie seine Adoptiveltern ihn genannt hatten, war tot.

Verstehst du das, Anna? Tot! Nicht tot von Anfang an, wie man mir weisgemacht hatte, sondern gestorben bei einem Autounfall mit etwas mehr als zwanzig Jahren.

Es lässt sich nicht in Worte fassen, was ich empfunden habe. So viele Jahre mit meinem Sohn waren mir entgangen, und vermutlich wäre unter anderen Umständen sein Schicksal anders verlaufen. Wie soll man das nicht denken? Eine kleine Veränderung kann gigantische Auswirkungen haben. Wäre mein Sohn bei mir aufgewachsen, hätte er ein ganz anderes Leben gehabt. Alles wäre anders gekommen.

Nur sind solche Gedanken tödlich, Anna. Vollkommen unnütz, es sind Messerstiche, die wir uns selbst zufügen. Man kann nicht im Was-wäre-wenn leben.

Die Geschichte meines Lebens ist ein Drama. Mit dem Unterschied, dass man eine Theateraufführung einfach verlassen kann, das Spiel des Lebens nicht. Es ist ein Albtraum, aus dem ich aufwachen will.

Dies ist mein letzter Brief, morgen früh werde ich Europa verlassen. Ich bitte dich, die Schreiben alle zu verbrennen, nicht dass sie durch Zufall in falsche Hände geraten und die Sache mit meinem inszenierten Tod auffliegt. Und rede bitte mit niemandem darüber, das ist wirklich wichtig. Die anderen brauchen lediglich zu wissen, dass ich dir Stella Polaris vermacht habe.

Ich hoffe sehr, dass du im Licht dieser Eröffnungen nach wie vor Lust hast, die Buchhandlung, die ich so sehr liebe, am Leben zu erhalten, Darauf baue ich, weil ich weiß, dass du sie ebenfalls liebst. Zudem garantiert sie dir zusammen mit dem Geld, das ich im

Bad versteckt habe, ein einigermaßen gesichertes Auskommen.

Bestimmt wirst du vieles besser machen als ich mit meiner ewig schlechten Laune und meinem mangelnden Tatendrang. Des ungeachtet war es für mich immer ein besonderer Ort. Einer, wo es nicht vorrangig um Umsätze ging. Und es ist mein Herzenswunsch, dass es so bleibt. Stella Polaris soll ein Rückzugsort sein, wo man sich besinnt und Orientierung findet. Zu diesem Zweck habe ich den Laden einst gegründet. Ich glaube, du denkst ähnlich, und das ist für mich eine große Beruhigung.

So, das war's. Hals- und Beinbruch für alles, und amüsier dich gut auf meiner Trauerfeier – ohne dir etwas anmerken zu lassen natürlich. Auch diesbezüglich habe ich Vorkehrungen getroffen, damit es eine denkwürdige Veranstaltung wird. Du wirst sehen.

Addio
Adele

11

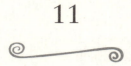

Anna hob den Blick. Der Brief war zu Ende, ein weiterer würde nicht mehr folgen. Es gab nichts hinzuzufügen. Die Signora hatte sich endgültig und unwiderruflich verabschiedet. Zwei Dinge verlangte sie: die Schreiben, in denen sie Anna ihre Lebensgeschichte anvertraut hatte, zu verbrennen und ihre Geheimnisse zu bewahren.

Vielleicht zum Glück hatte sie Giulias Anruf am Tag zuvor nicht angenommen, sonst wäre ihr in der Aufregung womöglich versehentlich etwas rausgerutscht und die Freundin hätte sie nicht mehr vom Haken gelassen. Giulia konnte furchterregend kompromisslos sein. Jetzt hingegen, nachdem sie die Neuigkeiten hatte sacken lassen, fühlte sie sich besser vorbereitet, falls neugierige Fragen kamen. Das war wichtig für sie – schließlich mochte sie das Vertrauen der Signora nicht missbrauchen.

Sie stand auf und wanderte die Regale entlang, strich mit leichter Hand über die Bücher, als versuchte sie, einen persönlichen Kontakt zu jedem einzelnen herstellen und sich damit Mut zu machen für die Aufgabe, die vor ihr lag. Ihre Blicke schweiften durch den Laden, erfassten ihn als Ganzes, die Möbel, die Lampen, den Schreibtisch, die Sessel, die Bücher. Alles sah aus wie immer, und doch war plötzlich alles anders.

Anna hatte Stella Polaris soeben bewusst in ihren Besitz genommen.

Jetzt würde sie Adeles Willen erfüllen. Aus einer der Schreibtischschubladen kramte sie Streichhölzer hervor, suchte eine alte Schale, nahm die fünf Briefe und ging nach draußen. Es schneite mittlerweile stärker als vorher, der Bürgersteig war mit einer dünnen weißen Schicht bedeckt. Nachdem sie sichergestellt hatte, dass niemand in der Nähe war, legte Anna das Briefbündel in die Schale und zündete es an, hielt es fest, bis die Flammen fast ihre Fingerspitzen erreichten, damit nicht womöglich ein Blatt davonflog. Erst dann ließ sie los und beobachtete wie hypnotisiert, wie sich die Geschichte eines Lebens in Asche verwandelte, vom Gesicht der Erde verschwand, Feuer auf Schnee. Keine Spur würde sich mehr von Adeles Schicksal finden, nicht ein Wort. Fortan war sie, sie ganz allein die Hüterin dieses Geheimnisses.

Nie würde sie diesen Sonntagnachmittag vergessen, an dem sie sich zum ersten Mal als Inhaberin von Stella Polaris fühlte. Ein Wintersonntag, still und leise, die Stadt lag unter einer feinen Decke Schnee. Einer der wichtigsten Momente ihres Lebens.

Adeles Brief beflügelte Anna, bestätigte sie darin, dass es auch für sie an der Zeit war, die Zügel ihres eigenen Lebens in die Hand zu nehmen. Und dazu gehörte, wovor sie bislang immer wieder zurückgeschreckt war, eine Entscheidung hinsichtlich ihrer Beziehung zu Luca zu treffen. Anna war überzeugt, dass sie diese Geschichte, die aus der Vergangenheit in die Gegenwart gekommen war, abschließen und loslassen musste. Jetzt schien ihr der Moment gekommen zu sein, den nächsten Schritt zu machen.

Als Luca zu ihr nach Hause kam, liebten sie sich mit einer verzweifelten Leidenschaft, als spürten sie, dass es das letzte Mal war. Hielten sich umklammert, als würden sie einander sonst verlieren. Anschließend lagen sie schweigend nebeneinander im Bett. Anna suchte nach den richtigen Worten, und da sie keine fand, nahm sie sich eine von seinen Zigaretten. Dabei hatte sie bereits vor Jahren das Rauchen aufgegeben.

»Ist das unser Abschied?«, fragte Luca und zog nervös an seiner Zigarette.

»Ja«, bestätigte Anna und sah ihn unsicher an.

Luca nickte bedächtig: »Weißt du, ich habe viel darüber nachgedacht, ohne einen triftigen Grund zu finden, der uns daran hindern sollte, einfach weiterzumachen. Und trotzdem denke ich, dass es auf Dauer keinen Sinn macht. Warum nicht, vermag ich nicht zu erklären. Es ist einfach so ein Gefühl.«

»Aber ich kann es dir sagen«, erwiderte Anna. »Allerdings ist es ein bisschen kompliziert. Wir stehen besser auf und unterhalten uns bei einem Glas Wein.«

Sie nahm einen letzten Zug von der Zigarette und warf den Stummel in das Wasserglas auf dem Nachttisch, stand auf und zog sich an, versuchte dabei ohne großen Erfolg, ihre Gedanken für das bevorstehende Gespräch zu ordnen.

Aus der Küche holte sie eine Flasche Franciacorta, die Giulia irgendwann einmal mitgebracht hatte und die ihr passend für die Gelegenheit erschien. Luca war ihr schweigend gefolgt und setzte sich an den Tisch, still und mit geistesabwesendem Blick. Anna schenkte zwei Gläser ein, nahm eine weitere Zigarette aus Lucas Päckchen, zündete sie an und richtete den Blick auf die tanzenden Bläschen des Spumante, die im Glas anmutig nach oben perlten, ihr indes keinerlei Inspiration boten. Sie sah auf, um Lucas Blick zu suchen.

»Es fällt mir schwer zu erklären, was ich im Kopf habe«, sagte sie und verstummte wieder, während die Zigarette im Aschenbecher vor sich hin qualmte. »Du bist Single, ich bin Single. Es ist nicht so, dass wir keine Zeit hätten, doch wir sind außerhalb der Zeit. Unsere Liebe übersteigt sie, es ist, als wäre sie unsterblich. Außerhalb irdischer Fesseln. Die Geschichte hingegen, die uns verbunden hat, ist Vergangenheit. Sie hat nicht darauf gewartet, dass wir irgendwann daran anknüpfen. Die Zeit ist darüber hinweggegangen. Wir haben unsere Leben unabhängig voneinander weitergelebt und sind nicht mehr dieselben wie damals. Es ist unmöglich, den Faden einfach wieder da aufzunehmen, wo wir ihn losgelassen haben. Oder anders ausgedrückt: Wir können nicht zurück zu der Kreuzung gehen, an der sich unsere Wege getrennt haben. Es wäre nicht mehr dasselbe.«

»Manchmal leben solche Geschichten erneut auf«, warf Luca mit angespannter Miene ein.

»Nein, das sind dann Zombies«, widersprach Anna energisch.

Luca beugte sich vor. »Und der Sex, was ist damit? Der ist geradezu außerirdisch gut und dennoch sehr real.« Er griff zum Glas und stürzte es in einem Schluck herunter. »So etwas habe ich seit Jahren nicht mehr erlebt.«

»Ja, mir geht's genauso«, räumte Anna ein. »Bloß ist er viel zu gut, um immer so zu bleiben. Selbst der tollste Sex flacht irgendwann ab.«

»Ich verstehe, was du sagen willst. Wir sind miteinander verbunden, werden es immer sein, und unsere Liebe ist etwas ganz Besonderes. Aber nicht einmal ich glaube ehrlich daran, dass sich etwas, das vorbei war, wie durch Zauberhand neu beleben lässt. Das wäre illusorisch. Und ich weiß nicht mal, ob ich das will.« Er angelte nach einer Zigarette, bevor er weitersprach. »Außerdem ist meine Ehe nicht spurlos an mir vorbeigegangen. Momentan fürchte ich mich vor einer neuen Beziehung. Wir stehen am Rand eines Abgrunds und riskieren, uns wehzutun. Und deshalb wäre es vernünftiger, alles zu stoppen.«

Anna trank einen Schluck Wein, tippte mit dem Fuß nervös auf den Boden und dachte schweigend nach. Dann seufzte sie, stand auf, ging um den Tisch herum und setzte sich auf Lucas Schoß. Sie drückte sich an ihn und schloss die Augen.

»Es fällt mir so schrecklich schwer, mich von dir zu verabschieden«, flüsterte sie ihm ins Ohr. »Da kann ich hundertmal wissen, dass es das Richtige wäre. Es ist einfach zu hart. Können wir uns nicht unseren ganz eigenen Abschied ausdenken, etwas Sanfteres? Eine Lösung, bei der wir uns die Möglichkeit zugestehen, Kontakt aufzunehmen, wenn einer von uns das nicht zu unterdrückende Verlangen verspürt, den anderen zu sehen. Wir müssten uns ein spezielles Zeichen ausdenken, mit dem wir uns verständigen.«

Luca küsste sie und drückte sie an sich. »Keine schlechte Idee. Wenn der andere mag, antwortet er auf dieselbe Weise, und wir sehen uns.«

»Danke«, sagte Anna gerührt.

»Wofür?«, fragte Luca.

»Dass du verstanden hast. Dass du nicht einfach gesagt hast, wenn wir uns sehen wollen, reicht ein Anruf oder eine SMS. Was uns verbindet, ist etwas Besonderes – und etwas Besonderes verlangt ein besonderes Zeichen.«

Luca zog sie noch fester an sich, und Anna war kurz davor, in Tränen auszubrechen.

»Es ist ein bisschen so was wie ein Rettungsboot«, flüsterte sie. »Für zwei Menschen, die sich sehr geliebt, sich jedoch getrennt haben und den Kontakt nicht ganz verlieren wollen. Für Notfälle! Ein endgültiger Abschied zweier Menschen, die etwas so Starkes erlebt haben, wird erst vollzogen, wenn einer stirbt. Ein Band hingegen, ein ganz feines Band könnte uns das ganze Leben lang symbolisch verbinden.«

»In Ordnung. Ich bin dabei. Was für ein Zeichen wollen wir nehmen?«

Anna dachte einen Augenblick nach. Sie überlegte, was sie und Luca in der Vergangenheit besonders verbunden hatte, und dabei fielen ihr die unzähligen Segeltouren ein, die sie gemacht hatten, denn beide liebten sie das Leben auf dem Meer.

»Seemannsknoten«, sagte sie.

»Genial«, antwortete er.

»Wir suchen uns eine Straßenlaterne aus. Wer ein Zeichen hinterlassen will, nimmt ein Stück Band und macht eine Achterschlinge um den Pfahl.«

»Wenn der andere einverstanden ist, löst er den Knoten und macht eine einfache Schleife daraus, wie auf einem Geschenkpäckchen«, schloss Luca lächelnd.

»Perfekt! Die Lampe muss irgendwo stehen, wo man oft vorbeikommt. Und es ist klar, dass die Antwort ein bisschen dauern kann. Tagelang eventuell, bis der andere den Knoten bemerkt.«

»Sicher. Die erste Lampe rechts an der Piazza Vittorio, wenn man von der Piazza Gran Madre kommt. Das liegt auf dem Weg, und sie ist gut sichtbar.«

»Einverstanden«, stimmte Anna zu. »Jetzt können wir uns verabschieden, jetzt wird es leichter sein.«

»Sag es mir statt mit Worten mit den Augen und den Lippen.«

Sie gaben sich einen letzten langen Kuss, dann standen sie auf. Luca zog sich den Mantel an, und Anna begleitete ihn zur Tür. Sie sah ihm nach, während er die Treppe hinunterging, und selbst als er ihren Blicken entschwunden war, blieb sie noch ein paar Minuten in der Tür stehen, reglos an den Türrahmen gelehnt. Dann kehrte sie ins Wohnzimmer zurück, warf sich aufs Sofa und begann hemmungslos zu schluchzen, die Tränen flossen ihr wie Sturzbäche übers Gesicht.

Es dauerte lange, bis sie es schaffte, sich einigermaßen zu beruhigen und sich die Richtigkeit dieser Entscheidung noch einmal ins Bewusstsein zu rufen – jetzt würde sie frei sein für ein neues Leben. Wie in einem symbolischen Akt stellte sie sich unter die Dusche und ließ das Wasser auf sich herunterprasseln in der Hoffnung, alles wegzuwaschen: die Schuldgefühle, die Zweifel, den Sex, diesen seltsamen Abschied. Dann trocknete sie sich langsam ab, cremte sich sorgfältig ein, schminkte sich und lackierte sich die Nägel, was sie höchst selten tat. Der Sonntag neigte sich dem Ende zu, der Schnee rieselte weiter vom Himmel und stimmte die Stadt auf Weihnachten ein.

12

Der Tag, an dem die zweite Veranstaltung bei Stella Polaris stattfinden sollte, war da. Giulia tourte mit Lebensmitteln aller Arten zwischen dem Restaurant und dem Buchladen hin und her, während Anna den Vortrag vorbereitete, den Raum herrichtete und sorgfältig die Bücher aussuchte, die ausgelegt werden sollten. Außerdem startete sie einen letzten Rundruf, um Freunde und Verwandte an das Event zu erinnern, und postete es unzählige Male bei Facebook.

Vier Tage waren seit dem Sonntag vergangen, an dem sie sich von Luca verabschiedet und Adeles Geheimnisse tief in ihrem Gedächtnis vergraben hatte. Über Adele durfte sie nicht reden, über Luca konnte sie nicht reden. Noch nicht. Selbst Giulia wusste bislang nichts davon. *The show must go on*, machte sich Anna Mut. Der dazu passende Song von Queen hämmerte bereits in ihrem Kopf.

Sie atmete gerade mit geschlossenen Augen tief aus und ein, um ihre Nervosität zu bekämpfen, als sie eine Hand auf ihrem Arm spürte. Es war Giulia.

»Keine Sorge, du schaffst das, Süße, und zwar mit links. Also bleib cool«, sagte sie, und das war genau das, was Anna in diesem Augenblick brauchte.

Der Abend konnte beginnen. Nach einer Stunde waren schon doppelt so viele Leute gekommen wie beim ersten Mal. Überdies war das Publikum bunter gemischt. Zwar waren viele bekannte Gesichter unter den Gästen, jedoch auch sehr viele neue, die sie sich beim besten Willen nicht alle merken konnte. Als Anna sich umsah, überkam sie mit einem Mal ein Gefühl von Stärke, Stolz und Zufriedenheit angesichts dessen, was sie erreicht hatte.

Da das Essen heute zum Thema gehörte, hatte Giulia sich mächtig ins Zeug gelegt und ein tolles Buffet gezaubert, auf dem sich einige Gerichte aus den Büchern wiederfanden. Im Gegensatz zum ersten Event gab es diesmal gleich zu Anfang einen Aperitif, was offensichtlich gut ankam und für gute Stimmung sorgte.

Neu war zudem, dass Anna unter den veränderten Umständen ein paar leichtgewichtigere, dafür amüsante Autoren in ihren Vortrag einbezogen hatte. Die Signora möge ihr verzeihen, dachte sie mit einem Lächeln. Sie meinte sie förmlich mit Gesichtsausdruck Nummer drei in einer Ecke stehen zu sehen. Der anschließende Verkauf wiederum wäre sehr wohl nach ihrem Geschmack gewesen, und Anna bedauerte sehr, dass sie es ihr nicht mitteilen konnte. Wenn die Verkaufszahlen weiter solche Höhenflüge machten, würde sie noch vor Weihnachten eine Menge nachbestellen müssen, um die Regale aufzufüllen.

Nachdem die Letzten gegangen waren, blieb sie mit Giulia zurück, um aufzuräumen.

»Hast du bereits eine Idee für die nächste Veranstaltung?«, erkundigte sich Giulia, nachdem sie klar Schiff gemacht hatten.

»Nein, jetzt kommt erst mal Weihnachten, im Januar sehen wir weiter«, gab Anna ausweichend zurück.

Sie wusste schließlich, was als Nächstes stattfand: die Trauerfeier für Signora Adele. Danach erforderte es der Anstand und die Tradition, eine kurze Trauerzeit einzuhalten, bevor sie mit voller Kraft durchstarten konnte.

»Was hältst du davon, wenn wir noch in unser kleines Restaurant gehen, sobald wir hier fertig sind?«, schlug sie vor – vielleicht würde sie Giulia ja in einer entspannten Atmosphäre von den neuesten Entwicklungen in ihrem Privatleben erzählen.

»Gerne«, antwortete Giulia nachdenklich, um dann hinzuzufügen: »Überleg mal, Anna, wenn Stella Polaris dir gehören würde – was wir da alles machen könnten! Weißt du, was richtig toll wäre? Der Buchhandlung ein kleines Bistro anzugliedern, eine Außenstelle unserer Trattoria. Ein paar Tische zwischen den Regalen, der Rest in einem der hinteren Zimmer, eine kleine Küche in dem anderen und jeden Abend als Angebot ein Menü. Stell dir das mal vor, ein Ort, an dem immer Action ist. Gute Bücher, gute Events und gutes Essen. Einfach perfekt. Wäre das nicht super?«

Anna wurde nervös. Giulia preschte ganz schön vor. Aber sie tat den Vorschlag keineswegs ab, die Freundin besaß für so was einen Riecher. Vorerst allerdings musste sie abwiegeln und warten, bis die Übergabe der Buchhandlung spruchreif war. Noch war das Schicksal von Stella Polaris Annas Geheimnis, zumindest bis Heiligabend, wenn Adele angeblich von ihrer Reise zurückkommen sollte.

»Der Laden gehört mir nicht«, erwiderte sie lapidar. »Und im Übrigen bräuchte man eine Menge Geld, um so etwas zu realisieren. Umbauten wären erforderlich, neue Möbel, eine komplette Profiküche …«

Insgeheim musste Anna über ihre eigenen Worte lächeln. Sie wusste, dass genug Geld da war – jederzeit greifbar sogar, in dem Versteck hinter dem Badezimmerspiegel. Sie hatte nachgesehen und wesentlich mehr gefunden als erwartet. Von daher gesehen, konnte die Idee durchaus Wirklichkeit werden.

»Meine Güte, mit dir kann man nicht mal ein bisschen träumen«, beschwerte Giulia sich.

»Du hast recht, entschuldige, so was wäre echt toll!«

Sie traten in den eiskalten Abend hinaus, über dem sich wie zum Ausgleich ein sternenklarer Himmel wölbte, und fuhren in Giulias Auto zu ihrem Lieblingslokal, wo sie sich an ihren Lieblingstisch setzten.

»Ich habe mit Luca Schluss gemacht«, platzte Anna sofort heraus.

»O mein Gott!«, rief Giulia und schlug sich die Hand vor die Stirn. »Bist du dir sicher? Erst Edo, jetzt Luca. Und alles so schnell.«

»Ja, ich bin sicher. Denke ich zumindest. Wenn man es genau betrachtet, macht alles einen Sinn. Dass Luca in mein Leben zurückkehrte, hat mir gezeigt, wie schwach meine Gefühle für Edo waren. Mit ihm habe ich dann für kurze Zeit unsere Vergangenheit noch einmal neu erlebt. Als hätten wir versucht, die Fehler zu korrigieren, die wir wegen Claudias Lügen gemacht haben. Das war gut und wichtig, doch jetzt muss ich bei null anfangen.«

»Gab es wirklich keine Möglichkeit, da anzuknüpfen, wo ihr aufgehört hattet?«

Seufzend schüttelte Anna den Kopf. »Nein, dafür haben wir in der Zwischenzeit zu lange unser jeweils eigenes

Leben geführt. Er war und ist meine große Liebe, und das soll er auch bleiben. Wir sind ein Stück unseres Weges gemeinsam gegangen, als wir beide noch sehr jung waren – es war eine unvergleichliche Zeit. Vielleicht glaube ich deshalb nicht, dass man sie zurückholen kann. Vermutlich wäre unsere Liebe gar nicht mehr alltagstauglich. Insofern scheint es mir besser zu sein, die Erinnerungen im Herzen zu bewahren, als sie auf den Prüfstand zu stellen.«

»Wenn du es so siehst, lass uns auf neue Anfänge anstoßen.«

»Gerne.« Anna hätte auf nichts lieber trinken mögen.

»Und bei dir, nichts Neues?«, fragte sie Giulia, nachdem sie mit dem Thema Luca durch waren.

»Nein, kein Kerl in Sicht, falls es das ist, was du wissen wolltest. Ich bin solo und glücklich damit. Das mag banal klingen, aber mir gefällt mein Leben im Moment genauso, wie es ist. Ich mag den Winter, bin voller Energie und habe das Gefühl, kurz vor einer Veränderung zu stehen. Dir bei deinen Veranstaltungen zu helfen, macht mir außerdem Spaß, weil es mir eine ganz andere Welt eröffnet. Natürlich denke ich nach wie vor darüber nach, mich auf eigene Füße zu stellen. Vorausgesetzt, mir kommt eine zündende Idee. Und so lange mache ich weiter meinen Job in der Trattoria. Ich denke, das ist in Ordnung, oder?«

»Klar, ist völlig okay. Ich finde es sowieso großartig, wie zufrieden du immer bist mit dem, was du gerade hast. Ich würde mir wünschen, das ebenfalls zu können.«

Giulia lächelte sie an, dachte an die Parkbank und die Schatten über ihrem Leben. Trotzdem gelang es ihr, da hatte Anna recht, allem etwas Gutes abzugewinnen oder sich auf die sonnigen Seiten des Lebens zu fokussieren. Und wer weiß, vielleicht brach ja gerade eine solche Phase an, die diese Schatten überstrahlen und weniger düster machen konnte. Oder es war einfach die Zeit, die ihre Schuldgefühle verblassen ließ. Giulia bevorzugte die erste Variante: An den Beginn eines sonnigeren Lebensabschnitts zu glauben, war definitiv die schönere Vorstellung.

»Darf ich dich um einen großen Gefallen bitten?«, fragte Anna.

»Jederzeit.«

»Kannst du in den nächsten Tagen mal Edo anrufen, um zu hören, wie es ihm geht? Ich bringe das noch nicht über mich, und vermutlich würde es ihm nicht guttun, mich zu hören.«

»Natürlich, Anna. Klar mache ich das. Ich berichte dir dann.«

Freunden unter die Arme zu greifen, die sich getrennt hatten, war ein beliebtes Betätigungsfeld für Giulia und eine Rolle, die ihr geradezu auf den Leib geschnitten war. Sie würde zu ihrer Bank gehen und dort gründlich darüber nachdenken, was sie Edoardo sagen würde und wie sie ihm helfen konnte.

13

Am Morgen des dreiundzwanzigsten Dezember schneite es. Anna trat aus dem Haus, zog den viel zu leichten Mantel, den sie gewählt hatte, eng um sich und haderte damit, dass sie zu Fuß zur Arbeit gehen musste. Fahrradfahren war bei den Wetterverhältnissen nicht drin. Früher oder später würde sie ein Auto brauchen, obwohl sie nicht gerne Auto fuhr, hatte es noch nie gern getan, aber öffentliche Verkehrsmittel nahm sie noch viel weniger gern, da fürchtete sie sich stets vor Taschendieben. Außerdem war ein Auto auch sicherer, wenn sie sich spätabends allein auf den Heimweg machte. Schließlich war sie jetzt Single. Irgendeine alte Karre, die ihre Glanzzeiten längst hinter sich hatte, würde reichen.

Anna betrat die Bar unten in ihrem Haus, trank den üblichen Espresso und blätterte zerstreut in der Zeitung, ohne Interessantes zu entdecken. Sie dachte daran, dass morgen die Bombe platzen würde. Für morgen, Heiligabend, hatte die Signora schließlich ihre Rückkehr angekündigt. Was genau geschehen würde, wusste Anna nicht, rechnete jedoch vorsichtshalber damit, dass ein mittleres Chaos über Stella Polaris hereinbrechen könnte. Noch ein Tag und sie würde Klarheit haben. Es war lediglich eine

Frage von Stunden, und sie würde den letzten Teil von Adeles Plan erleben.

Am nächsten Tag schlug Anna früh die Augen auf, nachdem sie unsanft aus einem wirren Traum aufgeschreckt war, in dem viele Dinge vorkamen, die ganz und gar real waren: die Briefe der Signora, die Wahrheit über ihren Tod, die nur sie kannte, der Laden, der bald ihr gehören würde.

Heute war der vierundzwanzigste Dezember, für sie ein schicksalsträchtiger Tag. Noch einmal musste sie den Laden vor den Feiertagen aufmachen und so tun, als erwartete sie jeden Moment Signora Adele zurück. Und das zerrte an ihren Nerven.

Ihre morgendliche Routine geriet dadurch vollkommen durcheinander. Das ging sogar so weit, dass sie, ohne es zu merken, auf den Balkon hinaustrat, um nach dem Wetter zu schauen, bevor sie die Kleidung heraussuchte. Und dass sie, als sie fertig war, nach unten ging und nicht einmal den zweiten Espresso trank. Heute war sie mit ihren Gedanken ganz weit weg.

Als sie beim Laden ankam, stand bereits ein Mann im dunklen Anzug vor dem Gitter, der von einem Fuß auf den anderen trat, um sich aufzuwärmen. Er musste schon eine ganze Weile gewartet haben. Als er Anna erblickte, leuchtete sein Gesicht auf.

»Signorina Anna? Ich bin ein Bekannter von Signora Adele und muss mit Ihnen sprechen. Können wir in die Buchhandlung gehen?«

Anna ahnte, wer dieser Mann war, hatte ihn allerdings nicht so früh erwartet. Sie schob das Gitter hoch, um ihn hereinzulassen, und ließ es sofort wieder herunter, damit keine Kunden kamen und sie störten.

Sie forderte ihren Besucher auf, Platz zu nehmen, und bot ihm einen Espresso an. Der Mann setzte sich steif in einen der kleinen Sessel, seufzte und schlug linkisch die Beine übereinander.

»Ich muss Ihnen leider eine traurige Nachricht überbringen«, begann er. »Signora Adele ist offenbar tot.« Er legte eine Kunstpause ein, bevor er weitersprach. »Ich bin ihr Testamentsvollstrecker. Die Signora ist in der Karibik verschollen unter Umständen, die ehrlich gesagt noch etwas unklar sind. Alles sieht danach aus, als wäre sie beim Schwimmen im Meer ums Leben gekommen. Vermutlich hat sie sich zu weit hinausgewagt oder erlitt einen Schwächeanfall. Niemand weiß es, da es keine Zeugen gibt. Lediglich ihre Sachen wurden am Strand gefunden: das Badehandtuch, die Sonnencreme, ihre Tasche und ihre Sonnenbrille. Von ihr keine Spur. Das passiert dort öfter, als man meinen sollte. Es gibt starke Strömungen, unberechenbar. Also ein Urlaub, der mit einem schrecklichen Unglück endete.« Der Testamentsvollstrecker setzte ein trauriges Lächeln auf, das verdächtig einstudiert aussah. »Sie werden es nicht erwartet haben, aber die Signora hat verfügt, dass im Fall ihres Todes die Buchhandlung an Sie gehen soll. Bei aller Tragik ist dies immerhin für Sie eine gute Nachricht, und mich wiederum freut es, mal etwas Positives übermitteln zu können«, fügte er hinzu, und sein Mund verzog sich zu einem tragikomischen Lächeln.

Wenngleich dieser Besuch für Anna keineswegs unerwartet kam, wie der Testamentsvollstrecker natürlich glaubte, erfasste sie jetzt, wo Adele ihren Plan tatsächlich in die Tat umgesetzt hatte, eine kaum zu beherrschende Aufregung. Mit einem Nicken forderte sie den Mann zum Weitersprechen auf.

»Die Signora war so vorausschauend, alles für den Fall der Fälle detailliert festzulegen, als hätte sie geahnt, dass sie vor der Zeit gehen musste. Ihr Letzter Wille ist so eindeutig formuliert und juristisch abgesichert, dass keinerlei Zweifel an seiner Rechtmäßigkeit aufkommen können. Selbst hinsichtlich ihrer Trauerfeier hat sie genaue Verfügungen getroffen.« Er legte eine weitere Pause ein und sah sie bedeutungsvoll an. »Eine Beerdigung wird es nach dem derzeitigen Stand der Dinge nicht geben, da ihre Leiche bislang nicht gefunden wurde und vermutlich auch nicht mehr gefunden wird. Dennoch empfiehlt es sich, mit der offiziellen Trauerfeier zu warten, bis die Behörden vor Ort ihre Untersuchungen abgeschlossen haben und sie hier ebenfalls für tot erklärt wurde. Ich werde Sie über das entsprechende Datum und alle bürokratischen Fragen auf dem Laufenden halten. Und ein Rat nebenbei: Wappnen Sie sich: Die Geschichte wird, sobald sie den Journalisten zu Ohren gekommen ist, einige Wellen schlagen. Die Signora entstammte immerhin einer alten und hochangesehenen Turiner Familie.« Der Mann erhob sich. »Ich halte es nicht für ausgeschlossen, dass einige Presseleute hierherkommen, um Sie zu interviewen. Doch nun muss ich mich verabschieden. So kurz vor den Feiertagen ist immer viel zu tun. Ich wünsche Ihnen schöne Weihnachten.«

Edoardo wachte früh auf. Ein intensiver Bratengeruch drang bis in den letzten Winkel des Hauses. Seine Mutter bereitete das große Familienessen für Heiligabend vor und würde damit noch bis in den Abend hinein beschäftigt sein. In der Zwischenzeit würde sie jeden verscheuchen, der die dumme Idee hatte, sich der Küche nur zu nähern.

In seinem alten Mansardenzimmer, in dem seine Eltern im Lauf der Jahre eine Menge Sachen abgestellt hatten, fühlte er sich irgendwie eingesperrt. Alles war zu klein, zu eng, und er vermisste seine schöne Wohnung. Wieder zu den Eltern zurückgekehrt zu sein, wenngleich lediglich vorübergehend, hatte den Beigeschmack des Scheiterns. Zudem betrachtete er die kleine Mansarde nicht mehr wirklich als sein Zimmer; mit dem ganzen Gerümpel darin gehörte sie allen und niemandem. Herauskommen wollte er trotzdem nicht. Es war besser, sich hier zu verschanzen, als verloren im Haus umherzuwandern.

Zwar hatte er die nächsten Tage Urlaub, aber nichts war mit Freunden oder der Familie an Unternehmungen geplant. Er wollte allein sein, mochte nicht reden über das doppelte Unglück, das ihm widerfahren war. Und das zumindest war ihm hier möglich, eingeschlossen in diesem Winkel seiner Vergangenheit, mit einer Katze, die ihn mitleidig zu beobachten schien, als einziger Gesellschaft.

Weihnachten, fürchtete er, würde sein Elend noch verstärken. Edoardo war nie ein Fan dieses sogenannten Festes der Liebe gewesen, doch in diesem Jahr hasste er es.

Am Abend würden seine Eltern mit ihren Fragen über ihn herfallen und alle Einzelheiten seiner gescheiterten Beziehung erfahren wollen. Was hatte er denn Schreckliches getan, um so etwas zu verdienen, fragte er sich und kam zu dem Schluss, dass er nichts getan hatte und so etwas ganz und gar nicht verdiente. Das Leben war wirklich nicht fair.

Für Giulia war Heiligabend ebenfalls kein entspannter oder gar besinnlicher Tag. Sie musste von früh bis spät schuften, denn das Restaurant war mittags und abends ausgebucht. Erst am späten Nachmittag sah sie etwas

Licht am Horizont, eine kleine Atempause, die sie nutzen wollte, um bei Edoardo anzurufen. Anna hatte sie schließlich darum gebeten, und sie hatte es seitdem immer vor sich hergeschoben. Frohe Weihnachten zu wünschen, bot den besten Vorwand, sich bei ihm zu melden.

Giulia lief zu ihrer Bank, setzte sich und nahm sich ein paar Minuten Zeit, um zu überlegen, was sie sagen wollte. Ganz in Gedanken versunken, bemerkte sie den Mann nicht, der auf die Bank zukam und neben ihr Platz nahm. Erst als er sich eine Zigarette anzündete, nahm sie ihn richtig wahr.

Missmutig musterte sie ihn. Nie zuvor hatte jemand die Dreistigkeit besessen, sich hier, auf ihrer Bank, einfach so neben ihr niederzulassen. Schließlich gab es im Winter genug freie Bänke im Park. Und bislang hatte sie noch jeden, der sich ihr zu nähern wagte, mit einem ihrer durchdringenden, finsteren Blicke in die Flucht geschlagen.

Dieser Typ hingegen hatte sich heimlich angeschlichen, sich einfach hingesetzt und besaß zudem die Frechheit, sie neugierig und mit einem süffisanten Lächeln anzusehen. Irgendwie kam er ihr bekannt vor, ohne dass sie wusste, woher. Komisch, überlegte sie, normalerweise besaß sie ein Elefantengedächtnis und vergaß kein Gesicht. Verärgert stand sie auf, um woanders zu telefonieren. Im Weggehen hörte sie, wie der junge Mann ihr »Frohe Weihnachten!« hinterherrief.

Zu Hause angekommen, wählte sie gleich Edoardos Nummer.

Er meldete sich, seine Stimme klang matt und eintönig.

»Wie geht es dir?«, fragte sie.

»Wie soll es mir schon gehen? Meine Beziehung mit Anna ist am Ende, ich musste aus meiner Wohnung raus und vorübergehend zu meinen Eltern ziehen, und dann ist auch noch Weihnachten. Ich hasse es, das geballte Mitleid der ganzen Familie ertragen zu müssen.«

»Edo, nimm es nicht so tragisch. Das mag sich jetzt banal anhören, aber es wird schneller vorbeigehen, als du dir vielleicht vorstellst. Hast du irgendwas Schönes vor in den Ferien?«

»Nein, ich habe nichts geplant.«

»Hör mal. Es tut mir zwar schrecklich leid für dich, doch im Grunde ist es ein Segen, dass ihr euch getrennt habt. Ihr wart einfach nicht füreinander geschaffen.«

»Hat Anna das gesagt?«

»Das muss mir keiner sagen, Edo, das denke ich mir. Man konnte spüren, dass irgendwas bei euch fehlte. Eure Beziehung erweckte immer den Eindruck, als wäre sie nie wirklich durchgestartet. Dafür kann keiner was, nicht einmal Anna, obwohl sie diejenige war, die immer auf die Bremse trat. Solche Dinge passieren eben, und manchmal merkt man zu spät, dass es nicht passt.«

»Also, ganz so war das nun wirklich nicht. Zumindest nicht, was mich betrifft. Ich liebe sie nämlich nach wie vor. Und war der festen Überzeugung, sie sei die Richtige für mich und wir hätten eine Zukunft. Dabei ist sie nur in ihren Ex verliebt und hat mich nie wirklich geliebt.«

Giulia antwortete nicht gleich, nahm sich einen Augenblick, um die passenden Worte zu finden.

»Anna ist nicht bloß verliebt in ihn – Luca war und ist ihre große Liebe. Da kann es noch so lange her sein, so etwas prägt einen, das vergisst man nicht. Und im Übrigen hat sie dich nicht seinetwegen verlassen, sondern weil sie erkannt hat, dass es unfair wäre, dich weiter hinzuhalten, wenn ihre Liebe zu dir nicht für ein gemeinsames Leben reicht. Die Beziehung mit Luca ist damals durch eine hässliche Intrige der sogenannten besten Freundin auseinandergegangen, erst vor Kurzem hat sie die Wahrheit erfahren und traf zufällig am gleichen Tag Luca wieder. Inzwischen hat sie die Sache ebenfalls beendet.«

»Sie hat mich betrogen.«

Giulia seufzte. »Ich habe dich nicht angerufen, um meine Freundin zu verteidigen, sondern um dir schöne Weihnachten zu wünschen und ein bisschen mit dir zu reden. Ich weiß, dass sie dich betrogen hat, aber ich weiß auch, dass sie es dir sofort gebeichtet hat. Sie hätte dich genauso gut einfach anlügen können.«

»Du hast recht, entschuldige. Und du hast ja sowieso nichts damit zu tun, insofern ist es unfair, wenn ich alles bei dir ablade.«

Giulia wusste nicht mehr, was sie noch sagen sollte. Edoardo badete geradezu in seinem Schmerz und seiner Enttäuschung. Wie sollte sie ihn da herausholen?

»Ich weiß nicht, ob ich mich jemals wieder in jemanden verlieben kann«, jammerte er.

»Lass dich nicht so hängen. Natürlich kannst du das«, beschied ihn Giulia streng. »Es wird ein bisschen dauern, das geht nicht allein dir so. Außerdem ist Glück sowieso flüchtig. Man muss es genießen, wenn man es hat, und sich an den kleinsten Dingen freuen. Ich habe es selbst lernen müssen. Jeder glückliche Tag ist wichtig. Ach, was sage ich: Jede Minute ist wichtig.«

»Anna hat recht, du bist wirklich etwas Besonderes, Giulia, weil du allem etwas Positives abgewinnst. Ich dagegen betrauere ständig, was ich verloren habe«, räumte er nachdenklich ein.

»Man muss sich am Riemen reißen. Ein bisschen ist das

Leben wie ein Ball, auf dem du tanzen musst, ob du willst oder nicht. Du musst dein Bestes geben, ohne allzu sehr über die einzelnen Schritte nachzudenken – und erst recht nicht über den Moment, wenn die Musik zu Ende geht. Du tanzt einfach, einverstanden? Und versprichst mir, dass du mindestens einmal lächelst, bevor Heiligabend vorbei ist.«

»Ich verspreche es. Danke, Giulia, dass du mich aufgebaut hast. In diesem Sinne dir ebenfalls frohe Weihnachten.«

Giulia legte mit einem Seufzer auf. Sie hoffte, dass sie ihm irgendwie hatte helfen können, auf lange Sicht bezweifelte sie es eher. Bevor sie ins Restaurant zurückkehrte, fiel ihr wieder dieser seltsame Typ ein, der sich kackfrech auf ihrer Bank niedergelassen und ihr einen Weihnachtsgruß hintergeschickt hatte.

Die Cougar-Schwestern hatten in diesem Jahr an Weihnachten etwas Besonderes vor. Zum ersten Mal nach Jahren fruchtlosen Pläneschmiedens schafften sie es, ihren Traum zu verwirklichen und Weihnachten gemeinsam fernab der üblichen Routine zu verbringen.

Die Kinder waren bei den Großeltern untergebracht, die Geschenke verschickt und die Restaurierungsarbeiten bei Friseurin, Kosmetikerin und Masseurin abgeschlossen. Und der Schönheitschirurg hatte schnell noch ein bisschen mit Botox nachgeholfen, worüber sie indes nicht gerne oder höchst verbrämt sprachen. Sie liebten es, sich und anderen vorzumachen, dass sie mit einer guten Haut gesegnet seien.

Jetzt mussten sie nur noch zum Flughafen und ins Flugzeug steigen, und ihr Traum würde wahr: Weihnachten in New York, zehn verrückte Tage lang. Sie fühlten sich wie die Frauen aus *Sex and the City* und waren bereit, deren Heldentaten zu imitieren, wenn nicht gar zu überbieten.

Vorher wollten sie noch kurz bei Anna vorbeischauen, um sich zu verabschieden und ihr Geschenk zu übergeben. Als sie in der Buchhandlung ankamen, war es beinahe Mittag. Den angebotenen Kaffee lehnten sie ab.

»Nein, Süße, mach den Laden dicht, zieh dir was Warmes an und komm mit. Wir entführen dich zum Mittagessen. Und dabei erzählst du uns, was passiert ist. Du schaust so seltsam aus der Wäsche«, verkündete Francesca in einem Ton, der keinen Widerspruch duldete.

»Du hast recht«, antwortete Anna, »ich habe euch eine ganze Menge zu erzählen. Die Ereignisse haben sich überschlagen, sodass ich nicht mal mehr zum Telefonieren gekommen bin, und das will was heißen. Na los, gehen wir essen.«

In der Bar um die nächste Ecke suchten sie sich einen Tisch, der am weitesten weg stand von den anderen. Das Gesicht des Wirtes leuchtete auf, als er Anna umringt von drei gestylten Schönheiten hereinkommen sah.

»Also, wann geht es los?«, eröffnete Anna das Gespräch.

»Heute, aber lenk nicht vom Thema ab, erzähl erst von dir«, forderte Cristina sie auf.

Anna versuchte, so sachlich wie möglich von den weltbewegenden Ereignissen zu berichten, die ihr ganzes Leben verändern würden, ohne sich in nebensächlichen Details zu ergehen und sich dadurch zu verzetteln.

»Leute, ich weiß gar nicht, wo ich anfangen soll. So viel ist inzwischen geschehen. Erinnert ihr euch noch, dass ich meine Freundin Claudia im Krankenhaus besuchen wollte, nachdem sie einen Autounfall hatte?«

»Ja, du hast uns gefragt, was wir davon halten«, bestätigte Georgia, »danach hast du die Sache nicht mehr erwähnt.«

»Okay, ich bin wirklich hingegangen und erfuhr bei dieser Gelegenheit, dass sie mir damals eine Lügengeschichte aufgetischt hat, weil sie scharf auf Luca war und ihn sich krallen wollte. Luca hatte mich gar nicht betrogen.«

»Ich wusste es«, rief Giorgia. »Habe ich nicht gleich gesagt, dass ich das mit der selbstlosen Freundin nicht glaube? Das passte alles nicht zusammen.«

»Zugegeben, doch lass mich erst mal weiterreden«, brachte Anna sie freundschaftlich zum Schweigen. »Ich war anschließend furchtbar wütend, vor allem auf mich selbst, weil ich Claudia geglaubt hatte.«

»Was für ein Desaster!«, seufzte Francesca.

»Weiß Gott, ich war total neben der Spur, wusste nicht, was ich tun sollte. Wegen Luca, meine ich. Und dann habe ich ihn wiedergesehen«, fuhr Anna fort und machte eine dramatische Pause.

»O mein Gott! Hast du ihn angerufen?«, warf Cristina ein.

»Nein.« Wieder folgte eine bühnenreife Pause. »Er ist rein zufällig in den Laden gekommen.«

»Schicksal!«, riefen die Cougars im Chor. »Da soll mal einer sagen, so was wie Fügung und Bestimmung gibt es nicht.«

Der Wirt warf ihnen einen besorgten Blick zu.

»Vielleicht. Jedenfalls habe ich so Gelegenheit bekommen, ihm zu sagen, wie sehr ich es bereue, dass ich ihm damals keine Gelegenheit gegeben habe, die Sache richtigzustellen. Später haben wir uns ein paarmal getroffen, haben geredet, was getrunken und hatten – guckt nicht so – auch Sex.«

Den Cougars, die selbst nichts anbrennen ließen, schien es die Sprache verschlagen zu haben, sie starrten sie aus großen Augen fragend an. Anna nutzte ihre Verblüffung, um weiterzusprechen.

»Nun macht nicht solche Gesichter, ich habe es Edo gleich gesagt. Seit ich Luca wiedergesehen hatte, wurde mir zunehmend klar, dass es mit Edo und mir nichts werden konnte. Selbst ohne Luca nicht. Hinzu kam, dass er ausgerechnet jetzt bei mir einziehen wollte, weil er aus seiner Wohnung rausmusste. Ich war sowieso gegen ein Zusammenziehen, und in dieser Situation erst recht.«

»Armer Edo, er ist sicher am Boden zerstört«, sagte Giorgia mit Tränen in den Augen.

»Bestimmt ist er das. Für ihn ist es eine Tragödie. Aber ich konnte nicht aus Mitleid bei ihm bleiben. Und das ist noch nicht alles: Ich habe nicht allein Schluss mit Edo gemacht, sondern desgleichen mit Luca. Er wird immer die große Liebe meines Lebens bleiben, doch ich habe erkannt, dass diese Geschichte der Vergangenheit angehört und dem Alltag vermutlich nicht standhalten würde. Ihn wiederzusehen, war schön, nun ist es Zeit für etwas Neues.«

Anna hielt inne. Eigentlich müsste sie noch von Signora Adele und dem unerwarteten Erbe erzählen, nur schien ihr das mit einem Mal zu viel der Neuigkeiten. Selbst für die Cougars, denn die Schwestern starrten sie bereits betroffen und irritiert zugleich an.

»Anna, mir fehlen die Worte«, fand Cristina als Erste die Sprache wieder. »Und wie geht es dir mit alledem?«

Gute Frage. Wie ging es ihr? Anna schaute ihre Freundinnen unschlüssig an. Es war eine ganze Weile her, seit sie sich das zum letzten Mal gefragt hatte.

»Ich glaube gut. Ja, ich denke, mir geht's wirklich gut.

Irgendwie ist es befreiend, wenn man sich dazu durchgerungen hat, seinem Leben eine neue Wendung zu geben, etwas zu verändern. Jedenfalls fühle ich mich ganz anders.«

»Eine sensationelle Entwicklung.« Francesca schüttelte den Kopf und fügte tadelnd hinzu: »Du hättest uns weiß Gott früher anrufen können – ich hätte noch so viele Fragen, aber leider müssen wir zum Flughafen.«

»Dann schickt euch mal, nicht dass der Flieger ohne euch abhebt. Ich muss ohnehin zum letzten Gefecht zurück in den Laden.«

»Wir denken an dich«, sagte Cristina und überreichte Anna ein kleines Schächtelchen.

Als sie es aufmachte, fand sie darin einen Autoschlüssel, und die Augen drohten ihr aus dem Kopf zu fallen.

»O mein Gott, Leute!«, rief sie ungläubig aus.

»Ach, es ist ein uralter Panda«, wiegelte Cristina ab.

»Wir konnten einfach nicht mehr mit ansehen, wie du dich jahraus, jahrein mit dem Fahrrad abquälst. Du brauchst ein Auto. Also, er ist nicht gerade brandneu, dafür brandrot«, scherzte Giorgia.

»Und er läuft. Das optimale Gefährt, bis du dich wieder ans Autofahren gewöhnt hast«, fügte Francesca hinzu. »Du musst einfach zu der Werkstatt gehen, wo er steht, ihn abholen und auf dich anmelden. Dann kannst du losdüsen.«

Anna war gerührt und fing prompt an zu weinen. Weinte dabei gleich die Tränen mit, die nach allem, was sie gerade erzählt hatte, sowieso darauf warteten, vergossen zu werden.

»Übertreib nicht.« Cristina tätschelte ihren Arm. »Es ist lediglich ein zerbeulter Panda, da muss man nicht heulen, wirklich, heb dir die Tränen für den Tag auf, an dem er dich irgendwo in der Pampa im Stich lässt.«

Anna wischte sich übers Gesicht. »Wenn ihr noch mal mit mir in die Buchhandlung geht, dürft ihr euch euer Weihnachtsgeschenk aussuchen. Für jeden ein Buch als Reiselektüre.«

»Danke, das machen wir lieber, wenn wir zurückkommen«, meinte Cristina. »Für New York haben wir uns genug anderes vorgenommen. Außerdem brauchen wir den Platz im Koffer für unsere Ausbeute beim Shoppen.«

»Na gut, dann wünsche ich euch eine gute Reise.« Anna erhob sich. »Und lasst mich wenigstens das Essen bezahlen.«

Sie wartete noch mit ihnen, bis das Taxi kam, und kehrte anschließend zu ihrem Laden zurück.

Ihre Freundinnen an den Abenteuern teilhaben zu lassen, die sie gerade durchlebt hatte, hatte sich seltsam angefühlt, fast als würde sie die Geschichte eines fremden Menschen erzählen und nicht ihre eigene. Alles war so schnell passiert, dass sie es kaum zu verarbeiten vermochte. Ihr Leben war komplett auf den Kopf gestellt worden.

Heute war Heiligabend, ein Tag, an dem man nicht allein sein sollte, doch sie war es letztlich, trotz der Abendgesellschaft bei ihrer Mutter. Mit einem Kloß im Hals dachte sie an Edoardo, den sie nicht genug hatte lieben können. An Luca, den sie zu sehr liebte, und schließlich an Signora Adele, die sie so falsch eingeschätzt hatte.

Bloß hätte sie ohne Kenntnis der Hintergründe überhaupt hinter der strengen, abweisenden Maske die gütige, verletzliche Frau erkennen können? Sie wusste es nicht, bedauerte einfach zutiefst, dass sie ihr weder danken noch ihr sagen konnte, wie sehr sie ihr Schicksal berührt hatte.

Und sie wiederholte ihr stummes Versprechen, das Geheimnis der Signora fest in ihrem Herzen zu verschließen und alles zu tun, damit der Buchladen, ihr Vermächtnis, nie schließen musste, sondern zu einer Institution in der Stadt wurde, einem Denkmal für seine Begründerin, die auf rätselhafte Weise verschwunden war.

Nanà wartete ungeduldig auf den Mann, der ihr Heiligabendessen kochen sollte. Es war ein Finne, den sie vor ein paar Tagen in der Schlange vor einem Geldautomaten kennengelernt hatte. Ein Student, der ein Sabbatjahr genommen hatte, kreuz und quer durch Europa reiste. Allerdings hatte sie ihn ziemlich drängen müssen, den Heiligen Abend in ihrer Küche zu verbringen und zu kochen, aber die geradezu fürstliche Summe war ein schlagendes Argument gewesen, dem er nicht widerstehen konnte.

Eine einzige Bedingung hatte er gestellt. *Der Schwan von Tuonela,* der zweite Gesang aus der Lemminkäinen-Suite von Jean Sibelius sollte als Hintergrundmusik gespielt werden. Nanà war begeistert über seinen Lokalpatriotismus und freute sich ein Loch in den Bauch, dass sie einen Abgesandten aus dem Dorf des Weihnachtsmannes gefunden hatte. Aus Rovaniemi am Polarkreis, denn von dort stammte ihr Koch, was ihrer Meinung nach den Mangel, dass die finnische Küche nicht gerade die renommierteste der Welt war, um ein Vielfaches ausglich.

Der Finne erschien gegen Mittag mit drei Taschen voller Lebensmittel. Er sprach kaum ein Wort Italienisch, sodass sie sich mit einer Mischung aus Zeichensprache und Englisch verständigten.

»Also, Sie kochen dieses, diese ... Karjalanpiirakka, habe ich das richtig ausgesprochen? Dann den Lachs, ja, wie auch immer der heißt … Haben Sie Rentierfleisch gefunden? Nein? Mist. Da hätten Sie vielleicht bei Ikea nachfragen sollen.«

Der Versuch eines Gesprächs wurde von der Türklingel unterbrochen. Nanà machte auf, rechnete fest damit, dass es der Kellner war, den sie spontan rekrutiert hatte, weil er über zwei unerlässliche Voraussetzungen verfügte: Er war klein, und er besaß ein Elfenkostüm.

Doch es war nicht der Kellner, es war ihr Ex-Mann. Nanà wurden die Knie weich. In den letzten Jahren hatte sie ihn so selten gesehen, dass sie sich kaum noch an sein Gesicht erinnern konnte. Jetzt stand er ihr gegenüber, älter geworden, ja, aber nach wie vor ein gut aussehender Mann mit diesem Funkeln in den Augen, das zu sagen schien, jetzt bin ich hier, gehöre ganz dir und werde mich um nichts anderes kümmern als um dich. Dieser verdammte Blick, wegen dem sie sich in ihn verliebt hatte.

»Alessandro.«

»Hallo Nanà, darf ich reinkommen?«

»Ich bin ein bisschen durcheinander. Willst du nicht erst mal deine Sachen hier abstellen, und wir machen einen Spaziergang, um in Ruhe reden zu können?«

»Einverstanden. Was höre ich denn da aus der Küche? Sind Kinder da?«

»Nein. Ein Finne ist in der Küche, und bald kommt noch ein Elf. Für das Weihnachtsessen, weißt du?«

»Aha, wie ich sehe, bist du noch genauso verrückt wie früher.«

Er lachte mit den Augen. Diese verdammten Augen! Nanà holte ihren Mantel und brach mit ihrem magischen Ex zu einem Spaziergang durch die kalten Gassen des historischen Stadtzentrums auf.

»Okay, du bist da. Und nun verrate mir mal, was dich hierher zurücktreibt.«

»Ich bin nicht krank.«

»Warum dann?«

»Schwer zu erklären. Bisher habe ich mich mein ganzes Leben lang überall zu Hause gefühlt außer in meinem Zuhause. Das brauche ich dir ja nicht zu erklären, du weißt schließlich zur Genüge, wie mein Leben ausgesehen hat. Dass ich es nie lange an einem Ort aushalte.«

»Allerdings«, antwortete Nanà melancholisch. »Doch du hast meine Frage nicht beantwortet. Wie kommt's?«

»Vor ein paar Monaten, das war in Kenia, habe ich zum ersten Mal gemerkt, dass etwas anders war. Plötzlich überfiel mich eine Sehnsucht nach Italien, nach Turin, wie ich sie nie zuvor verspürt hatte, schmerzhaft geradezu. Am liebsten hätte ich sofort meine Sachen gepackt und mich auf den Weg gemacht.«

»Aber?«

»Ich habe versucht, mir Zeit zu lassen, erst zu verstehen, was sich verändert hatte, was eigentlich los war. Habe mich sogar nach Guatemala versetzen lassen und bin ein paar Wochen dortgeblieben. Vielleicht lag es ja speziell an Kenia, dass ich mich unwohl gefühlt hatte, dachte ich. Bald erkannte ich, dass dem nicht so war, denn unverändert bin ich jeden Morgen mit dieser Sehnsucht nach meinem Zuhause und nach meiner Familie aufgewacht. Nach den Gerüchen von Turin, dem Fluss, den Hügeln, dem Stadtzentrum. Ich dachte an die Farbe des norditalienischen Himmels. Natürlich habe ich nach einer Erklärung dafür gesucht, was so leicht nicht war. Wahrscheinlich ist einfach dieses Bedürfnis, immer irgendwo anders sein zu wollen, heute hier und morgen dort wie ein Nomade, versiegt. Erloschen wie eine Batterie oder eine Flamme. Und irgendwann wurde mir klar, dass ich zu Hause Frieden finden könnte.«

»Unglaublich und überraschend«, kommentierte Nanà. »Ich hätte nie gedacht, dass so etwas je passieren würde.«

»Nicht dass wir uns falsch verstehen. Ich erwarte nicht, dass du mich wieder bei dir aufnimmst, obwohl du sehr gut weißt, dass meine Gefühle für dich sich in all den Jahren nicht verändert haben. Mir ist vollkommen klar, dass du inzwischen ein anderes Leben führst. Ich wäre schon vollauf zufrieden, wenn ich hier eine Wohnung fände, in meiner Stadt, und dich und die Mädchen ab und zu sähe.«

Nanà hängte sich an seinen Arm, während sie eine der großen Prachtstraßen überquerten. Tränen standen ihr in den Augen, aber sie wäre lieber gestorben, als in der Öffentlichkeit zu heulen.

»Setzen wir uns irgendwohin?«, fragte sie.

»Wo?«

»Auf die Kirchenstufen«, schlug sie vor.

Zögernd ließ Alessandro sich neben ihr auf dem kalten Stein nieder, während sie alle Energien mobilisierte, die sie aufbringen konnte, um zu sagen, was sie sagen musste.

»Alessandro, als ich dich geheiratet habe, wusste ich, wie du bist. Mir war klar, dass du nicht dafür geschaffen warst, an einem Ort zu bleiben. Ich wollte dich trotzdem, und mit Sicherheit dachte ich damals, dass ich dich zumindest ein bisschen ändern, dich irgendwie festhalten könnte. Doch ich wollte nie, dass du dich selbst verleugnest, und über die Jahre habe ich erkannt, was für ein riesiger Fehler diese Idee war, dich ändern zu wollen. Als du endgültig gegangen bist, habe ich gelitten, aber nie aufgehört, dich zu lieben. Ohne eine Sekunde damit zu rechnen, dass du jemals zurückkommst. Deshalb auch die Scheidung und neue Beziehungen. Natürlich freue ich mich, wenn du wieder zu unserem Leben gehören willst, nur musst du mir ein bisschen Zeit geben, darüber nachzudenken.«

»Natürlich, und wie gesagt, ich bin auf ein Leben alleine eingestellt, irgendwo hier in der Gegend«, erwiderte Alessandro und zog seine Ex-Frau an sich, um sie vor der Kälte zu schützen.

»Heute Abend jedenfalls bist du herzlich eingeladen. Die Mädchen werden außer sich vor Freude sein. Wissen sie, dass du hier bist?«

»Noch nicht.«

»Sehr gut! Dann wird es eine echte Weihnachtsüberraschung.«

Er blickte sie an. »Du bist ein ganz besonderer Mensch«, flüsterte er.

»Du genauso, sogar sehr viel mehr als ich.«

14

Um halb acht zog Anna das Gitter herunter und machte sich auf den Weg zu ihrer Mutter. Es war ein harter, langer Tag gewesen. Sie beneidete die Bewohner anderer Länder, in denen die Geschäfte mittags schlossen und wo man sich geruhsamer auf Weihnachten einstimmen konnte.

Na ja, die bizarren Gäste würden sie ihre Müdigkeit sicher vergessen lassen. Sie war gespannt, wen Nanà diesmal aufgetrieben hatte, durchgesickert war bislang nichts. Natürlich würde die Familie vollzählig versammelt sein. Sie selbst, Federica und Leone sowie vermutlich die alte Tante Bianca, die an die Hundert sein musste und lediglich zu Weihnachten ausgegraben wurde, um dann für ein ganzes Jahr wieder in der Versenkung zu verschwinden. Jedes Mal, wenn ihre Mutter bei ihr anrief, um sie zum Weihnachtsessen einzuladen, rechnete sie damit, dass sie inzwischen gestorben war. Stattdessen meldete sie sich Jahr für Jahr munter und gesund nach dem dritten Klingeln.

Ebenfalls zum Familienkreis zählte Nanàs älterer Bruder, der wahrscheinlich seine junge russische Geliebte mitbrachte. Seit er in einem heftigen Anfall von Midlife-Crisis Frau und Kinder verlassen hatte, wurde er von vielen

Verwandten und Freunden geschnitten, zumal nicht wenige argwöhnten, er habe seine neue Flamme durch einen Escort-Service kennengelernt.

Der Rest blieb Nanàs Überraschung, wobei es sich fast ausnahmslos um schräge Typen handelte, denen man schon mal auf einer der schrillen Abendgesellschaften begegnet war.

Wie immer war Anna etwas zu früh dran, würde wie immer bei den letzten Vorbereitungen helfen und wie immer mit ihrer Mutter ein Glas Champagner oder mehr trinken, bevor die ersten Gäste kamen.

Noch stand sie jedoch im Hausflur und wartete, dass geöffnet wurde. Die Musik, die durch die geschlossene Tür drang, ließ sie erahnen, was das Motto des Weihnachtsabends war.

»Dieses Mal haben wir wohl Finnland im Haus«, murmelte sie vor sich hin, während sie lächelnd darauf wartete, dass jemand aufmachte.

Die Leidenschaft, mit der ihre Mutter solche Feste gestaltete, amüsierte und rührte sie zugleich. Nanà war eine Frau für großes Theater. Sie liebte es so leidenschaftlich, dass ihr jeder Anlass recht war, ihn mit riesigem Tamtam in Szene zu setzen. Einmal hatten sie sogar das chinesische Neujahrsfest gefeiert.

Als die Tür sich öffnete und sie das lächelnde Gesicht ihres Vaters erblickte, schmolz Anna dahin. Ohne ein Wort warf sie sich in seine Arme und schien ihn nicht mehr loslassen zu wollen. Erst nach einer Weile rückte sie ein wenig von ihm ab, um ihn zu mustern.

»Die weißen Haare sind mehr geworden seit dem letzten Mal.«

»Ich weiß. Du siehst dafür umso schöner aus. Komm

rein und bewundere den Zirkus, den deine Mutter mal
wieder veranstaltet.«

Anna folgte ihrem Vater und fühlte sich wie das kleine
Mädchen, das sie einmal gewesen war. Am liebsten hätte
sie seine Hand genommen, aber das war ihr dann doch zu
peinlich. Ansonsten schien alles wie früher zu sein. Als
wäre sie in dem Augenblick, als sie die Schwelle dieser
Wohnung übertreten hatte, in die Vergangenheit zurückge-
worfen worden – in jene Zeit, als der Vater noch zuverläs-
sig zu Hause gewesen war.

Nanàs neuestes Feuerwerk der Attraktionen lenkte sie
von ihren Erinnerungen ab.

In der Küche kochte der Finne im Weihnachtsmannkos-
tüm, und im Salon wuselte der als Elf verkleidete Kellner
herum. Von der Decke hingen, kunstvoll arrangiert, Weih-
nachtskugeln in allen möglichen Farben und Formen. Rote
Kerzen brannten in jeder Ecke, und neben dem festlich gedeckten Tisch thronte ein riesiges ausgestopftes Rentier,
ohne Zweifel eine von Leones Leihgaben.

»O mein Gott.«

»Siehst du, Kleines, deine Mutter ist vollkommen durch-
geknallt«, spottete Alessandro.

Kurz darauf trudelten die Gäste ein. Neben all jenen,
mit denen sie gerechnet hatte – der alten Tante, Nanàs
Bruder mit seiner russischen Gespielin, Federica und Leone –, waren zwei Seiltänzerinnen, ein Pantomime, ein Ka-
puzinermönch und ein junger Kryptozoologe erschienen,
die es kaum erwarten konnten, finnische Spezialitäten zu
probieren, und sich sofort an den Tisch setzten. Der Abend
würde ein echter Knaller werden.

Nach dem dritten Glas Champagner fühlte sich Anna bereit, der ganzen Gesellschaft die Neuigkeit zu verkünden,

dass sie jetzt Inhaberin der Buchhandlung sei, weil Signora Adele, die bei einem Badeunfall in der Karibik ums Leben gekommen sei, sie ihr testamentarisch vererbt habe.

»Lieber Himmel, Anna«, meinte Nanà mit großen Augen, »und dabei hast du immer so schlecht über sie geredet. Sie muss dich offenbar dennoch sehr gemocht haben, wenn sie dir den Laden vermacht hat.«

»Ach, ich glaube, sie wollte ihn vor allem nicht ihrer Verwandtschaft überlassen, die ihn mit Sicherheit verkauft hätte«, wiegelte Anna ab. »Allerdings wusste sie, wie sehr ich den Laden liebe. Und ja, es ist wirklich sehr großzügig, und ich hätte nicht im Traum mit so etwas gerechnet. Natürlich genauso wenig mit ihrem Tod.«

»Und was wirst du jetzt tun?«, erkundigte sich ihr Vater.

Sie schaute ihn an und suchte nach einer Antwort. »Mir schwebt da vage etwas vor, zusammen mit meiner Freundin Giulia. Sie weiß noch nichts von meinen Plänen, und aus diesem Grund möchte ich mich vorerst nicht weiter darüber auslassen. Ich halte euch auf dem Laufenden.«

»Wie schön, Anna, dass du jetzt machen kannst, was du willst. Aber du wirst einiges Geld brauchen, wenn du irgendetwas von Grund auf verändern willst.«

»Selbst daran hat die Signora gedacht und mir ausreichend Mittel für die erste Zeit hinterlassen, solange der Laden sich nicht selbst trägt. Sagen wir's mal so: Sie scheint in ihrem Testament wirklich für alles vorgesorgt zu haben, wobei ich selbst noch nicht alle Details kenne.«

Nachdem sie auf die gute Nachricht angestoßen hatten, schlug der Mönch eine Schweigeminute für die Verstorbene vor, was widerspruchslos akzeptiert wurde. Nanà stoppte die Musik, alle erhoben sich zum Gedenken an die arme Signora. Sechzig Sekunden, die ihr sehr lang vorkamen, gedachte Anna ihrer ehemaligen Chefin, wenngleich in ganz anderer Weise. Wo sie jetzt wohl gerade sein mochte, fragte sie sich und war überzeugt, dass sie sich bestimmt diebisch freuen würde, wenn sie das hier sehen könnte.

Danach setzte die Musik wieder ein, und das finnische Festessen, das kein Ende zu nehmen schien, ging weiter. Immer neue Gänge schleppte der Weihnachtself aus der Küche heran. Zwischendurch wurde Alessandro mit Fragen bestürmt, was ihn zu seiner überraschenden Rückkehr bewogen habe, und war gerade dabei zu erzählen, dass er sich in Turin eine Wohnung suchen wolle, um näher bei seiner Familie zu sein, als ein jähes Getöse aus der Küche ihn mitten in einem Satz unterbrach. Alle sprangen neugierig auf, um nach dem Grund des Lärms zu fahnden. Der kochende Weihnachtsmann war mit dem kellnernden Weihnachtself zusammengestoßen, der daraufhin einen heißen Topf mit irgendeinem undefinierbaren finnischen Weihnachtsgericht hatte fallen lassen.

Nachdem das Malheur unter tatkräftiger Mithilfe aller Anwesenden beseitigt war und wieder festliche Ruhe eingekehrt war, platzte die nächste Bombe. Federica erhob sich von ihrem Platz und verkündete, dass sie schwanger sei. Woraufhin der sichtlich angetrunkene Kryptozoologe aufsprang und frenetisch applaudierte. Die anderen ließen sich von seiner Begeisterung mitreißen und fielen lautstark ein. Es war wie nach einem Tor bei der Fußballweltmeisterschaft, ein einziges Tohuwabohu. Von wegen stille Nacht, heilige Nacht.

Nur eine geriet darüber in Vergessenheit: die alte Tante Bianca, die in ihrem Sessel eingeschlafen war. Ein Klischee wie aus einem Weihnachtsfilm. Leone bot sich netterweise an, sie nach Hause zu bringen, es sei lediglich ein kleiner Umweg, meinte er. Anna und die anderen hingegen fragten sich unwillkürlich – niemand sprach es aus –, ob das irgendwas mit seiner Leidenschaft fürs Präparieren zu tun hatte, denn die alte Dame, in tiefem Schlaf versunken, erinnerte an eine Mumie aus dem Ägyptischen Museum.

Nanà unterdrückte ein Lächeln. »Wie lieb von dir, Leone, danke. Jetzt müssen wir sie bloß aufwecken, damit sie noch auf eigenen Beinen zum Auto gehen kann, bevor sie am Ende in diesem Sessel das Zeitliche segnet.«

Anna ging wie immer zu Fuß nach Hause, spielte aber in ihrer Manteltasche mit den Schlüsseln des Fiat Panda – bald würde sie irgendwo ein Auto stehen haben, sodass sie ohne große Mühe von einem Ort zum anderen gelangen konnte.

Der Abend war mal wieder denkwürdig gewesen. Nicht zum ersten Mal fragte Anna sich, wie es eigentlich möglich war, dass ausgerechnet sie in eine so verrückte Familie hineingeboren worden war. Allein die Show mit Weihnachtskoch und Weihnachtself, die Nanà heute Abend inszeniert hatte … Früher fand sie so etwas bisweilen peinlich, inzwischen war sie stolz darauf. Wenn sie sich die vielen angepassten und steifen Turiner Familien vergegenwärtigte, wurde ihr bewusst, welches Glück sie gehabt hatte, dass sie in einer so lebendigen Umgebung aufwachsen durfte, in der jeder ermutigt wurde, er selbst zu sein. Vor lauter Rührung kamen ihr schon wieder die Tränen. Sie dachte an die Menschen, die ihr nahestanden, und an ihre Zukunft als Besitzerin einer Buchhandlung. Wie verschieden doch die Wege waren, die man im Leben gehen konnte: Adele flüchtete aus der Stadt, die ein Leben lang ihre Heimat gewesen war, während ihr Vater nach Jahrzehnten des Herumziehens zu seinen Wurzeln zurückkehrte.

Es machte sie glücklich, dass beide auf ihre Weise ihrem inneren Kompass gefolgt waren und das getan hatten, was sie als richtig und passend für sich erachteten. Anna wusste, dass das nicht selbstverständlich war. Die Welt war voll von Menschen, die sich vom Leben einfach treiben ließen – sie selbst hätte um ein Haar dazugehört, aber das Schicksal, oder was immer, hatte rechtzeitig eingegriffen. Dieses Weihnachten war das schönste Weihnachten aller Zeiten.

Was nichts daran änderte, dass sie den fünfundzwanzigsten Dezember wie jedes Jahr langweilig fand. In ihrer Familie war nach der turbulenten Feier an Heiligabend erst mal Sendepause. Man ruhte sich aus, und es gab nicht einmal ein frugales Mittagessen im Familienkreis, zu dem sie sich hätte einfinden können. Was ihr diesmal eher recht war, weil ihr das finnische Weihnachtsessen nach wie vor wie ein Stein im Magen lag, den kein Verdauungsschnaps der Welt würde lockern können.

Anna trat ans Fenster. Es schneite wieder, die ersten Schneepflüge waren bereits in Aktion. Kein Wetter, das Haus zu verlassen, dachte sie seufzend. Der Anblick stimmte sie melancholisch.

Zum Glück war auch für Giulia der Fünfundzwanzigste ein Tag, an dem absolut nichts anstand. Nach dem Stress am Heiligabend blieb das Restaurant geschlossen. Anna rief die Freundin an und lud sie zu sich zum Mittagessen ein, versprach ihr, dass sie keinen Finger krumm machen müsse. Sie brannte darauf, endlich ihre Neuigkeiten loszuwerden, jetzt, wo Adeles Tod offiziell bekannt geworden war und sie reden durfte.

Giulia brachte einen Barolo mit und verkündete, dass sie vorhabe, sich zu betrinken, um dann den Nachmittag auf dem Sofa zu verdämmern. Anna nahm ihr die Flasche ab und setzte das Wasser für die Ravioli al plin auf, die sie ein paar Tage zuvor gekauft hatte. Nachdem sie auf überstandene Weihnachten angestoßen hatten, rückte Anna damit raus, dass sie Giulia etwas Wichtiges erzählen müsse.

»Und ich wollte mich entspannen. Na gut, schieß los.«

Was Anna umgehend tat. Mit einem Schlag war Giulia hellwach, als sie erfuhr, welch unverhofftes Glück der Freundin widerfahren war. Jedes Zeichen von Müdigkeit verschwand wie von Zauberhand aus ihrem Gesicht.

»O mein Gott, Anna, o mein Gott! Und was willst du daraus machen? Soll die Buchhandlung so bleiben, wie sie ist, oder …« Sie ließ den Satz bedeutungsschwer in der Luft hängen, und erst als Anna nicht reagierte, fügte sie hinzu: »Du hast noch keine Ahnung, was du machen willst, oder?«

»Na ja, eine Idee hätte ich schon. Du selbst hast sie mir vor ein paar Tagen geliefert.«

»Willst du etwa sagen, du denkst an einen Buchladen mit Bistro?«

»Ja, was hältst du davon?«

Giulia sprang auf. »Was ich davon halte? Das ist eine von meinen Ideen, was glaubst du denn, was ich davon halte! Das wäre granatenmäßig. Ja, Anna, lass uns das machen!«

»Wir können es uns noch in Ruhe überlegen.«

»Nein, lass uns jetzt darüber reden.«

Sie fingen an, sich in die Idee zu vertiefen, und spielten verschiedene Szenarien durch.

»Irre, dass diese Frau, die immer so hart und verschlossen war, dir am Ende ihre Buchhandlung vermacht«, meinte Giulia kopfschüttelnd. »Hättest du das erwartet?«

»Nein, im Leben nicht. Und ich habe ein ziemlich schlechtes Gewissen, weil ich nicht mal einen Funken Interesse für sie aufgebracht habe. Es stimmt wirklich, dass Menschen nicht immer das sind, was sie zu sein scheinen. Und denk nur, genau das hat sie mir, kurz bevor sie weggefahren ist, ganz eindringlich ans Herz gelegt. Jetzt verstehe ich, was sie damit meinte, und werde es mir für die Zukunft merken. Inzwischen glaube ich nämlich, dass ich außer der Signora auch andere Menschen nicht richtig beurteilt habe. Falls du dazugehörst, sag es mir bitte.«

Giulia musste an ihr eigenes Geheimnis denken. Obwohl Anna ihre beste Freundin war, hatte sie ihr nichts von dieser alten Geschichte anvertraut. Nicht weil sie bei Anna nicht auf Verständnis gehofft hätte, sondern weil sie einfach nicht darüber reden wollte. Sie war gut darin, etwas zu verbergen, sich einen Kummer nicht anmerken zu lassen. Nach außen hin war sie die Starke, die nichts umwarf. Anna war mit Sicherheit nicht die Einzige, die nie irgendetwas von den Schatten der Vergangenheit geahnt hatte, die sie quälten.

»Hallo, aufwachen! Warum sagst du nichts? Habe ich recht damit, dass ich vielleicht nicht einmal dich richtig verstanden habe?«, hakte Anna nach.

Giulia schrak hoch und hatte mit einem Mal das Gefühl, es würde ihr guttun, sich Anna anzuvertrauen.

»Nein, mir kommt es vor, als würdest du mich sehr gut schlüsseln können. Vielmehr ist es jetzt an mir, dir endlich ein Geheimnis zu verraten, das mir seit Langem auf der Seele liegt, ohne dass ich darüber sprechen konnte. Mittlerweile, glaube ich, bin ich dazu in der Lage.«

»Oje«, stöhnte Anna. »Das klingt irgendwie nach einem echten Drama.«

»War es«, erklärte Giulia und begann, in einem Rutsch die ganze Geschichte von Filippo und ihrer Bank herunterzurattern.

Anna hörte wie gebannt zu und vermochte es nicht zu glauben. Die stets vernünftige, gradlinige Guilia war in ihren Augen nie der Typ gewesen, der in einen solchen Schlamassel hineingeriet.

»Und ich hatte die ganze Zeit keinen Schimmer«, stammelte sie schließlich zutiefst betroffen und war mal wieder kurz davor, in Tränen auszubrechen.

»Konntest du auch nicht, denn ich habe das, denke ich, ziemlich gut versteckt. Mir war einfach nicht danach, irgendjemandem davon zu erzählen, weil ich mich dann noch einmal mit der Frage meiner Schuld, meiner Versäumnisse hätte auseinandersetzen müssen. Um auf dein Problem zurückzukommen: Ja, oft sind die Menschen nicht das, was sie zu sein scheinen, und es ist sicher besser, nicht vorschnell ein Urteil über sie zu fällen. Allerdings solltest du dir keine Vorwürfe machen, wenn du nicht erkennst, was jemand verbirgt. Alle Menschen haben ihre Geheimnisse, die sie niemandem erzählen wollen. Insofern musst du nicht damit hadern, dich falsch verhalten zu haben. Und du solltest dir nicht alles so zu Herzen nehmen, denn du bist eine großartige Freundin, okay?«

»Okay …«

Während die Freundinnen sich umarmten, wurde Anna bewusst, dass sie ebenfalls ein Geheimnis hatte. Sie war die Einzige, die das grandiose Finale von Adeles Geschichte kannte, die in irgendeinem anderen Teil der Welt wiedergeboren worden war. Ein ungewöhnliches, ganz schön

216

großes Geheimnis, das sie niemals jemandem anvertrauen durfte. Was sie beruhigte, war Giulias Versicherung, dass alle Menschen Geheimnisse hatten. Folglich war es nicht ihr Fehler, wenn sie andere nicht verstand oder nicht richtig einschätzte. Geheimnisse gab es in jedem Leben und mussten respektiert werden.

Nachdem sie sich gegenseitig ein bisschen getröstet und ein bisschen geweint hatten, kam Giulia wieder darauf zurück, welche Veränderungen sich in der Buchhandlung vornehmen ließen, um Stella Polaris zu einer angesagten Adresse zu machen. Im Gegensatz zu Anna war sie schnell bereit, aus der Vergangenheit in die Gegenwart zurückzukehren.

»Ich denke, wie du weißt, nicht erst seit heute über was Eigenes nach«, fing sie an. »Bloß hatte ich bisher keine wirklich prickelnde Idee …«

»Doch, die hattest du«, unterbrach Anna sie. »Lass uns das mit dem Buchladenbistro machen. Tagsüber mehr Buchladen, abends mehr Restaurant!«

»Oder ganztägig eine Mischform von beidem«, schlug Giulia vor.

Langsam nahm die Idee Gestalt an.

»Vielleicht sollten wir zwei getrennte Firmen gründen«, überlegte Anna. »Für den Fall, dass eine floppt. Der Buchsektor wäre meine, der Restaurantbetrieb deine Sache. Mir macht lediglich Sorgen, dass es unserer Freundschaft schaden könnte, wenn wir bei der Arbeit nicht an einem Strang ziehen, sondern uns in die Haare kriegen.«

»Ach was«, wischte Giulia ihre Bedenken vom Tisch. »Bei uns nicht. Klar kann immer was passieren, aber man sollte sich nicht unnötige Hürden in den Weg stellen. Zumal wir uns sowieso meist einig und beide zupackende Typen sind, oder?«

»Okay, dein Wort in Gottes Ohr. Gehen wir es an, wagen wir den Sprung ins kalte Wasser. Allerdings würde ich mich mit niemandem außer dir in ein solches Abenteuer stürzen.«

»Mir geht's genauso. Na los, lass uns diese Plin essen, dann versuchen wir, einen ersten Businessplan zu entwerfen.«

Sobald sie sich ans Werk machten, stellten sie rasch fest, dass ziemlich viel Arbeit vor ihnen lag und große Investitionen nötig waren. Eins der beiden Hinterzimmer würde zu einer Küche umgebaut, Genehmigungen mussten eingeholt und die Ausstattung angeschafft werden. Auch die Buchabteilung selbst bedurfte einer Umgestaltung, damit sich der Restaurantbetrieb besser integrieren ließ. Als es zu dämmern begann, saßen sie nach wie vor auf dem Sofa, überlegten sich immer neue Varianten und verwarfen die meisten sogleich wieder, bis sie schließlich glaubten, die neu gestalteten Räume ganz deutlich vor sich zu sehen.

Etwa fünf Tische sollten zwischen den Regalen des Verkaufsraums stehen, sechs oder sieben im Nebenzimmer. Alle hübsch gedeckt mit Tischdecken und Servietten aus Stoff, Blumen und Kerzenleuchtern. Die Einrichtung würde alt und neu verbinden, antike Möbel, Bilder und andere Accessoires, dazu bequeme, moderne Stühle.

Für die Speisekarte hatten sie sich etwas Besonderes gedacht. Wie eine mittelalterliche Handschrift sollte sie aussehen, mit einem Satinband und einem blutroten Siegel, und die Gerichte würden sich an literarischen Vorbildern orientieren und nach den Titeln berühmter Romane benannt werden. Überdies planten sie eine kleine Bar, an der man sich aus den besten Weinkellern Italiens etwas aussuchen konnte, ergänzt von einer Auswahl an regionalen Wurst- und Käsesorten sowie hausgemachter Focaccia.

»Okay, jetzt greifen wir wirklich arg weit vor«, mahnte Anna an einem gewissen Punkt.

»Ach was, lass uns träumen«, widersprach Giulia, erhob sich und tänzelte zu einer imaginären Musik durch das Zimmer, ein Glas Barolo in der Hand.

»Signore e Signori, herzlich willkommen bei Stella Polaris, dem Restaurant mit Charme und dem Buchladen mit ausgesuchtem Angebot. Für alle, die gerne lesen, trinken und essen!«

15

Nachdem sie sich von der Freundin verabschiedet und sich auf den Heimweg gemacht hatte, fiel Giulia ein, dass sie vor lauter aufregenden Neuigkeiten völlig vergessen hatte, Anna von dem Anruf bei Edoardo zu erzählen. Na ja, dachte sie, vielleicht war es besser so, denn Anna konnte mit einem Übermaß an Gefühlen ohnehin schlecht umgehen. Zumal wenn es kein wirklich versöhnliches Resultat zu berichten gab.

Es schneite nach wie vor, und der frische Schnee verlieh der grauen Stadt die Atmosphäre eines Winterwunderlands, die Giulia so liebte.

Sie stieg in ihr Auto, das zwei Blocks von Annas Wohnung entfernt stand, ließ den Motor an und fuhr in Richtung des kleinen Parks. Nachdem sie Anna ihr Geheimnis erzählt hatte, verspürte sie das Bedürfnis, zum Abschluss des Tages noch bei ihrer Bank vorbeizuschauen.

Wie ein Kind freute sie sich über die Spuren, die sie auf der weißen Schicht hinterließ, und sprang ausgelassen hin und her. Doch als sie die Kuppe des Hügels erreichte, auf der ihre Bank stand, blieb sie wie versteinert stehen: Der merkwürdige Typ vom letzten Mal saß schon wieder auf ihrem Platz, die Hände in den Taschen seiner dicken

Jacke vergraben und Schneeflocken in den wuscheligen Haaren.

Jetzt wurde Giulia richtig sauer. Das war ihre Bank, und sie ertrug es nicht, sie mit jemandem zu teilen. Energisch stapfte sie auf den Unbekannten zu und pflanzte sich kämpferisch vor ihm auf.

»Was tust du hier«, erkundigte sie sich barsch. »Ich komme seit Jahren hierher und habe dich nie zuvor gesehen. Und plötzlich tauchst du ständig auf und sitzt auf meiner Bank. Du musst wissen, dass ich es gewöhnt bin, mich an diesen Ort zurückzuziehen, wann immer ich Lust dazu habe.«

»Ist ja gut«, erwiderte er mit einem gezwungenen Lächeln. »Ich habe die Bank erst vor Kurzem entdeckt und mag sie ebenfalls. Der Platz ist einfach wunderschön. Im Frühjahr muss es sogar ein Traum sein. Warum können wir nicht zu zweit hier sitzen und uns ein bisschen unterhalten.«

»Du hast mich falsch verstanden«, gab Giulia ungnädig zurück. »Ich komme hierher, um allein zu sein.«

»Ach so!«

Mehr sagte der Unbekannte nicht, wusste offenbar nicht so recht, was er von dem Ganzen halten sollte. Und Giulia dämmerte langsam, wie peinlich sie sich benahm. Eine Bank in einem öffentlichen Park als ihr Eigentum zu reklamieren – wie albern war denn das? Der Typ musste ja glauben, dass sie nicht alle Tassen im Schrank hatte.

»Ich will ja nicht doof rüberkommen, ich bin's halt so gewöhnt …«, brachte sie lahm vor. »Vielleicht könnten wir uns ja abwechseln«, lenkte sie ein. »Einmal du, einmal ich. Wenn du mir sagst, wann du herkommst, richte ich mich danach.«

»In Ordnung, wechseln wir uns ab. Sagen wir mal, in den Weihnachtsferien hätte ich die Bank gerne über Mittag für mich, wenn es dir recht ist, eine halbe Stunde, um die Zeitung zu lesen. Nach den Ferien würde es mir am besten abends um halb sieben passen, nach getaner Arbeit.«

»Perfekt. Im Moment ist der Nachmittag optimal für mich – wenn ich arbeite, komme ich meistens ganz frühmorgens vorbei«, erklärte Giulia erleichtert und lächelte den Unbekannten zum ersten Mal zaghaft an.

»Verstanden«, bestätigte er, »dann gehe ich jetzt. Schließlich haben wir noch Nachmittag, und ich lasse dich in Ruhe. War nett, dich kennenzulernen – und noch netter wäre es, wenn ich deinen Namen wüsste.«

»Giulia«, erwiderte sie schnell, »und du?«

»Marco. Also dann, addio.«

»Ja, addio«, gab sie verlegen zurück.

Dieser Typ machte sie nervös, warum auch immer. Sie sah ihm nach, und erst als er ihren Blicken entschwunden war, setzte sie sich auf ihre Bank. Diesmal dachte sie nicht an Filippo und ihre Schuldgefühle, sondern einzig und allein an die seltsame Begegnung mit diesem Unbekannten und ihr noch seltsameres Abkommen. Verdrießlich erhob sie sich, klopfte sich den Schnee ab und machte sich auf den Heimweg.

Kaum hatte sie die Wohnung betreten, kam Gianni ihr entgegen und wollte wissen, was sie den ganzen Tag gemacht hatte. Als sie ihm enthusiastisch von dem geplanten Bistro in der Buchhandlung erzählte, bot er spontan seine Unterstützung an. Er hatte immer gewusst, dass es nur eine Frage der Zeit war, bis seine Schwester aus dem Familienbetrieb ausstieg.

Brühwarm berichtete sie ihm anschließend von dem Unbekannten im Park.

»Da ist neuerdings ein Typ, der meine Bank okkupiert. Ich musste mit ihm Zeiten absprechen, damit ich sie in Zukunft weiterhin für mich allein haben kann.«

»Oje, der Ärmste«, spottete Gianni gutmütig. »Zeiten für eine Parkbank ausmachen, auf so eine Schnapsidee muss man erst mal kommen. Das hat echt eine gewisse Größe. Sah er wenigstens gut aus?«

Seine Schwester schaute ihn irritiert an. »Wie kommst du darauf, mich zu fragen, ob er gut aussah? Was hat das mit der Bank und unserem Arrangement zu tun?«

»Na ja, sieh es mal so … Für dich ist die Bank gewissermaßen ein Schicksalsort, und da frage ich mich, ob der Typ, der sie sich unter den Nagel gerissen hat, nicht auch dein Schicksal ist.«

Verblüfft und sprachlos starrte Giulia ihn an und brauchte eine Weile, bis sie antworten konnte.

»Ich bitte dich, Gianni, das geht jetzt wirklich zu weit. Der Typ nervt einfach. Was sein Aussehen angeht: Hässlich ist er nicht, wenn ich so darüber nachdenke. Eigentlich ist er sogar ganz hübsch. Aber wie kommst du auf die Idee, er könnte mein Schicksal sein?«

»Puh, keine Ahnung. War einfach so ein spontaner Einfall. Man weiß ja nie.«

Damit war für ihn die Sache abgehakt. Er kehrte zu seinem Sofa zurück, zündete sich eine Zigarette an und ließ sich wieder von den albernen Sendungen berieseln, die auf Sky liefen.

Am nächsten Nachmittag ging Giulia weniger aus einem echten Bedürfnis zu ihrer Bank als vielmehr aus purer

Neugier. Um zu überprüfen, ob sich der Eindringling an die Absprache hielt. Außerdem konnte es ja nicht schaden, ihn sich mal genauer anzusehen.

An der Rückenlehne klebte ein Briefumschlag mit ihrem Namen. Giulia setzte sich und öffnete ihn.

Ciao, Giulia, ich sitze hier und genieße meine Zeit auf der Bank. Es ist wirklich ein angenehmer Ort, vor allem, wenn sich die Sonne wie jetzt hervorwagt ... Ich hoffe, es ist noch so schön, wenn du am Nachmittag kommst. Zwar weiß ich nicht, was diese Bank so besonders für dich macht, und natürlich geht es mich nichts an, doch ich muss dir gestehen, dass sie für mich vor allem besonders ist, weil du hier warst. Wahrscheinlich findest du mich jetzt aufdringlich, aber ich wollte dich wissen lassen, dass ich mich freuen würde, dich wiederzusehen ... Sofern du Lust hast, heißt das. Du weißt ja, wann du mich hier finden kannst.

Bis hoffentlich bald
Marco

Giulia war gleichermaßen verwirrt wie geschmeichelt. Was sollte sie von diesem Marco halten? Vielleicht war es ja gar nicht so dumm, was ihr Bruder gesagt hatte. Nein, das war schlicht abwegig, rief sie sich zur Ordnung und beschloss, vorerst nicht mehr in den Park zu gehen. Was sie indes nicht daran hinderte, unentwegt an Marco zu denken und sich Einzelheiten seines Gesichts in Erinnerung zu rufen. Irgendwas hatte der Typ!

Zwei Tage nachdem sie den Brief an der Bank gefunden hatte, warf Giulia nach langem Abwägen und Zögern ihre

Bedenken über Bord und machte sich zu einer Zeit in den Park auf, wenn die Bank für ihn reserviert war. Sie kam deutlich zu früh, was sie bewog, sich erneut zu fragen, was sie dazu getrieben hatte hierherzukommen.

Noch konnte sie weggehen und die Begegnung vermeiden, ohne in eine peinliche Situation zu geraten.

Gerade als sie aufstehen und die Flucht ergreifen wollte, sah sie ihn von Weitem kommen. Als er näher heran war, erkannte sie, wie sein Gesicht sich aufhellte und sein Mund sich zu einem breiten Lächeln verzog. Jetzt gab es kein Zurück mehr.

Marco setzte sich neben sie, fing ungezwungen ein Gespräch an und nahm ihr damit ihre Befangenheit, sodass sie sich immer mehr entspannte und schließlich selbst ganz locker mit ihm umging. Sie blieben sitzen, bis die Kälte ihnen in alle Glieder kroch, erst dann erhoben sie sich, lächelten sich ein wenig verlegen an. Bevor sie sich verabschiedeten, tauschten sie Telefonnummern aus und versprachen, in Kontakt zu bleiben.

Kaum war Marco weg, rief Giulia auf der Stelle aufgeregt bei Anna an.

»Es gibt da einen Typen, den ich nett finde«, platzte sie heraus und erzählte ihr alles über den mysteriösen Unbekannten von der Parkbank.

Anna freute sich ehrlich für die Freundin und hoffte für sie, dass sie endlich das traumatische Erlebnis mit dem toten Filippo auf der Parkbank hinter sich lassen konnte. Es war Jahre her, dass Giulia mit solcher Wärme in der Stimme von einem Mann gesprochen hatte. Vielleicht war ja für sie jetzt die Zeit gekommen, erneut die Segel zu setzen und sich den launischen Wogen einer neuen Liebesgeschichte anzuvertrauen.

226

Für sie hingegen war der kurze Weihnachtsurlaub mehr oder weniger in gepflegter Langeweile vergangen. Sie hatte die Gelegenheit genutzt, sich mit ihrem Vater zu treffen, auf einen Espresso, einen Aperitif oder zu einem Spaziergang. Zu ihrer Verwunderung verwandelte Alessandro sich immer mehr von einem geradezu zwanghaften Globetrotter in das genaue Gegenteil und erweckte inzwischen den Anschein, als würde er seine Heimatstadt nie mehr verlassen wollen. Wie auch immer: Für sie war es eine vollkommen neue Erfahrung, einen Vater zu haben, der tatsächlich zur Verfügung stand.

Federica dagegen ging sie nach Möglichkeit aus dem Weg. Seit Beginn ihrer Schwangerschaft schienen ihre Hormone Amok zu laufen und sie vollends unberechenbar zu machen. In der einen Minute noch ein sanftes Lamm, verwandelte sie sich in der nächsten in eine Hyäne oder gar einen feuerspeienden Drachen. Besonders der arme Leone hatte darunter zu leiden und wirkte angesichts der hormonellen Krise seiner Frau völlig hilflos, fühlte sich ihren Launen ausgeliefert wie ein Opfertier, und der tägliche Schrecken stand ihm deutlich ins Gesicht geschrieben.

In den Tagen nach Weihnachten besprach Anna sich viel mit ihm, nutzte sein fachliches Wissen, um eine genauere Vorstellung zu bekommen, was man bei der Gründung und Rechtsform eines Unternehmens berücksichtigen musste. Sie besuchte ihn zu Hause, und gemeinsam saßen sie meist mit einem Fernet Branca in der Kammer des Schreckens, wo die ausgestopften Tiere sie mit ihren Glasaugen kalt musterten, drohend die Tatzen hoben oder angriffslustig Mäuler oder Schnäbel aufrissen.

Anna gruselte es, und die Blicke und Gesten, die die toten Exemplare so lebensecht machten, verfolgten sie bis in ihre Träume.

16

Am achtundzwanzigsten Dezember machte Anna den Buchladen wieder auf – wegen der Nachricht von Adeles Tod hatte sie ihn aus Pietätsgründen zwei Tage länger als geplant geschlossen gehalten.

Sobald sie den altmodischen, anheimelnden Verkaufsraum betrat und den Geruch der Bücher einsog, erfasste sie eine Welle des Glücks, und es wurde ihr warm ums Herz, wenn sie sich vorstellte, wie der Laden sich verändern würde. Zugleich dachte sie dankbar an die Signora, die das alles ermöglicht hatte, und hoffte, dass sie einverstanden wäre mit ihren Plänen. Anna wollte trotz der Neuerungen den Charakter und die Atmosphäre des Stella Polaris weitestgehend erhalten.

Ob es Adele wohl gelungen war, alles hinter sich zu lassen, ohne sich noch einmal umzudrehen? Eine Identität auszulöschen, war das eine – das andere war, zugleich die Erinnerungen zu tilgen, was erheblich schwerer, wenn nicht gar unmöglich sein dürfte. Zumindest brauchte man dazu bestimmt eine beinahe übermenschliche Willenskraft.

Sie hatte gerade Teewasser aufgesetzt, als das Telefon klingelte. Adeles Testamentsvollstrecker wollte ihr mitteilen, dass ab dem dritten Januar die Trauerfeier stattfinden könne, das sei der Termin, zu dem die Nachforschungen eingestellt würden und Adele offiziell für tot erklärt werde. Außerdem, fügte er hinzu, möge Anna so bald wie möglich in seine Kanzlei kommen, um die Formalitäten für die Übertragung der Buchhandlung an sie zu erledigen und die nötigen Unterschriften zu leisten.

»Um die Journalisten habe ich mich desgleichen bereits gekümmert«, verkündete der Mann sichtlich stolz am Schluss des Gesprächs und verabschiedete sich.

Seufzend fuhr sich Anna mit der Hand durch die Haare und blieb noch lange mit ihrem Tee im Halbdunkel sitzen. Plötzlich war ihr irgendwie unbehaglich zumute, ohne dass sie wusste, warum. War es die bevorstehende Trauerfeier, die sie bedrückte? Ihre depressive Stimmung hielt an, bis sie im Dunkeln nach Hause zurückkehrte und sich ein trauriges Abendessen aus Wurst und Käseresten machte, die sie direkt aus der Packung aß. Dann stellte sie das Handy stumm, weil sie keine Lust hatte, mit irgendjemandem zu sprechen, und ging früh schlafen.

Als Anna am nächsten Tag unten in der Bar ihren Espresso trank und den Lokalteil der Zeitung aufschlug, sprang ihr die Nachricht von Adeles Tod sofort ins Auge. In dem Artikel wurde sie als bedeutende Persönlichkeit der Turiner Gesellschaft gewürdigt, die letzte Nachfahrin einer adeligen Familie, Erbin eines inzwischen größtenteils im Unternehmen ihres Ex-Mannes aufgegangenen industriellen Imperiums.

Hervorgehoben wurde ferner ihr soziales Engagement, was sie unter anderem dazu bewogen habe, ihre Buchhandlung Stella Polaris einer Angestellten zu vermachen, die seit Jahren dort arbeitete. Sodann stürzte sich der Artikelschreiber genüsslich auf die Familiengeschichte und zerrte die von Streit und Missgunst vergifteten Beziehungen im Kreis der nahen Anverwandten unbarmherzig ans Licht der Öffentlichkeit. Da gab es Cousins und Cousinen sowie diverse Onkel und Tanten, die versteckt als Erbschleicher diffamiert wurden und nun in die Röhre schauten. Oder zumindest deutlich weniger erhalten würden als erwartet.

Anna erinnerte sich, dass die Signora sich in einem der Briefe, die sie ihr geschrieben hatte, selbst sehr abfällig über ihre Verwandtschaft ausgelassen hatte. Und dass sie nicht ihnen, sondern ihr die Buchhandlung vermachte, entsprang keineswegs allein sozialem Denken, sondern zudem einer boshaften Lust, sich an ihrer Familie zu rächen.

Derweilen erlebten die Cougars in New York eine Enttäuschung nach der anderen, denn alles, womit sie sich die Zeit vertreiben wollten im Big Apple, war geradezu furchterregend teuer. Die Lokale, in denen sie den Aperitif nahmen, waren durch die Kultserie *Sex and the City* zu Szenetreffs geworden und kosteten entsprechend: Schon für ein Glas Wein lohnte es sich, die Kreditkarte zu zücken. Und ohne Reservierungen ging nichts, man musste vielmehr dankbar sein, wenn man auf die Warteliste gesetzt wurde. Auch das Shoppen war ein nie versiegender Quell des Schmerzes: Die Preise für alles, was sie so gern erstanden hätten, wiesen viel zu viele Nullen auf.

Bevor sie über den Ozean zu dem Abenteuer New York geflogen waren, hatten sie all das nicht bedacht und sich ihren New-York-Trip in ausschweifenden und leider wenig realistischen Fantasien ausgemalt.

Einer ihrer beliebtesten Träume bestand darin, perfekt gestylt auf High Heels mit den Tragetaschen unzähliger eleganter Boutiquen in der Hand hoch erhobenen Hauptes über die Fifth Avenue zu stöckeln. Oder – nicht weniger exklusiv – schön wie die Sonne, im Cocktailkleid in einer angesagten Bar im obersten Stockwerk eines Wolkenkratzers zu sitzen, umgeben von einer Schar gut aussehender junger Männer, Wall-Street-Bankern, die ihnen bewundernde Blicke zuwarfen.

Die Konfrontation mit der Realität war entsprechend schmerzhaft. Bereits nach den ersten zwei Tagen unkontrollierter Shoppingtouren näherten sich die Kreditkarten samt der dazugehörenden Bankkonten ihrem Limit. Ihre Füße, die endlose Kilometer in eher für attraktives Posen oder laszives Herumsitzen gedachten Schuhen hinter sich hatten, waren mit Blasen und offenen Wunden übersät.

Am dritten Tag beschlossen sie einmütig, sich eine Auszeit vom Leben als *Sex and the City*-Stars zu nehmen. Cristina hatte im *LonelyPlanet*-Reiseführer einen Diner herausgesucht, in dem man einen guten Hamburger mit Pommes für einen akzeptablen Preis bekam, sodass die einzige größere Ausgabe des Tages in einem Paar bequemer Sneakers für jede von ihnen bestand.

Ein einziges, nicht allzu kostspieliges Vergnügen gönnten sie sich noch: die *Sex and the City*-Tour. Ein Kleinbus in langweiligen Farben brachte sie und andere pilgernde Cougars aus den verschiedensten Teilen der Welt zu den wichtigsten Orten der Serie: zur großen Tür von Carries Haus, zu Charlottes Kunstgalerie, zu den Eingängen diverser Clubs. Doch am Ende deprimierte sie die Führung zutiefst, weil sie sich plötzlich alt fühlten und aus der Mode gekommen. Allerdings litt jede für sich allein und vertuschte aus Stolz die schlechte Stimmung.

Der nächste Tag war wieder aufbauender: Am Nachmittag sahen sie Brad Pitt aus einem Hotel an der Fifth Avenue kommen, leider ohne Angelina Jolie an seiner Seite. Abends fanden sie einen einigermaßen bezahlbaren Club mit netten Leuten, die zehn Jahre jünger waren als sie und daher perfekt ihren Bedürfnissen entsprachen. Umgeben von Jüngeren wurden nämlich die Schwestern zunehmend jünger. In Gesellschaft Gleichaltriger hingegen fürchteten sie, sich in den nicht mehr ganz taufrischen oder gebotoxten Gesichtern anderer Cougars gespiegelt zu sehen und auf diese Weise mit einer ihnen unsympathischen und unerträglichen Realität konfrontiert zu werden, die sie lieber verleugneten.

An jenem Abend aber tanzten sie wie die Derwische mit ihren neuen Sneakers alle Frustrationen und Depressionen weg und amüsierten sich königlich. Egal, was geschah. Sie waren zusammen. Das Gefühl, nicht allein zu sein, gab ihnen Sicherheit, ihre Verbundenheit war eine Quelle der Stärke, die ihnen niemand nehmen konnte. Eine Erfahrung, die ihre wichtigste Reiseerinnerung an den Big Apple werden sollte.

Der letzte Tag des Jahres kam und erwischte Anna unvorbereitet. Sie hatte nichts für den Abend organisiert, immer abgewiegelt, wenn jemand sie nach ihren Plänen für Silvester fragte. Irgendwie mochte sie den Jahreswechsel seit jeher nicht richtig, nicht einmal zu Zeiten, als sie einen Freund hatte. Dennoch stimmte die Vorstellung, allein zu sein, sie traurig.

Um die Mittagszeit rief Giulia an.

»Ciao, Süße«, sagte Anna erfreut.

»Was machst du gerade?«, fiel die Freundin mit der Tür ins Haus.

»Ich versuche zu lesen.«

»Okay, und später?«

»Nichts.«

»Ich weiß, dass du nie Lust hast, groß zu planen. Ich finde Silvester selbst nicht unbedingt prickelnd, doch mein Bruder hat im letzten Moment beschlossen, was bei uns zu machen. Zum ersten Mal seit zehn Jahren muss er nämlich an Silvester nicht arbeiten.«

»Wie kommt's?«, erkundigte sich Anna. »Das ist ja was ganz Neues.«

»Freunde meiner Eltern haben das Restaurant komplett für ein Klassentreffen gemietet und wollen sich selbst um das meiste kümmern.«

»Aha! Und was wollt ihr auf die Beine stellen?«, fragte Anna mehr höflich als interessiert.

»O nein, meine Liebe, versuch bitte nicht, dich auszuklinken. Du gehörst dazu, auf Gedeih und Verderb. Lass dich also nicht bitten. Wir trommeln alle zusammen, die noch nichts vorhaben und in der Stadt geblieben sind.«

»Okay, soll ich Kracher mitbringen?«

»Wenn du willst, muss aber nicht sein. Nett wäre, wenn du dich aufraffst und ein bisschen früher kommst, um mir zu helfen.«

»Einverstanden. Sobald ich mich aus den Tiefen meines Sofas herausgearbeitet und angezogen habe, mache ich mich auf den Weg. Hast du den mysteriösen Typen von der Bank eingeladen?«

»Also bitte, Anna, ich kenne ihn kaum.«

»Hätte ja sein können!«

»Bis später«, beendete Giulia das Gespräch.

Zu ihrer Überraschung wurde der Abend sehr nett. Es waren jede Menge Leute da, die Anna seit Monaten nicht mehr gesehen hatte, Freunde von früher und dazu viele Kumpel von Giulias Bruder, die sie nicht kannte.

Irgendwann nahm Gianni Anna beiseite.

»Hör zu, ich weiß, dass meine Schwester dir die Geschichte von der Parkbank erzählt hat. Und was ist mit dem Typen? Hat sie den ebenfalls erwähnt?«

Als Anna nickte, grinste Gianni. »Sie findet ihn nett, oder?«

»Scheint so«, bestätigte Anna. »Wieso fragst du?«

»Weil das ein Freund von mir ist«, flüsterte er. »Ich habe ihn dorthin geschickt.«

»Was? Du hast echt Nerven!«

»Ja, er war vorher x-mal im Restaurant, um Giulia zu sehen, und sie hat ihn nie eines Blickes gewürdigt. Also habe ich mir gedacht, ich organisiere da mal was und spiele Schicksal.«

»Genial«, kicherte Anna vergnügt.

»Ich weiß.« Gianni klopfte sich selbstgefällig auf die Schulter. »Ich hatte schon überlegt, ihn heute Abend einzuladen, bloß wenn sie rausgefunden hätte, dass ich dahinterstecke, wäre die Hölle los gewesen.«

»Meine Güte, Gianni. Sag ihr ja nichts davon, sie würde so was von ausrasten. Erwähn mit keiner Silbe, dass er ein Freund von dir ist. Am besten tust du weiter so, als würdest du ihn gar nicht kennen. Sie muss glauben, dass alles reiner Zufall war, ausgerechnet an diesem für sie so besonderen Ort.«

»Meinst du?«

»Hundertprozentig.«

»Abgemacht«, schloss Gianni zufrieden und mischte sich wieder unter seine Gäste.

Unversehens war Mitternacht da, und die Minuten wurden heruntergezählt.

»Irgendwelche Vorsätze für das neue Jahr?«, wollte Giulia wissen, als sie mit Anna anstieß.

»Mit dir ins Geschäft zu kommen, meine Liebe, und die Buchhandlung zu revolutionieren – zählt das etwa nicht als guter Vorsatz?«

»Und wie, dann mal Prost«, bestätigte Giulia und umarmte die Freundin.

17

Am Tag der Trauerfeier für Signora Adele strahlte die Sonne von einem wolkenlosen Himmel herunter und brachte die Farben des Winters zum Leuchten, sogar die dünne Schneedecke hatte sich in der eisigen Luft gehalten. Anna hatte die ganze Nacht kein Auge zugetan vor lauter Aufregung. Die Vorstellung, Adeles berüchtigter Verwandtschaft entgegenzutreten und als Einzige zu wissen, dass die Betrauerte gar nicht tot war, verursachte ihr Magendrücken. So war es kein Wunder, dass sie wie gerädert aufwachte und ihr die Spuren einer schlaflosen Nacht deutlich anzusehen waren.

Drei Espresso waren diesmal nötig, bevor sie aus dem Haus ging. Sie trug ein schwarzes Wollkleid, eine schwarze Strumpfhose, schwarze Stiefel und einen schwarzen Mantel. Da sie bereits eine Menge Coffein intus hatte, verzichtete sie auf eine weitere Dosis in der Bar und machte sich gleich auf den Weg zu der großen Kirche am Fluss und hoffte inständig, das alles möglichst bald hinter sich zu haben.

Sie würde allein in der Kirche sitzen. Nanà und Giulia hatten sich zwar beide erboten, sie zu begleiten, aber sie hatte abgelehnt. Vertraute Menschen um sich zu haben, würde es ihr noch schwerer machen, die Rolle als trauernde Mitarbeiterin zu spielen und sich nicht zu verraten.

Als sie ein paar Minuten vor Beginn der Trauerfeier an der Kirche ankam, war der Vorplatz bereits voller Menschen. Die ganze Stadt schien sich hier ein Stelldichein in Schwarz zu geben, und das zum Gedenken an eine Frau, die ihnen allen ein Schnippchen schlug und sie zum Narren hielt.

Anna wollte nicht in diese Menge eintauchen. Stattdessen strebte sie in die nächstbeste Bar, schüttete dort den vierten Espresso in sich hinein und beobachtete vom Fenster aus, wie sich die Trauergemeinde langsam die Treppe hochschob und durch das imposante Portal im Inneren der Kirche verschwand. Erst jetzt fühlte sie sich bereit.

Das große Kirchenschiff proppenvoll, und neben dem Altar hatte ein Orchester Platz genommen, das sich gerade anschickte, Mozarts *Requiem* zu spielen. Vermutlich auf Wunsch der Signora, der Testamentsvollstrecker hatte so etwas angedeutet.

Anna lehnte sich gegen die Kirchentür und lächelte. Damit hatte sie nicht gerechnet. Adele hatte eine pompöse Trauerfeier verfügt, mit einem Requiem, wie es bei Regenten und hohen Würdenträgern üblich war. Eine schallende Ohrfeige ins Gesicht der lieben Verwandten, denen dadurch eine Menge Geld entging, und für sie selbst ein unbändiges Vergnügen. Anna stellte sich vor, sie würde in einer Ecke stehen und sich ins Fäustchen lachen.

In der letzten Reihe entdeckte sie den Testamentsvollstrecker mit seiner professionellen Trauermiene, in der Mitte die Ritterinnen der Tafelrunde und ein paar andere aus den Kreisen der Signora, die sie flüchtig aus der Buchhandlung kannte. Der Rest der Anwesenden war ihr mehr oder weniger unbekannt. Die Verwandten mussten die sein, die die ersten Reihen füllten, Menschen überwiegend in Annas Alter: die berühmten-berüchtigten raffgierigen Neffen und Nichten.

Als die Zeremonie sich dem Ende zuneigte, erhob sich zu Annas Überraschung eine Dame in einem fast bis zum Boden reichenden schwarzen Persianer, die dem Kreis der Tafelrunde angehörte, und ging nach vorn, um eine Rede zu halten. Sie richtete sich das Mikrofon her und begann mit fester, resoluter Stimme zu sprechen.

»Meine Freundin Adele, derer wir heute hier gedenken, war eine ganz besondere Frau. Nicht weil sie so sympathisch, hilfsbereit oder gutmütig gewesen wäre. Nein, sie war etwas Besonderes, weil sie anders war, verschlossen wie eine Auster und unergründlich. Wer sie ein bisschen besser kannte, weiß, wovon ich spreche. Adele hielt ihre wahre Natur verborgen und ließ nicht zu, dass jemand sie durchschaute. Ja, sie wehrte sich sogar gegen jegliche Versuche, ihr nahezukommen. Dabei blieb sie immer würdevoll und beherrscht. In der heutigen Zeit, wo sich alle darin übertreffen, sich selbst und ihre Ideen und Gefühle rückhaltlos in der Öffentlichkeit zu verbreiten, stellte Adele eine rühmliche Ausnahme dar. Sie wollte nicht, dass irgendjemand sich für sie interessierte, und um ihr wahres Wesen kennenzulernen, musste man sich sehr bemühen. Wem das jedoch gelang, der entdeckte unter der harten Schale einen wachen Geist und eine Persönlichkeit voller Nuancen, die eine aufrichtige Freundin war. Adele besaß zudem eine breit gefächerte Bildung, mit der sie nie selbstgefällig hausieren ging, und ihre Gabe, interessante Themen messerscharf zu analysieren, suchte ihresgleichen. All das werde ich vermissen, genauso wie ihr überaus seltenes

Lächeln. Ja, ihr Lächeln, das sie so gut wie nie zeigte, aber wenn sie es tat, dann konnte es einen ganzen Raum erhellen. Es passt zu ihrer Bescheidenheit und zu ihrem Entschluss, die Einsamkeit der Geselligkeit vorzuziehen, dass sie heute nicht körperlich anwesend ist. Ich hoffe, dass sich unter Ihnen allen, die sich hier eingefunden haben, wenigstens ein paar Menschen befinden, die sie zu Lebzeiten als das erkannt haben, was sie wirklich war: eine intelligente Frau, kultiviert und außergewöhnlich. Großzügig den Bedürftigen gegenüber, verliebt in Bücher und voller verborgener Schätze in der Tiefe einer Seele, die schwer zu entdecken war.«

Anna erkannte, dass diese Freundin sehr viel von Adeles Wesen verstanden hatte, ohne ihre Vergangenheit zu kennen. Warum hatte sie nicht dieser einfühlsamen Frau ihr Geheimnis anvertraut? Warum war ausgerechnet sie, die nichts von Adeles wahrem Wesen begriffen hatte, von ihr zur Hüterin ihres Geheimnisses, ihres inszenierten Todes und ihrer mysteriösen Wiedergeburt auserwählt worden? Eine Frage, auf die es keine endgültige Antwort gab.

Nach dem Ende der Trauerfeier gesellte Anna sich dem Testamentsvollstrecker zu, der sie lächelnd begrüßte.

»Haben Sie gesehen, was für einen genialen Streich Signora Adele ihren Verwandten gespielt hat?«, fragte er. »Ich verrate Ihnen nicht, was das Orchester gekostet hat. Nur so viel: Im Testament stand eindeutig, dass sie die besten Musiker wünsche, die derzeit zur Verfügung stünden. Ich hätte gerne die Mienen der Familienangehörigen aus der Nähe gesehen. Übrigens gab es ebenfalls für die Reden präzise Anweisungen. Die Dame im schwarzen Pelz, die eben gesprochen hat, hat sie selbst bestimmt. Kein anderer Redner hingegen durfte vortreten, sie hatte es sich verbeten – ich hätte es zur Not verhindern müssen. Ach, noch etwas, Signorina: Sollte irgendeiner der Verwandten Sie belästigen, sagen Sie mir Bescheid, damit ich mich darum kümmere. An die Buchhandlung jedenfalls kann keiner ran.«

»Ich danke Ihnen«, antwortete Anna leise. »Es war eine sehr bewegende Trauerfeier. Ich bin sicher, Signora Adele kann uns von dort sehen, wo sie sich jetzt befindet, und ist zufrieden.«

»Das denke ich auch«, bestätigte der Testamentsvollstrecker und wandte sich einem jungen Mann zu, der seinen Namen rief.

Anna gelang es, sich aus der Kirche zu schleichen, ohne dass jemand sie aufhielt. Sie zweifelte nicht daran, dass sie früher oder später unangenehmen Besuch von Adeles Verwandten bekommen würde, doch es reichte, wenn sie sich mit dem Problem beschäftigte, sobald es auftrat.

Adele blickte auf die Uhr. In Turin musste ihre Trauerfeier gerade zu Ende gegangen sein. Um Datum und Ort herauszufinden, hatte sie sich einen letzten kleinen Ausflug in ihr altes Leben zugestanden und im Internet nach Artikeln in den Lokalzeitungen über ihren Tod und die Trauerfeierlichkeiten gesucht. Gleichzeitig gab sie sich hoch und heilig das Versprechen, so etwas nie wieder zu tun. Sie musste alles endgültig loslassen, die Erinnerungen, die Buchhandlung, das Leid und die Liebe.

Das Rauschen der Wellen liebkoste ihre Ohren und schien ihren neuen Namen zu flüstern: Stella, Stella, Stella. Eins der seltenen Lächeln, die einen ganzen Raum erhellen konnten, überzog ihr Gesicht, als sie ihren neuen saphirblauen Wickelrock betrachtete – nicht einmal die Kleider von früher hatte sie behalten. Sie machte ein paar Schritte auf das Meer zu, spürte den weichen, warmen Sand unter den Füßen und blickte auf die Spuren zurück, die sie hinter sich gelassen hatte. Von jetzt an würde sie ausschließlich nach vorn schauen auf den blauen Horizont und die Stadt vergessen, die sie in ihrem alten Leben geliebt hatte, die Gassen und Plätze, die eine zweitausendjährige Geschichte atmeten. Dann drehte sie sich um und summte auf dem Heimweg Mozarts *Requiem* vor sich hin. Die Musik würde ihr bleiben, und sie würde sie mit neuen Erinnerungen und einem neuen Sinn verbinden.

Als Anna von der Trauerfeier nach Hause kam, erfasste sie eine tiefe Melancholie, als wäre Adele wirklich gestorben.

Unwillkürlich wanderten ihre Gedanken zu Luca. Sie hätte ihn gern angerufen und sich mit ihm getroffen, um die bedrückenden Gefühle auszulöschen, die sie bei dem Gedanken an den Tod ergriffen hatten. Aber sie hatten sich darauf verständigt, einander lediglich in einer Ausnahmesituation zu kontaktieren, und eine solche lag eindeutig nicht vor. Also lud sie stattdessen Giulia zum Essen ein.

Als die Freundin um acht kam, machte Anna ihr mit düsterer Miene auf.

»Oje, was ist denn mit dir los?«

Anna seufzte, nicht einmal Giulia konnte sie sagen, was sie wirklich bewegte, deshalb beschränkte sie sich auf vage Äußerungen.

»Ach, die Trauerfeier hat mich total runtergezogen, ich weiß selbst nicht genau, warum«, antwortete Anna und bedauerte einmal mehr, dass sie sich ihrer Freundin nicht anvertrauen durfte.

»Das ist doch ganz normal, immerhin habt ihr jahrelang

zusammengearbeitet. Warte einfach ab: Wenn wir mit dem Planen für den Umbau beginnen, wird deine trübe Stimmung auf der Stelle verfliegen.«

Anna sah Giulia bedrückt an. »Es ist nicht allein das. Mir fehlt Luca«, gestand sie.

»Das kann ich mir vorstellen. Bist du dir nicht mehr sicher, dass du die richtige Entscheidung getroffen hast?«

»Eigentlich schon. Trotzdem fehlt mir seine Liebe, seine Nähe – all das, was ich in der kurzen Zeit noch einmal mit ihm erlebt habe. Wenngleich es richtig ist, fällt es mir schwer, hart zu bleiben.«

»Ganz deiner Meinung.«

»Und ob du es glaubst oder nicht: Sogar Edo fehlt mir, anders natürlich. Bei ihm ist es unser Alltag, der mir fehlt, seine selbstverständliche Anwesenheit, seine Freundschaft. Hast du ihn eigentlich angerufen? Ich habe es völlig vergessen, dich danach zu fragen.«

»Ja, Heiligabend habe ich ihn angerufen«, antwortete Giulia und senkte den Blick.

»Und was ist dabei herausgekommen? Dein Gesichtsausdruck lässt nichts Gutes vermuten.«

»Nein, es geht ihm nicht besonders, Anna, leider lässt er sich ziemlich hängen, bedauert sich selbst und suhlt sich in seinem Kummer. Ich habe versucht, ihm den Kopf ein bisschen zurechtzurücken – ob es genutzt hat, ist eine andere Frage.«

Ihre Antwort befeuerte Annas Schuldgefühle.

»Das tut mir so leid«, flüsterte sie den Tränen nahe. »Er hat das alles nicht verdient, doch ich kann nicht über meinen Schatten springen. Immer wenn ich in letzter Zeit an ihn gedacht habe, sträubte sich etwas in mir, und ich vermochte mir unter keinen Umständen mehr vorzustellen, mit ihm zusammen zu sein. Der Gedanke an ein gemeinsames Leben mit ihm fühlt sich grundlegend falsch an, unmöglich und von Grund auf verkehrt.«

»Na komm, Anna. Schluss mit den fruchtlosen Grübeleien, denk lieber an was Schönes. Es ändert ja nichts, und heute Abend kannst du es ganz sicher nicht brauchen, darüber zu reden. Wollen wir uns einen Teller Pasta machen? Wenn du willst, gehe ich in die Küche.«

Anna nahm das Angebot der Freundin dankend an und begnügte sich damit, den Tisch zu decken, während Giulia eine schnelle Pasta zubereitete. Nach dem Essen kehrten sie ins Wohnzimmer zurück, wo Anna sich erneut deprimiert in die Sofaecke sinken ließ.

»Mensch, Mädel, lass dich nicht so runterziehen«, schimpfte Giulia.

»Dann tu was, um mich aufzumuntern. Erzähl mir zum Beispiel etwas über den Unbekannten von der Bank.« Als Giulia rot wurde, fügte sie triumphierend hinzu: »Ha, es hat sich was getan. Erzähl!«

»Na ja, wir haben uns geküsst. Kannst du das fassen? Gestern auf der Bank. Meinst du, ich muss diesen Ort jetzt umwidmen, ihm eine neue Bedeutung geben? Einen Namen, der an unseren ersten Kuss erinnert?«

Die Worte sprudelten nur so aus Giulias Mund. Nie zuvor hatte Anna ihre Freundin so voller Gefühlsüberschwang von einem Mann sprechen gehört.

»Ich freue mich für dich«, sagte sie schlicht.

»Für dich geht es sicher desgleichen bald wieder bergauf«, erwiderte Giulia tröstend.

»Mal sehen. Zunächst muss ich mich auf die Arbeit konzentrieren statt auf Kerle. Wir müssen dringend mit der Planung vorankommen.«

»In Ordnung. Wann soll es losgehen? Wenn's nach mir geht, je früher, desto besser.«

»Sehe ich genauso«, bekräftigte Anna. »Wir sollten den Elan nutzen, den wir gerade an den Tag legen, zumal die Übertragung der Buchhandlung laut Auskunft des Testamentsvollstreckers völlig wasserdicht ist, sodass wir von daher nichts zu befürchten haben.«

»Einverstanden. Und wie willst du konkret vorgehen?«

»Wir fangen gleich morgen an, sprechen mit einem Architekten, holen Angebote für die Bauarbeiten ein und sehen zu, dass wir so schnell wie möglich anfangen können. Es wäre schön, wenn sich die ganze Sache innerhalb von zwei Monaten durchziehen ließe.«

Giulia nickte. »Auf unsere Arbeit also«, sagte sie und hob ihr Glas. »Auf uns zwei.«

18

Am sechsten Januar wachte Anna gut gelaunt auf. Endlich waren die langen Weihnachtsferien zu Ende, und das normale Leben kehrte in die Stadt zurück. Mit einem Lächeln auf den Lippen stieg sie in ihren Panda und fuhr summend zum Buchladen.

Voller Tatendrang schob sie das Gitter hoch. Drinnen war alles so, wie sie es am Vorabend hinterlassen hatte, aber der Geruch der Bücher kam ihr stärker vor als sonst. Mit geschlossenen Augen atmete sie den Duft des Papiers ein. Bald würde sich dazu der Duft aus Giulias Küche gesellen, dachte sie. Sie konnte es kaum erwarten.

Am Nachmittag, der so kurz nach Weihnachten ziemlich ruhig verlief, fing sie an, sich mit dem Bauvorhaben zu beschäftigen, führte diverse Telefonate und notierte sich die Adressen der für die Genehmigung zuständigen Behörden. Nicht lange und sie fühlte sich von der Fülle der bürokratischen Vorschriften völlig erschlagen. Der Verzweiflung nahe, rief sie Giulia an.

Die Freundin kam sofort, bestens gelaunt, und schleppte eine Laptoptasche mit, die von Papieren überquoll. Obwohl nicht mal eine Baugenehmigung vorlag, hatte sie bereits Menüvorschläge ausgearbeitet, eine Weinliste zusammengestellt und mit den Winzern über die Konditionen verhandelt. Und das alles an einem einzigen Morgen! Diese Frau war echt unglaublich. Ach ja, einen Koch und ein paar Kellner hatte sie ebenfalls aufgetrieben. Der eher zögerlichen Anna wurde bei diesem Tempo ganz anders.

»Um Himmels willen«, wandte sie ein, »du bist mir ja meilenweit voraus. Außerdem treibt mich diese verdammte Bürokratie noch zur Verzweiflung.«

»Kein Stress, ich helfe dir! Mit Behörden kenne ich mich aus, ich bin öfter dort gewesen wegen unseres Restaurants.«

»Du klingst so euphorisch. Hat Marco irgendetwas damit zu tun?«

»Irgendwie schon, nur ist es noch zu früh, um definitiv was zu sagen. Immerhin treffen wir uns inzwischen jeden Tag.«

»Und?«, drängte Anna.

»Und was?«, fragte Giulia zurück.

»Gibt's dazu sonst nichts zu sagen?«

Giulia zögerte. »Es war sehr schön, okay? Wunderschön. Super. Toll. Reicht dir das? Ich möchte im Augenblick nicht groß darüber sprechen. Weißt du, ich habe Angst, dass ich es zerrede und alles verschwindet wie ein Traum nach dem Aufwachen.«

Anna verstand ihre Freundin allzu gut. Doch trotz ihrer Bedenken strahlte sie pures Glück aus. Wann hatte sie selbst so etwas zuletzt erlebt? Mit Luca. Zwar war es noch nicht allzu lange her, aber ihr kam es wie ein Ewigkeit vor. Ohne es ihr zu missgönnen, beneidete sie Anna.

»Schluss jetzt mit der Liebe, Giulia! Jetzt ist der Papierkram dran. Na los!«

Die Tage vergingen wie im Flug. Ende Januar waren die Lokaltermine alle erledigt und die Genehmigungen erteilt, sodass die Bauarbeiten beginnen konnten. Anna wollte den Laden so lange wie möglich während des Umbaus offen halten. Sicher, hin und wieder war der Lärm unerträglich, dann erzählte sie den Kunden, um sie bei Laune zu halten und sie neugierig zu machen, begeistert davon, dass hier eine Buchhandlung mit Bistro entstand, das gab's ihres Wissens nirgendwo sonst.

Auf Leones Rat hin hatten sie tatsächlich zwei Firmen gegründet, die Stella Polaris gemeinsam führen sollten. Annas Schwager war keine Mühe zu groß gewesen – Hauptsache, sie verschaffte ihm eine Gelegenheit, sich von seiner ausgerasteten schwangeren Frau fernzuhalten. Und die Bewohner des Palazzo, in dem sich der Buchladen befand, hatten zum Glück keine Einwände gegen das geplante Bistro erhoben. Alles schien reibungslos voranzugehen und die Eröffnung des Restaurants in einem Monat realistisch.

Am Ende der ersten Februarwoche schloss Anna die Buchhandlung für drei Wochen und nutzte die Zeit, um den Hauptraum zu streichen, in dem schließlich einige Tische Platz finden sollten. Dinieren zwischen Büchern, damit wollte sie werben. Gleichzeitig ließ sie die Holztäfelung aufarbeiten und desgleichen dem alten Massivholzparkett eine Frischekur verpassen.

Die Zeit raste, die Tage wurden länger, der Schnee schmolz endgültig, und die Frühlingsfarben übernahmen die Herrschaft in der Stadt. Anna bemerkte es plötzlich, als sie eines Morgens mit ihrem Espresso am Fenster stand. Über Nacht hatte sich die Natur verändert und der Winter seine

Kraft verloren. Der Fluss führte mehr Wasser, der Wind wurde milder und trug ganz andere Gerüche heran.

Anna zog Bilanz, wie eigentlich ihr Leben aussah. Im Grunde war es derzeit ganz der Buchhandlung und den Umbauarbeiten gewidmet. Giulia sah sie zwangsläufig jeden Tag, die Cougars, wenn sie mal Zeit hatte. Gleiches galt für ihre Familie, wobei sie bei ihrer Schwester höchstens dann vorbeischaute, wenn sie sicher war, sie ertragen zu können.

Was eine neue Beziehung anging, tat sich gar nichts, und sie hatte momentan sowieso nicht den Kopf, darüber nachzudenken. Es war okay so, wie es war.

Etwas anderes hingegen war ihr aufgefallen. Seit einiger Zeit hatte sie ihre Morgenroutine mehr oder weniger aufgegeben. Warum, das wusste sie nicht zu sagen. Jedenfalls war ihr keines ihrer kleinen Rituale noch wichtig oder machte noch Sinn. In letzter Zeit passierte es sogar häufiger, dass die Musik, die unablässig in ihrem Kopf spielte, manchmal verstummte, und das sogar für mehrere Stunden. Allerdings blieb dann eine beunruhigende Stille zurück, mit der Anna gar nicht umgehen konnte und die sie zu füllen versuchte, indem sie irgendwelche Hits aus dem Radio vor sich hin summte.

Endlich war er da, der große Tag der Wiedereröffnung von Stella Polaris. Es war der dritte März. Anna hatte vor lauter Aufregung die ganze Nacht über kein Auge zugetan, brauchte keinen Wecker, um wach zu werden, und war wie elektrisiert in Erwartung dieses ganz besonderen Tages. Sie dachte an Adele. Die Trauerfeier war jetzt genau zwei Monate her. Unwillkürlich versuchte sie sich vorzustellen, was ihre einstige Chefin wohl gerade machte, aber es gelang ihr nicht. Sie wusste ja nicht einmal, wo sie sich gerade befand. Manchmal vergaß sie sogar, dass sie in Wirklichkeit gar nicht gestorben war.

Alles war bereit, alles hatte perfekt geklappt, wenngleich sie in den letzten Tagen einen harten Kampf gegen die Uhr hatten führen müssen. Jetzt jedoch waren alle Mühen vergessen. Heute um sechs Uhr würden sich die Türen der Bistrobuchhandlung für die Einweihungsparty öffnen. Zur Feier des Tages gab es einen besonderen Rabatt auf Bücher sowie ein Gratisbuffet mit Kostproben aus der künftigen Speisekarte und reichlich Wein. Anna hatte sogar ein Streichquartett bestellt, eine Hommage an Adele, das in einer Ecke des Verkaufsraums untergebracht war und für musikalische Untermalung sorgen sollte.

Sie hatten ordentlich Werbung gemacht, und die ersten Stammkunden trafen auf die Minute pünktlich um sechs Uhr ein. Um halb sieben war der Laden dann gesteckt voll, und noch immer quetschten sich Neugierige herein.

Mit einem solchen Andrang hatte keiner der beiden stolzen Gastgeberinnen gerechnet. Anna und Giulia waren rundum glücklich. Wo immer sie sich hinwandten, entdeckten sie vertraute Gesichter, in vielen Fällen Leute, die sie seit Jahren nicht mehr gesehen hatten: Freunde, Verwandte und Bekannte. Auch Marco war gekommen, nachdem Giulia sich endlich ihrer Sache sicher genug war, um ihn allen vorzustellen.

Gegen halb acht erreichte das Gedränge seinen Höhepunkt, zumal jetzt ebenfalls zufällig vorbeikommende Passanten hereinschauten. Die beiden Freundinnen meisterten den Ansturm mit Bravour, und Giulias Serviceteam sorgte unablässig dafür, dass es weder an Essen noch an Getränken fehlte. Kein Wunder, dass sich die Party bis gegen Mitternacht hinzog. Zwar war das Streichquartett gegen zehn gegangen, dafür gab es Lounge-Musik, was die Signora indem mit Sicherheit nicht geschätzt hätte.

Nachdem der letzte Gast sich verabschiedet hatte, konnten Anna und Giulia eine überaus positive Bilanz ziehen. Die Einweihung war ein voller Erfolg gewesen, sie hatten mehr Bücher verkauft als erwartet, und das Restaurant war für die nächsten zwei Wochen so gut wie ausgebucht. Müde, aber glücklich fielen sich die beiden Freundinnen in die Arme.

»Ich bin immer noch ganz aufgedreht, ich weiß gar nicht, ob ich gleich schlafen kann«, sagte Giulia. »Hast du nicht Lust, kurz mit zu meiner Bank zu kommen? Höchstens eine halbe Stunde.«

Obwohl Anna die Augen kaum noch aufzuhalten vermochte, willigte sie ein. Sie begriff, wie wichtig es ihrer Freundin war, an einem solchen Tag ihren Schicksalsort mit jemandem zu teilen.

»In Ordnung, eins bloß: Lass uns den Panda nehmen, ich will keinen Schritt mehr zu Fuß gehen.«

Im Park angekommen, setzten sie sich auf die Bank und schwiegen. Kein Mensch war ringsum zu sehen, nichts war zu hören außer dem Rauschen des Windes in den Bäumen.

»So, das ist also dein ganz besonderer Platz«, sagte Anna versonnen »Es fühlt sich komisch an, dass ich so lange nichts von der traurigen Geschichte wusste, die dich mit dieser Bank verbindet. Erst als du sie mir erzählt hast, wurde mir bewusst, dass ich bislang lediglich eine Seite von dir kannte, während da die ganze Zeit noch eine andere Giulia war«, setzte sie hinzu. »Eine Giulia, die ich erst noch richtig kennenlernen muss.«

Damit war alles gesagt, mehr Worte bedurfte es nicht. Eine Weile blieben sie schweigend sitzen, dann standen sie auf und gingen nach Hause, um bald in einen tiefen, traumlosen Schlaf zu sinken.

19

Die nächsten Wochen wurden anstrengend für die beiden. Sie mussten sich erst an die neue Arbeit gewöhnen und die Abläufe in Buchladen und Bistro koordinieren. Hinzu kam, dass sie aus Kostengründen vieles selbst machten – lediglich ein Koch und ein Kellner waren eingestellt worden. Den großen Rest schafften sie mit der Kraft ihrer Begeisterung, und die ersten Erfolge taten das ihre, um sie zu beflügeln und zu motivieren. Auch die Tageseinnahmen waren vielversprechend.

Es war eine seltsame Zeit, in der Anna außer der Arbeit zu nichts anderem kam. Sie hatte das Gefühl, dass sie sich veränderte, vielleicht sogar innerlich wuchs.

An Edoardo dachte sie so gut wie nie, dafür wanderten ihre Gedanken umso öfter zu Luca. Sie spürte, wie er ihr fehlte oder das, was sie mit ihm erlebt hatte. Und nach wie vor fragte sie sich, ob die Gefühle, die sie mit ihm verbunden hatten, sie nicht blockierten, einen anderen zu lieben.

Zumal ihr Begehren alles andere als erloschen war. Anna sehnte sich danach, mit Luca ins Bett zu gehen. Dachte sie an Sex, dachte sie an ihn. Es schien, als wäre Luca ihre einzige Option. Sie selbst fand das besorgniserregend, war sie doch überzeugt, dass die Veränderung, die sich in ihr vollzog, erst abgeschlossen sein würde, wenn ihr Blick auf einen Mann fiel und es wieder prickelte.

Drei Wochen nach der Neueröffnung rief ihr Vater an. Anna hatte sich längst mit ihm verabreden wollen, aber immer war etwas dazwischengekommen. Jetzt lud sie ihn spontan zu sich nach Hause ein. Zum ersten Mal. Alessandro war noch nie in der Wohnung gewesen, in der sie seit Jahren lebte. Kurz vor Ladenschluss packte sie in der Küche verschiedene Essen von der Tageskarte ein, ließ Giulia mit dem ausgebuchten Restaurant allein und hetzte nach Hause.

Ihr Vater erwartete sie schon vor der Haustür. Irgendwie wirkte er bedrückt. Als wären seine Gedanken mit einem unlösbaren Problem beschäftigt. Sie umarmte ihn zur Begrüßung und führte ihn in ihre Wohnung.

Während sie den Tisch deckte und das Essen in der Mikrowelle aufwärmte, kam er mit einem Mal zu ihr, nachdem er zuvor schweigend am Fenster gestanden hatte.

»Ich muss mit dir reden«, sagte er mit ernster Miene.

Anna erschrak, weil er irgendwie dramatisch klang. »Ich bin ganz Ohr. Lass mich schnell das Essen auf den Tisch stellen.«

»In Ordnung. Und bitte ein Glas Wein, den könnte ich gebrauchen.«

Bedrückt kehrte Anna in die Küche zurück. Was wollte ihr Vater mit ihr besprechen? Irgendetwas stimmte mit ihm nicht, das spürte sie. Bloß was? Als Erstes kam ihr in den Sinn, dass es ihn erneut in die Ferne zog, dass er genug hatte von seinem Zuhause und seine Sehnsucht nichts als ein Strohfeuer gewesen war.

Sie machte eine Flasche Barbera auf und wartete vergeblich darauf, dass er zu reden begann. Er schwieg beharrlich und wirkte nach wie vor geistesabwesend.

»Papa, sag mir alles«, drängte sie ihn – dass sie ihn so anredete, passierte lediglich, wenn Nanà nicht dabei war.

»Deine Mutter hatte recht«, gab er sich schließlich einen Ruck, »ich bin krank – keine Angst, ich stehe nicht an der Schwelle des Todes«, fügte er hinzu und schob sich den ersten Bissen in den Mund, als hätte er etwas völlig Nebensächliches gesagt. »Es gibt also keinen Grund, die Sache zu dramatisieren, trotzdem ist sie nicht ganz ohne …«

Anna blieb das Herz fast stehen, und in ihrem Kopf ertönte explosionsartig eine Musik, die sie an den Soundtrack von *Spiel mir das Lied vom Tod* erinnerte. Die Augen fest auf ihren Vater gerichtet, wartete sie, dass er weitersprach.

»Ich habe einen Hirntumor«, rückte er endlich mit der Wahrheit heraus. »Vor einer Woche habe ich es erfahren, als ich mich von einem ehemaligen Kollegen und Freund habe durchchecken lassen. Seit einiger Zeit habe ich etwas in der Art befürchtet. Zum Glück ist er nicht bösartig, also bildet er keine Metastasen, das ist zumindest eine gute Nachricht. Leider bedeutet das nicht, dass er nicht kontinuierlich wächst und auf Dauer erheblichen Schaden anrichten kann, deshalb muss er bestrahlt und dann, wenn er geschrumpft ist, wahrscheinlich herausoperiert werden.«

»Also mal langsam … Ist es nun etwas Schlimmes oder nicht?«

»So genau kann ich das noch nicht sagen. Ob bösartig oder nicht, jedenfalls drückt er mir seit geraumer Zeit aufs Gehirn.«

»Und was hat das für Folgen?«

»Persönlichkeitsveränderungen, die sich mit zunehmendem Wachstum verstärken. Im schlimmsten Fall so stark, dass ich grenzwertig geistesgestört bin.«

»Bislang merkt man aber davon nichts«, wandte Anna ein und hielt sogleich inne. »Oder was ist mit dieser plötzlichen Sehnsucht nach zu Hause ... Macht das etwa der Tumor?«

»Vermutlich ja. Mein ganzes Leben war ich überall in der Welt unterwegs, konnte nirgendwo länger bleiben. Und eines schönen Tages wache ich auf und wünsche mir nichts sehnlicher, als nach Turin zurückzukehren. Das hat mich gleich stutzig gemacht. Ohne diesen Tumor wäre ich mit Sicherheit noch wer weiß wie lange weiter durch die Weltgeschichte gegondelt. Ich hoffe, du bist jetzt nicht enttäuscht, dass der Entschluss zur Heimkehr sich nicht meinem freien Willen verdankt, sondern einer hässlichen Geschwulst, die mein Gehirn zu zerquetschen droht. Was nicht heißt, dass ich euch nicht geliebt und auf meine Weise vermisst hätte. Dennoch werde ich, sobald der Tumor erfolgreich entfernt ist, vermutlich kaum die Reha abwarten können, bevor ich mich wieder auf den Weg mache. So bin ich nun mal.«

»Verstehe«, murmelte Anna. »Weiß Mama davon?«

»Nein, ich wollte es dir als Erster sagen, weil du die Ausgeglichenste und Vernünftigste in der Familie bist. Ich hoffe, du kannst mir einen Tipp geben, wie ich es deiner Mutter beibringen kann, ohne dass sie ausrastet. Es tut mir unendlich leid, euch diesen Kummer bereiten zu müssen, nachdem ihr eine Weile geglaubt habt, ich sei aus freien Stücken zurückgekommen. Nun zu erfahren, dass meine Sehnsucht nach zu Hause das Resultat einer Persönlichkeitsveränderung ist, muss bitter sein.

Arme Nanà. Übrigens liebe ich sie trotz unserer Trennung nach wie vor. Habe sie immer geliebt und werde sie immer lieben.«

»Okay. Lass uns mal in Ruhe nachdenken. Wenn du operiert wirst, kommt dann dein Fernweh auf jeden Fall zurück?«

»Nein, sicher ist das nicht, jedoch wahrscheinlich, und deshalb darf ich euch die Zusammenhänge auf keinen Fall verschweigen.«

Anna stützte den Kopf in die Hände. Sie musste das alles erst mal verdauen.

»Noch mal: Habe ich das richtig verstanden, dass ein Haufen durchgedrehter Zellen unseren freien Willen außer Kraft setzen und unsere Persönlichkeit tatsächlich grundstürzend verändern kann?«

»Ja, so ungefähr. So etwas passiert ebenfalls bei anderen Krankheiten, bei denen das Gehirn in Mitleidenschaft gezogen wird. Wenn mit ihm irgendwas passiert, ist das immer ein Desaster.«

»Und warum merkt man es dir nicht an? Wenn man mit dir spricht, kommst du ganz normal rüber. Falls dich das tröstet.«

»Ich fühle mich auch ganz normal. Und ich würde mich freuen, wenn mein Wunsch, bei euch zu bleiben, nach der Entfernung des Tumors fortbestehen würde. Wir werden einfach abwarten müssen. Versprechen kann ich leider nichts.«

»Nanà ist eine sehr starke Frau. Sie wird es verstehen, und ihre größte Sorge dürfte ohnehin sein, dass du wirklich wieder ganz gesund wirst. Sicher, wir haben uns inzwischen ein wenig an den Gedanken gewöhnt, dass du hierbleiben wirst, aber wir werden uns genauso schnell wieder daran gewöhnen, wenn alles so ist wie vorher. Lass uns darauf anstoßen.«

Ihr Vater schaute sie an und musste lachen.

»Also gut, stoßen wir darauf an«, erwiderte er lächelnd. »Auf das kostbare Geschenk, man selbst zu sein, solange einem das keiner nimmt. Auf die Möglichkeit, dem eigenen Stern zu folgen und nie den Weg zu verlieren.«

»Ich arbeite daran und hoffe, der Polarstern hilft mir dabei. Gehört er nicht zu den Fixsternen, nach denen früher die Seeleute navigierten? Weil man ihn nicht aus dem Blick verlieren kann? Er ist einer meiner wichtigsten Orientierungspunkte. Genau wie du, und es macht nichts, wenn du noch seltsamer werden solltest, als du es sowieso immer warst. Cin, cin.«

Eine Woche verging nach diesem Gespräch, ohne dass sie Neues erfuhr. Folglich hatte sie keine Ahnung, ob es ihrem Vater inzwischen gelungen war, mit Nanà zu sprechen. Vermutlich nicht, denn wie sie ihre Mutter kannte, hätte die sofort zum Telefonhörer gegriffen. Nichts dergleichen geschah, und Annas Unruhe wuchs.

Zusätzlich drückte ihr aufs Gemüt, dass eines Morgens zwei von Adeles Neffen bei ihr aufgekreuzt waren und ihr angedroht hatten, dass sie das Testament ihrer verstorbenen Tante anfechten lassen wollten, weil sie die Übertragung der Buchhandlung an sie für nicht rechtmäßig hielten. Mit welcher Begründung, das hatten sie nicht verraten, doch selbst wenn es sich um eine leere Drohung handelte, reichte sie aus, einen so harmoniebedürftigen Menschen wie Anna zu verunsichern.

Ein Trost war, dass das Stella Polaris sich trotz derartiger Störmanöver zum Shootingstar in Turin entwickelte.

Das Restaurant wurde aufgrund seiner originellen, extravaganten Kochkreationen allabendlich praktisch gestürmt und erreichte binnen kurzer Zeit Kultstatus. Was wiederum auf den Buchbereich abfärbte, denn was einst als verzopft geschmäht wurde, galt plötzlich in den sogenannten besseren Kreisen als unglaublich kultiviert und schick. Mehr noch: Stella Polaris wurde zu einem der Hotspots, wo man unbedingt gewesen sein und gekauft und gegessen haben musste.

Eines Nachmittags stand Nanà auf der Matte. Völlig unerwartet, ohne sich vorher anzumelden. Unter einem großen, exzentrischen Hut, der sogar auf der Rennbahn in Ascot Furore gemacht hätte, schaute sie Anna alarmiert an. Kein Zweifel, sie hatte von Alessandros Tumor erfahren.

»Machst du einen Spaziergang mit mir, mein Kind?«, fragte sie in einem Ton, dem die gewohnte Lockerheit fehlte und der kein Nein zuließ.

Anna willigte sofort ein, hängte das *Bin gleich zurück*-Schild in die Tür und schloss hinter sich ab.

Draußen war es angenehm warm, der Frühling war mit Macht gekommen, und in der Luft lag der Duft nach frischem Grün und einem betörenden Blütenpotpourri. Ein paar Minuten gingen sie schweigend nebeneinanderher, bis Nanà sich bequemte, auf den Grund ihres Besuchs zu sprechen zu kommen.

»Dein Vater hat mir zwischenzeitlich reinen Wein eingeschenkt und mir genau erklärt, wie es um ihn steht. Schrecklich. Du warst bestimmt am Boden zerstört, so sensibel, wie du bist.«

Anna verdrehte die Augen, weil ihre Mutter von sich abzulenken versuchte.

»Geht so, und wie hast du es aufgenommen?«, hakte sie nach.

»Ach, Liebling, im Grunde wusste ich es längst. Seit Alessandro mir mitteilte, er werde nach Hause kommen. Da habe ich, wie du weißt, gleich vermutet, dass er krank sein muss. Die ganze letzte Zeit habe ich mit so etwas gerechnet. Und ich habe nie geglaubt, dass er auf Dauer bleiben wird. Früher oder später wird er wieder aufbrechen – es sei denn, seine Krankheit hindert ihn daran. Zum Glück ist der Tumor ja gutartig. Natürlich mache ich mir dennoch Sorgen, doch gleichzeitig bin ich sicher, dass er alles heil überstehen wird. Ich weiß es einfach, und deshalb wirft mich die Nachricht nicht um.«

Anna antwortete nicht gleich. Sie überquerten soeben die Piazza Vittorio, für sie ein besonderer Ort. Verstohlen sah sie hinüber zu ihrer Straßenlaterne und seufzte, als sie kein Band entdeckte.

»Wie schaffst du es nur, so stark zu sein? Macht es dich nicht traurig, dass er nicht aus Liebe zurückgekommen ist, sondern weil irgendein Tumor ihm aufs Hirn drückt?«

»Anna, ich habe ihn mein ganzes Leben lang geliebt, und er hat immer mich geliebt. Dass er es trotzdem nie lange bei uns aushielt, hat nichts damit zu tun. Es trieb ihn ständig weiter. Warum sollte ich mit einem Mal darunter leiden? Ich bin es gewöhnt, dass er nicht da ist. Deshalb fand ich seinen radikalen Sinneswandel ja so seltsam. Es passte überhaupt nicht zu ihm, und ich habe mir große Sorgen gemacht. Zu Recht, wie sich herausgestellt hat. Und ich bin sehr froh, dass diese Krankheit die Liebe zu seiner Familie nicht irgendwie geschmälert hat. Vielleicht hat sie sein Verhalten geändert, nicht aber seine Gefühle, die sind nach wie vor dieselben.«

»Wie kannst du da so sicher sein? Für mich ist es ein Riesenunterschied, ob man sich wünscht, den Menschen, die man liebt, nahe zu sein, oder ob man flieht und sich die ganze Zeit überall in der Welt herumtreibt.«

»Dein Vater ist nicht auf der Flucht, Anna. Er folgt seiner Berufung und damit sich selbst. In dieser Hinsicht ähnelst du ihm, und darüber bin ich sehr glücklich.«

Anna hakte sich bei ihrer Mutter unter und drückte sich kurz an sie, bevor sie die Treppen zum Flussufer hinunterstiegen.

»Ja, ich folge mir selbst, obwohl ich immer wieder von Zweifeln geschüttelt werde. Alles bei mir ist mal so und mal so. Mal mehr oder weniger entschieden, mal mehr oder weniger stabil, mal mehr oder weniger unternehmungslustig, mal mehr oder weniger glücklich.«

»Solche Schattierungen machen das Leben aus. Immerhin versuchst du, das Beste zu wählen. Es ist wie mit Kleidern, mein Liebling, da suchst du dir ja auch nicht den abgetragenen Fetzen aus, wenn du ein tolles Abendkleid haben kannst.«

Anna gefiel das Bild von den Kleidern. Sie stellte sich ein glänzendes, leuchtend buntes Kleid vor und sah sich selbst darin.

»Denk immer daran, dass Menschen sich nicht von alleine ändern. Sie werden besser, wenn sie alles Positive, das in ihnen steckt, wirklich nutzen. Und im Umkehrschluss werden sie schlechter, wenn sie ihren Fehlern die Zügel schießen lassen. Egal, wie: Hat sich jemand grundlegend geändert, ob in die eine oder die andere Richtung, gibt es immer einen Grund dafür. Wie bei Alessandro die blöde Wucherung in seinem Kopf. Und wenn jemand sich zu sehr verändert und sich zu sehr von sich selbst entfernt, ist das auf die ein oder andere Weise ein Zeichen von Krankheit. Entweder des Körpers oder der Seele.«

Giulia drehte sich um, richtete sich auf und stützte sich auf ihren Ellbogen. Im Dunkeln konnte sie Marcos Umriss ausmachen, der neben ihr ausgestreckt auf der Seite lag. Er gehörte zu den Männern, die nach dem Sex einschliefen wie Krieger nach einer gewonnenen Schlacht. Liebevoll musterte sie ihn, vermochte nach wie vor kaum zu fassen, mit welcher Wucht er in ihr Leben gekommen war. Das Display des Weckers zeigte achtzehn Uhr: Sie musste sich beeilen, wenn sie pünktlich zur Arbeit kommen wollte, Anna wartete bestimmt schon.

Sie glitt aus dem Bett, zog die Vorhänge auf und ließ das Licht des späten Nachmittags ins Zimmer hinein. Marco protestierte verschlafen und drehte sich um. Sie ließ ihn gewähren, zog sich leise an und legte ihm dann eine Hand auf die Schulter.

»Ich muss los, ich rufe dich später an«, flüsterte sie ihm zu.

Er schüttelte den Schlaf ab und setzte sich auf. »Bleib noch ein paar Minuten. Lass uns einen Kaffee trinken, damit ich wach werde, dann mache ich mich ebenfalls an die Arbeit.«

In Anbetracht von Giulias Arbeitszeiten war es ein Glück, dass Marco selbstständig war, zu Hause arbeitete und sich tagsüber mal freinehmen konnte. Sonst würden sie sich spät in der Nacht wie Vampire treffen müssen.

»Okay, mehr als zwei Minuten habe ich wirklich nicht. Ich bin sowieso spät dran.«

»In Ordnung, bin gleich da.«

264

»Ich mache derweilen Kaffee und warte in der Küche auf dich.«

Marcos Wohnung war nicht klein, aber unglaublich vollgestopft. Davon abgesehen war die Gästetoilette zu einer Dunkelkammer umgebaut worden. Die brauchte er, denn er war Fotograf, machte jede Form von Bildbearbeitung und gestaltete Kataloge und dergleichen. Überdies war er ein geradezu pathologischer Sammler von Fotosachen aller Art. Wo immer man ging und stand, lief man Gefahr, über Stative oder Reflektoren zu stolpern sowie über Bilder, die mangels Platz an den Wänden überall am Boden lehnten. Giulia fand sie alle schön und verzieh ihm die Unordnung. Schließlich durfte ein künstlerisch arbeitender Mensch mit einer gewissen Nachsicht rechnen, hatte sie beschlossen.

In der Küche füllte sie die alte Caffetiera, freute sich am Gurgeln und Fauchen des nach oben steigenden Wassers und schloss die Augen, um den Duft des Espressos aufzunehmen, der sich im Raum verbreitete. Marco kam, als sie gerade die Tassen füllte.

»Wunderbar«, sagte er und nahm den ersten Schluck, um sie sodann kritisch anzusehen. »Ist was? Du hast da diese steile Falte zwischen den Augen, die sich immer zeigt, wenn dir irgendetwas Sorgen macht. Magst du mir verraten, was es ist?«

»Es geht um Anna«, erklärte sie seufzend. »Sie hat das mit der Krankheit ihres Vaters nicht gut weggesteckt. Irgendwie habe ich den Eindruck, dass ihr alles über den Kopf wächst. Früher hat sie bei Stella Polaris eine ziemlich ruhige Kugel geschoben, jetzt ist sie diejenige, die den Laden am Laufen halten muss. Im Augenblick ist alles super, doch man steht ständig unter Druck. Und dann geht sie nach Hause und ist allein …«

Marco sah sie liebevoll an. »Du bist immer so fürsorglich, Kleines. Ich verstehe deine Sorge, aber wenn du mich fragst, ist sie übertrieben. Anna ist meines Erachtens stärker, als du denkst. Ich glaube sogar, dass sie aus dem derzeitigen Stress die notwendige Energie bezieht, die sie in dieser hektischen Anlaufphase braucht. Du wirst sehen, es wird sich alles finden. Und außerdem hat sie ja eine Freundin wie dich an ihrer Seite.«

»Wahrscheinlich hast du ebenso damit recht, dass sie gestärkt daraus hervorgeht, wie damit, dass sie meine Unterstützung braucht. Und deshalb muss ich jetzt dringend abzischen«, sagte sie, küsste Marco zum Abschied und machte sich eilig auf den Weg.

Nachdem ihre Mutter sich von ihr verabschiedet hatte, war Anna nicht gleich danach, in den Laden zurückzugehen. Begleitet von einer melancholischen Musik in ihrem Kopf, schlenderte sie stattdessen langsam am Flussufer entlang.

Mit einem Mal hatte sie Lust, zu Giulias Bank zu gehen und sich dort allein hinzusetzen. Sie sah auf die Uhr. Inzwischen müsste die Freundin längst im Laden sein, sodass sie sich noch ein bisschen Zeit lassen konnte. Zumal es die erste Verspätung war, die sie sich seit der Wiedereröffnung leistete.

Kurz entschlossen änderte sie ihre Richtung, betrat den Park und kam wenige Minuten später bei der Bank an. Von hier aus ließ sich wunderbar der Sonnenuntergang beobachten, der sich an diesem Tag besonders farbenprächtig präsentierte.

Sie dachte an ihre Eltern, die ganz besondere Menschen waren, und an Giulia, mit der gemeinsam sie sich einen Traum verwirklicht hatte.

Dann musste sie an Luca denken.

Er würde ihr immer fehlen.

Derzeit war die Liebe für sie wie ein leeres Zimmer. Im ersten Moment hörte sich das trostlos an, doch das war es nicht. Ein leeres Zimmer konnte man nämlich füllen, ein mit alten Sachen vollgestopftes Zimmer hingegen verlangte danach, geleert zu werden.

Die Überlegung gefiel ihr und erfüllte sie mit neuer Zuversicht. Bestimmt würde sich das leere Zimmer mit wunderschönen Dingen füllen, sobald die Zeit reif war. Und so lange musste sie sich eben in Geduld üben.

»Ich würde so gern noch einmal mit Luca in diesem leeren Zimmer tanzen«, murmelte sie leise, »nur er und ich zusammen in unserem Nichts.«

Sie schüttelte den Kopf über sich selbst, als sie sich diese Worte sagen hörte. Nein, so funktionierte das nicht. Sie war gerade dabei zu wachsen, sich zu entwickeln. Und vor allem war sie auf der Suche nach sich selbst, nach einem Kompromiss mit dem Schicksal. Wer weiß, vielleicht war das ja der Schlüssel. Anna verglich es mit einer Partie Schach. Das Schicksal machte seinen Zug und verlangte etwas von ihrem Leben. Gleichzeitig versuchte sie, das, was das Schicksal ihr seinerseits gegeben hatte, ihren Bedürfnissen gemäß umzuformen ... sofern es ihr gelang, das Spiel des Lebens auf diese Weise zu spielen, würde sie gewinnen.

Plötzlich merkte sie, wie sich eine Hand sanft auf ihre Schulter legte. Sie schrak hoch und drehte sich um. Giulia stand hinter ihr.

»Wie hast du mich gefunden?«

»Ich weiß nicht. Intuition. Als ich an der Ladentür das Schild gesehen habe, dachte ich mir gleich, dass du bestimmt irgendwo sitzt und nachdenkst. Der Rest war Glückssache.«

Sie ging um die Bank herum und setzte sich neben sie, das Gesicht der untergehenden Sonne zugewandt.

»Wir müssen zurück und den Laden aufmachen«, warf Anna ein.

»Es wird sich alles zurechtrücken«, erwiderte Giulia vage und meinte damit alles und nichts.

»Ich weiß.«

Anna lächelte und suchte Giulias Hand, ohne das prächtige Himmelsschauspiel aus den Augen zu lassen. Schweigend saßen sie ein paar Minuten da, dann stand Anna auf.

»Geh du schon mal vor und sperr auf«, sagte sie. »Ich muss schnell noch was erledigen, dann komme ich nach.«

»Was denn?«

»Ich will Geister aus der Vergangenheit heraufbeschwören«, erklärte Anna rätselhaft. »Um zu sehen, ob sie mir etwas zu sagen haben. Ich möchte in einem leeren Zimmer tanzen. Das hört sich komisch an, ich weiß, aber ich versichere dir, dass ich nicht verrückt geworden bin.«

Festen Schrittes ging sie weg, spürte Giulias neugierigen Blick auf sich ruhen, die nicht verstanden haben konnte, wovon sie gesprochen hatte.

Als sie an der Piazza Vittorio ankam, atmete sie tief durch. Ihr Herz schlug heftig. Sie kramte in der großen Umhängetasche nach dem Gegenstand, den sie seit einiger Zeit mit sich herumtrug.

Sie fand das Band, ging zu der Laterne, schaute sich um, vergewisserte sich, dass niemand sie beobachtete, und schlang den Knoten. Danach ging sie zum Stella Polaris zurück, ohne sich noch einmal umzusehen.

»Mama, Mama, guck mal, was ist denn das?«

»Ein Band, mein Schatz.«

Der kleine Junge blieb stehen und ließ die Hand seiner Mutter los.

»Darf ich das mitnehmen?«

»Nein, das ist schmutzig! Wir wissen ja gar nicht, wer das hier hingehängt hat.«

»Oooooh biiiitte, Mama, biiiitte, ich will das Band! Das Baaaand!«

Die Frau seufzte. Sie hatte einen harten Arbeitstag hinter sich, und der Kleine machte unentwegt Theater, seit sie ihn aus dem Kindergarten abgeholt hatte. Sie konnte nicht mehr.

»Na gut. Dann mache ich dir eben das verfluchte Band ab. Und sobald wir zu Hause sind, wäschst du dir die Hände!«

»Daaaanke, Mama.«

Widerwillig trat sie an die Laterne, löste mit hektischen Fingern den Knoten und gab ihrem Sohn das Band, nachdem sie ihm das Versprechen abgenommen hatte, für den Rest des Weges kein Theater mehr zu machen.

Quellennachweise für die Zitate in Kapitel 9

S. 144: Giuseppe Tomasi di Lampedusa: Der Gattopardo © 2005 Piper Verlag GmbH, München

S. 144–145: DONA FLOR E SEUS DOIS MARIDOS by Jorge Amado. Copyright © 2008, Grapiúna Produções Artisticas Ltda, used by permission of The Wylie Agency (UK) Limited.
Jorge Amado: Dona Flor und ihre zwei Ehemänner © der deutschen Übersetzung: 1968 Piper Verlag GmbH, München

S. 145–146: Textauszug aus: Marcel Proust, Auf der Suche nach der verlorenen Zeit, Band 1: In Swanns Welt. Aus dem Französischen von Eva Rechel-Mertens. © Suhrkamp Verlag Frankfurt am Main 1953. Alle Rechte bei und vorbehalten durch Suhrkamp Verlag Berlin.